W0204211

Christoph Werner

Marie Marne und das Tor zur Nacht

Christoph Werner

Marie Marne und das Tor zur Nacht

Roman

Osburg Verlag

Erste Auflage 2014
© Osburg Verlag Hamburg 2014
www.osburgverlag.de

Alle Rechte vorbehalten,
insbesondere das der Übersetzung, des öffentlichen Vortrags
sowie der Übertragung durch Rundfunk und Fernsehen,
auch einzelner Teile.

Kein Teil des Werkes darf in irgendeiner Form
(durch Fotografie, Mikrofilm oder andere Verfahren) ohne schriftliche Genehmigung
des Verlages reproduziert oder unter Verwendung
elektronischer Systeme verarbeitet, vervielfältigt oder verbreitet werden.

Lektorat und Bearbeitung: Ulrich Steinmetzger, Halle (Saale)
Satz: G&U Language & Publishing Services GmbH, Flensburg
Druck und Bindung: GGP Media GmbH, Pößneck
Printed in Germany
ISBN: 978-3-95510-037-7

Für Elsa

1. Kapitel

Priscilla rennt durch die Stadt ihrer Kindheit. Die Straßen sind dunkel, still und menschenleer. Schneller! Schneller! Sonst entwischt es! Links eine lange Häuserzeile mit Erkern, Gauben und Giebeln, rechts ihre alte graue Schule, dahinter, schwarz und schweigend, der Park. Wenn es dort hinein läuft, hast du es verloren, Priscilla. Was wird es tun? Wohin wird es rennen? Da, nach links, es klettert an dem Regenrohr die Hauswand hinauf. Priscilla nimmt Anlauf und springt. Sie fliegt durch die Luft und landet auf dem Dach. Über ihr glüht der Mond hinter weißen Wolkenfetzen. Kaum steht sie, sieht sie es auf sich zukommen: schwarzes Fell, kleine weiße Zähne, grüne Augen. Jetzt schaut es sie an. Zu spät. Priscilla packt zu. Sie hält es am Hals, damit es sie nicht beißen kann. Sein kleines Herz pocht wild. Es schaut wütend nach links und rechts. „Lass mich los!", krächzt es mit tonloser Stimme. „Sofort!"

„Sag mir, was geschehen wird!", antwortet Priscilla.

„Ich weiß nichts!" Seine kleinen Pfoten umklammern ihren Arm. „Ich bin kein Orakel, ich weiß nichts."

„Lüg mich nicht an!" Priscilla drückt zu. „Sag mir, was geschehen wird!"

Es bleckt die Zähne und versucht, sich zu befreien.

„Willst du wirklich dein Geheimnis mitnehmen?", fragt Priscilla. „Da wärst du das erste Orakel der Traumwelt. Ich hab noch nie gehört, dass ein Orakel lieber stirbt, als zu sagen, was es weiß."

„Erst wenn du mich loslässt."

Priscilla lockert ihren Griff. „Rede!", flüstert sie.

„Die ungeträumten Träume werden brennen", krächzt das Orakel, „und nichts wird sein, wie es war ..."

2. Kapitel

Drei Dinge hasste Marie Marne besonders: ein Match zu verlieren, sich nicht entscheiden zu können und Hannes, wenn er am Vater-Tochter-Tag keine Zeit für sie hatte. Seit zehn Minuten telefonierte er jetzt. Marie tippte mit dem Finger auf ihre Armbanduhr. Er zuckte mit den Schultern und sprach weiter. Verdammt, wie lange denn noch? Eigentlich hatten sie ins Kino gehen wollen. Das taten sie meistens am Vater-Tochter-Tag. Aber jetzt hatten alle Filme schon angefangen und statt vor dem Kino standen sie vor einer ADI-Filiale. Ein Auto hupte. An der Ampel drängten sich die Fußgänger. Obwohl sie noch auf Rot stand, rannten ein paar über die Straße, die hier den Boulevard zerschnitt.

„Papa!“, drängelte Marie. Endlich steckte er das Handy in die Jacketttasche.

„Tut mir leid, Liebes“, sagte er und lächelte. „Es war wichtig, sonst wäre ich nicht rangegangen.“

„Ich bin auch wichtig“, sagte Marie.

Hannes stöhnte. „Schatz …“

„Ich bin nicht dein Schatz.“

„Es dauert eine halbe Stunde“, sagte er, „vielleicht vierzig Minuten, dann tun wir, was immer du willst.“ Er streichelte ihr über die Schulter.

„Ich wollte ins Kino“, sagte Marie leise.

„Es gibt zur Zeit keinen Film mit guter Filmmusik“, antwortete er.

„Dann suchen wir den Film mal ausnahmsweise nicht nach der Musik aus.“ Marie kickte einen Stein weg, der vor ihr auf dem Fußweg lag.

„Jetzt mach es mir doch nicht so schwer." In Hannes' Stimme schwang Verärgerung. „Meinen Geburtstag und der Termin am Dienstag, ohne den ADI-Traum schaffe ich das nicht. Wenn du willst, gehen wir danach shoppen."

„Was?!" Marie hob den Kopf. Hannes wollte sie kaufen, das war vielleicht das vierte Ding, das sie hasste, aber sie hasste es nicht an ihm, sondern an sich selbst. „Auf wessen Kosten?", fragte sie.

„Na, auf wessen Kosten wohl? Auf meine natürlich."

Ein Lächeln stahl sich auf ihr Gesicht. „Also gut", sagte sie.

„Oh nein, nein, nein, so kommst du mir nicht davon." Hannes tippte sich mit dem Finger auf die Wange. „Ich will einen Kuss, und du musst sagen: Toll, Papa, das ist viel besser als Kino."

Marie ging langsam auf Hannes zu. Er beugte sich zu ihr hinunter und sie küsste ihn kurz auf die Wange. „Toll, Papa, das ist viel besser als Kino", flüsterte sie, „Shoppen ohne Limit." Damit drehte sie sich um und lehnte sich neben der Eingangstür an die Wand der ADI-Filiale.

„Ohne Limit?", rief ihr Vater. „Davon war nie die Rede."

„Ich kann dich nicht hören", sagte sie, „der Verkehr ist so laut." Hannes lachte. „Kommst du mit rein?", fragte er.

Sie schüttelte den Kopf. Wenn sie draußen wartete, zwang ihn das, sich zu beeilen. Wenn sie mit reinging, konnte er sich Zeit lassen.

„Bitte", bettelte er.

„Keine Chance", antwortete sie.

Er stöhnte und ging allein. Marie blieb einen Moment stehen. Vor der Filiale einer Bank spielte ein bärtiger Mann Akkordeon. Es hörte sich erbärmlich an. Eine Frau zerrte ein weinendes Kind hinter sich her. Dann gab die Ampelschleuse wieder einen Menschenstrom frei. Marie drehte sich um und schaute sich die Schaufenster der ADI-Filiale an. Auf dem linken stand:

„Was Sie nicht verschlafen sollten:
Hochzeitsreisen
Urlaub
Wichtige Geschäftsreisen
College-Prüfungen
Die ersten Tage Ihres Kindes
Runde Geburtstage
Momente, in denen es auf Sie ankommt
Oder einfach Ihr Leben
Schlafen Sie nicht, wenn Sie müde sind, schlafen Sie,
wenn Sie Lust dazu haben!
All Day Industries – wir machen Träume wahr."

Die Tür der Filiale öffnete sich und ein junger Mann schaute heraus. „Mitarbeiter in Ausbildung" stand auf einem Schildchen am Revers seines dunkelblauen Anzuges.

„Hallo", sagte er. „Ich heiße Jonas, bist du Marie?"

Marie nickte.

„Dein Vater schickt mich, ich soll dir die Zeit vertreiben." Er lächelte.

Marie sah ihn verdutzt an. Er war hübsch: jung, sportlich, blaue Augen, ein kleiner silberner Stecker im Ohr. Wie alt mochte er sein? Siebzehn? Als Dreizehnjährige hatte sie keine Ahnung, wie sie mit einem Siebzehnjährigen reden sollte. Sie kannte einfach nicht genügend siebzehnjährige Jungs, um das zu wissen. Genau genommen kannte sie überhaupt keinen siebzehnjährigen Jungen.

„Ich komme schon zurecht", sagte sie leise.

„Dann warte ich hier mit dir", antwortete Jonas. Er steckte sich eine Zigarette an.

„Warst du schon mal bei uns?", fragte er und zeigte auf die Tür der ADI-Filiale.

Marie schüttelte den Kopf. „Nein, man darf doch erst mit achtzehn einen ADI-Traum haben", sagte sie.

„Ich dachte, du hast deinen Vater vielleicht mal begleitet." Jonas blies geräuschvoll Rauch aus.

Dass er rauchte, imponierte Marie kein bisschen.

„Warum muss man eigentlich warten, bis man achtzehn ist?", fragte sie, weil sie nicht wusste, was sie sonst hätte fragen sollen.

„Ein paar Kinder haben sich Wachheit gekauft", antwortete Jonas, „ohne dass ihre Eltern es wussten. Sie sind nachts um die Häuser gezogen, während Mama und Papa schliefen. Das alles wäre nicht so schlimm gewesen, wenn unter den schlafenden Erziehungsberechtigten nicht ein Senator gewesen wäre. Er hat dafür gesorgt, dass All Day Industries die Geschäftsbedingungen ändern musste."

„Aha", sagt Marie.

Sie schwiegen. Was hatte sich Hannes nur dabei gedacht, ihr diesen Jonas herauszuschicken? Ein Krankenwagen mit Blaulicht und Sirene raste vorbei. Marie hielt sich die Ohren zu. Als es wieder still war und die Pause unerträglich zu werden drohte, fragte sie: „Was macht mein Vater eigentlich gerade da drin?"

„Er liegt in einer Schlafkabine und schläft", antwortete ADI-Jonas.

„Er schläft, um wach zu bleiben?" Marie zog die Augenbrauen hoch.

„Ich habe ihm eine Schlafbrille aufgesetzt", sagte Jonas und streifte die Asche seiner Zigarettc ab. „Mit Hilfe dieser Brille hat er einen besonderen Traum, einen ADI-Traum. Wenn er dann aufwacht, wird er dreizehn Tage lang munter sein. Das ist sein ADI-Wert, dreizehn Tage."

Marie nickte. In diesen dreizehn Tagen wird Hannes noch weniger Zeit haben als sonst, dachte sie. Immer, wenn er sich einen ADI-Traum kaufte, war das so. Er arbeitete dann Tag und Nacht. Wenn ihn Regine nicht ermahnte, Pausen einzulegen, sich massieren zu lassen oder spazieren zu gehen, dann wurde er nach wenigen Tagen unausstehlich.

„Möchtest du wissen, wie lange du wach bleiben wirst, wenn du später einmal einen ADI-Traum hast?", fragte Jonas.

Marie musterte ihn. Tja, wollte sie das wissen? Eigentlich nicht, aber die Aussicht, hier noch länger herumzustehen und sich Fragen auszudenken, um keine peinlichen Pausen aufkommen zu lassen, war nicht sehr verlockend. Also nickte sie.

„Na dann", Jonas warf seine Zigarette weg. „Bitte einzutreten." Er öffnete die Tür.

Gedämpftes Licht fiel durch die zugeklebten Schaufenster. Von irgendwoher hörte man leises Meeresrauschen. Um drei Couchtische saßen tuschelnde Mitarbeiter und ihre Kunden. Links führte eine elegante Treppe hinauf zu einer Galerie. ADI-Jonas zeigte auf einen seltsamen Stuhl, an dem eine Metallkappe angebracht war. Marie setzte sich. Die Kappe war kühl an der Stirn. Sie schloss kurz die Augen.

„Keine Angst, du spürst nichts." Er tippte etwas in einen Laptop, der auf einer Konsole neben dem Stuhl stand. Ein Drucker summte. Danach war es still. Als er nichts sagte, drehte Marie den Kopf. Er stand neben ihr und starrte mit gerunzelten Augenbrauen auf den kleinen Zettel. „Das kann nicht stimmen", murmelte er wie zu sich selbst. Er ging wieder zu dem Computer und hackte auf die Tastatur ein. Dabei blieb sein Gesicht angespannt. „Das gibt's doch nicht, das ist doch unmöglich!" Er schüttelte den Kopf.

„Entschuldige, aber ich glaube, es ist irgendetwas nicht richtig gelaufen. Der ADI-Wert, der hier angezeigt wird, kann nicht stimmen. Könntest du mich kurz auf den Stuhl lassen?" Mit diesen Worten nahm er ihr die Haube vom Kopf.

Marie stand auf und er setzte sich hin. Er sah sie nicht mehr an. Sie schien auf einmal nebensächlich für ihn zu sein. Warum? Es war doch egal, welchen ADI-Wert sie hatte, sie durfte die Schlafbrille ja doch nicht benutzen, ehe sie achtzehn Jahre alt war. Mit geübten Handgriffen setzte er sich selbst die Haube auf und zog die Computertastatur zu sich heran. Es summte und er riss den kleinen Zettel ab, der aus dem Drucker kam.

„Neun Tage", murmelte er, „das ist mein ADI-Wert." Er stand auf und bat Marie, noch einmal Platz zu nehmen. Sie wiederholten die Prozedur und wieder blieb es still, nachdem der Drucker summend seinen kleinen Zettel beschrieben hatte.

„Was ist denn?“, fragte Marie nach einer Weile.

Jonas schüttelte ungläubig den Kopf. „Also laut unserer Anzeige hier hast du einen ADI-Wert von 113 Tagen. Das ... das kann aber nicht stimmen. Einen solchen Wert hat noch nie jemand erreicht. Die meisten Menschen haben einen ADI-Wert von drei bis vierzehn Tagen. Es gibt ein paar, die haben einen ADI-Wert von 60, maximal 70 Tagen, aber 113? Das ist ... wenn das stimmt, dann ist das eine Sensation.“ Er lachte unsicher. „Eigentlich würde ich sagen, das Gerät ist kaputt, aber meinen ADI-Wert hat es richtig angezeigt, neun Tage. Und da es für dich zweimal den gleichen Wert angezeigt hat ...“

Er bearbeitete noch einmal die Tastatur. Dabei schüttelte er die ganze Zeit den Kopf. „Keine Fehlermeldung, das ist wirklich unfassbar.“

Marie rutschte auf dem Sessel hin und her. „Kann ich aufstehen?“, fragte sie genervt.

„Natürlich, entschuldige!“ Er nahm ihr die Haube ab und sah sie an. Aber er schien sie nicht zu sehen. Kein Lächeln, keine Reaktion. Dann entschuldigte er sich plötzlich und verschwand durch eine Tür unter der Treppe. Marie starrte ihm nach. Verdammt, was war los? Er ließ sie einfach stehen wie einen Ladenhüter.

3. Kapitel

Dr. Puck schaute hinab auf die winzigen Menschen, die zwischen den grellen Leuchtreklamen des Times Square wimmelten. Auf riesigen Monitoren zuckten im Sekundentakt Bilder. Sie glitten die Häuserwände hinauf, erloschen plötzlich, um kurz darauf wieder aufzuflammen. Die Autos zogen wie ein träger Lichtstrom zwischen den Theatern und Kinopalästen dahin. Weiter hinten hing der alte Mond wie eine antiquierte Glühlampe zwischen den schwarzen Glasfassaden der Bürotürme. Hier war nie Nacht. Deshalb hatte All Day Industries die Firmenzentrale nach New York verlegt.

Das Telefon klingelte. Er nahm den Hörer ab. „Schicken Sie ihn rein", sagte er, ohne darauf zu warten, wen seine Sekretärin ankündigte. Es war kurz vor Mitternacht. Normalerweise war Dr. Puck um diese Zeit nicht mehr im Büro. Aber wenn es stimmte, wenn es wirklich stimmte …

Die Tür wurde geöffnet. Dr. Puck sah ihn hereinkommen. Weiße Haare unter dem schwarzen Hut, das wächserne Gesicht, die schlanke, große Gestalt. Es war Mr. Phisto. Was für ein alberner Name! Wie konnte man sich nur so nennen? Er machte zwei Schritte ins Zimmer, dann blieb er stehen. Er bewegte sich nicht, er sagte nichts, er stand einfach da und wartete, sein Spiegelbild in der großen Fensterfront, die der Tür gegenüber lag.

„Ich danke Ihnen, dass Sie um diese Uhrzeit noch gekommen sind", sagte Dr. Puck und deutete auf einen Sessel, der vor seinem Schreibtisch stand.

Keine Reaktion. Mr. Phisto blieb stehen, mitten im Büro. Seine Augen waren unter der Krempe seines Hutes nicht zu sehen. Wie sehr Dr. Puck diese Respektlosigkeiten hasste, dieses ganze Getue mit dem schwarzen Hut und der geheimnisvollen Verschwiegenheit.

„Ich habe heute einen Anruf aus Deutschland bekommen", sagte Dr. Puck und blieb in seinem Drehstuhl hinter seinem Schreibtisch sitzen. „In einer unserer Filialen dort hat ein Mitarbeiter einen außergewöhnlich hohen ADI-Wert gemessen."

Keine Reaktion.

„113 Tage."

Jetzt hob Mr. Phisto den Kopf. Für einen Moment sah man seine leuchtend grünen Augen aufblitzen.

„113 Tage?", fragte er leise.

„Ja", antwortete Dr. Puck.

„Das ist unmöglich."

Dr. Puck nickte. „Wahrscheinlich ist es nicht möglich. Aber unser Mitarbeiter hat den Wert zweimal gemessen und das Gerät zwischendurch an sich selbst überprüft. Keine Fehlermeldung, kein Defekt."

„Wer ist es?" Mr. Phisto rührte sich noch immer nicht und hatte den Kopf wieder gesenkt.

„Ein Mädchen", sagte Dr. Puck so beiläufig wie möglich. „Marie Marne, dreizehn Jahre alt."

„Ein Mädchen?" Zum ersten Mal, seit sie sich kannten, verriet Mr. Phistos Stimme Fassungslosigkeit.

„Wenn sie wirklich einen so hohen Wert hat, muss sie über außergewöhnliche Fähigkeiten verfügen", sagte Dr. Puck und machte eine Pause.

„Sie meinen, sie könnte es schaffen?", fragte Mr. Phisto leise.

„Möglicherweise", antwortete Dr. Puck.

„Sie ist ein Kind, sie weiß nichts."

Mit einem Ruck stand Dr. Puck auf. „Genau darin könnte unsere Chance bestehen. Fliegen Sie hin, finden Sie heraus, welche Fähigkeiten die Kleine hat, und sorgen Sie dann dafür, dass sie uns hilft. Sie muss ja nicht wissen, worum es geht."

„Gut", sagte Mr. Phisto und drehte sich zur Tür.

„Und melden Sie sich regelmäßig", rief Dr. Puck, „ich will über alles auf dem Laufenden gehalten werden!"

Mr. Phisto ging so leise, wie er gekommen war.

4. Kapitel

Wo blieben Jelena und Hanna? Gleich war es sechs Uhr. Nervös lief Marie in der Hotellobby hin und her. Sie achtete darauf, auf dem dicken orientalischen Teppich zu bleiben, der zwischen der Rezeption und den schweren Sesseln auf der anderen Seite der Lobby lag, denn auf dem grau-weißen Marmorfußboden machten ihre neuen Schuhe einen Höllenlärm. Draußen hinter den großen, bodentiefen Fenstern warteten ein paar Fotografen und sogar ein Fernsehteam. Papa hatte zu seinem fünfzigsten Geburtstag Schauspieler eingeladen, Produzenten, Leute von Film und Fernsehen, lauter Erwachsene, die sich in Anzügen, Abendkleidern und Absatzschuhen nicht komisch vorkamen. Ganz im Gegensatz zu Marie. Sicher war das Kleid hübsch, das ihre Mutter ausgesucht hatte. Braun und aus einem feinen, leicht glänzenden Stoff, aber würde sie sich jemals an die Schuhe, die Ohrringe und die Handtasche gewöhnen? Im Moment war das schwer vorstellbar.

Zum Glück hatte Papa ihr erlaubt, ihre beiden besten Freundinnen einzuladen, aber die verspäteten sich mal wieder. Dabei hatte Marie ihnen gesagt, sie müssten pünktlich sein. Sie betrachtete sich in einem der Spiegel, die an den beiden vergoldeten Säulen gleich am Eingang hingen. Ihr Mund, geschwungen wie der ihrer Mutter, glänzte leicht vom Lipgloss. Die großen braunen Augen, die sie von ihrem Vater geerbt hatte, waren schwarz umrandet. Sie drehte den Kopf hin und her und begutachtete sich von vorn, von links und von rechts. Sie zog die

Augenbrauen hoch und streckte sich die Zunge heraus. Dann wickelte sie eine ihrer blonden Locken um ihren Zeigefinger. Blonde Haare, braune Augen, das kam seltener vor als blonde Haare und blaue Augen. Deshalb mochte sie ihre Haare so sehr. Seit vier Jahren ließ sie sie wachsen. Nur die Spitzen durften abgeschnitten werden, wenn Marie zum Friseur ging.

„Du siehst toll aus, Marie!“, rief Frau Gallert hinter der Rezeption.

Marie zuckte zusammen. Wieso musste Hannes ausgerechnet in dem Hotel feiern, in dem sein Bruder arbeitete? Onkel Paul war hier der Chef, deshalb kannte Marie einige der Mitarbeiter, was sie heute als äußerst lästig empfand.

Ein Taxi hielt vor dem Eingang und die Fotografen hoben die Kameras. Die Beifahrertür öffnete sich und Jelena stieg aus. Das konnte doch nicht wahr sein! Jelena kam mit dem Taxi? Und wie sie aussah: Ihr Kleid saß tadellos, dazu passende Schuhe mit riesigen Absätzen, auf denen Marie nie hätte laufen können. Ihre Frisur war so außergewöhnlich, dass sie sie unmöglich selbst gemacht haben konnte, das Gleiche traf auf ihr Make-up zu. War das wirklich die Jelena, mit der Marie zusammen zur Grundschule gegangen war und mit der sie jetzt aufs Gymnasium ging? Die Jelena, mit der sie gemeinsam in den Urlaub gefahren war, mit der sie angefangen hatte, Tennis zu spielen, mit der sie, wann immer es ihr Training erlaubte, im Garten saß, Zeitungen durchblätterte, gemeinsam Hausaufgaben machte, in die Boutique ihrer Mutter fuhr, um Accessoires auszuprobieren? Marie betrachtete noch einmal ihr Spiegelbild. Sie fand, sie sah verkleidet aus, irgendwie unecht. Und so fühlte sie sich auch. Jelena dagegen schien es zu genießen, so als wäre dies ihr wahres Ich. Konnte das sein?

„Du siehst schick aus, Marie!“, flüsterte Jelena und gab ihr einen Kuss auf die Wange. Was sollte das? Seit wann küssten sie sich zur Begrüßung?

„Du siehst auch schick aus“, antwortete Marie.

„Ja, nicht wahr? Ich finde das Kleid himmlisch. Papa hat es mir extra für heute gekauft.“ Jelena betrachtete sich im Spiegel und schien sehr zufrieden mit sich zu sein. „Wo müssen wir hin?", fragte sie, ohne den Blick von ihrem Spiegelbild zu lassen.

„Auf die Dachterrasse", sagte Marie. „Aber wir müssen noch auf Hanna warten."

„Ich kann doch schon mal hochfahren und deinem Vater mein Geschenk geben." Jelena lächelte entzückend.

Marie nickte.

„Bis gleich!", flüsterte Jelena ihr zu und stöckelte zum Fahrstuhl. Draußen waren ein paar Rufe zu hören und die Kameras surrten. Ein junger Mann in Jeans und Jackett stieg aus dem Taxi. Als er durch die Lobby kam, erkannte ihn Marie. Er war Schauspieler. Hannes hatte für einen seiner Filme die Musik geschrieben. Marie merkte, wie sich ihr Herzschlag beschleunigte. Oh je, hoffentlich fiel ihr während der Feier kein Glas um, stolperte sie nicht über ihre Beine, sagte sie nichts Dummes.

Endlich kam Hanna. Sie trug Jeans, ein buntes T-Shirt, darüber ein Jackett und zu all dem Turnschuhe. Sie sah aus wie immer, das Jackett mal ausgenommen. Irgendwie fand Marie das beruhigend, andererseits auch unpassend. Zumal Hanna klein und nicht gerade schlank war. Natürlich kaute sie Kaugummi und zur Begrüßung hob sie nur kurz die Hand und sagte: „Hey!"

Sie gingen zum Fahrstuhl und fuhren nach oben. „Warum hast du dich so verkleidet?", fragte Hanna.

„Mein Vater wird heute fünfzig", antwortete Marie.

„Na und?"

„Vielleicht hättest du auch noch mal darüber nachdenken sollen, ob Jeans und Turnschuhe das richtige Outfit sind." Noch während sie diesen Satz sagte, merkte Marie, dass er verletzend war. Zu spät. Sie hatte ihn gesagt. Hanna betrachtete sich im Spiegel.

„Jeans und Turnschuhe finde ich okay. Das Jackett ist doof." Sie zwinkerte Marie zu und beide mussten lachen. Zum Glück konnte man Hanna nicht so leicht aus der Fassung bringen. Hätte Marie den Satz zu Jelena gesagt, wäre die sicher sofort nach Hause gefahren.

Musik war zu hören, als sich die Fahrstuhltür öffnete. Eine Band spielte unter einem weißen Baldachin. Es gab ein großes Buffet und überall Sitzgelegenheiten: Liegestühle und Sofas und Sessel und Hollywoodschaukeln. Von der Terrasse aus hatte man einen fantastischen Blick auf die Stadt und den Fluss, der schwarz und träge das Häusermeer durchzog. Die grauen und roten Dächer lagen staubig und matt in der Abendsonne, es hatte seit Tagen nicht geregnet. Ein paar Tauben flogen, von irgendetwas aufgeschreckt, über eine der zahlreichen Brücken hin und verschwanden.

Marie drehte sich um: Fünfzig Gäste hatte Hannes eingeladen, fünfzig Gäste zu seinem fünfzigsten Geburtstag. Lauter selbstsichere, gut gekleidete Leute, die lachten, Sektgläser in der Hand hielten und rauchten. Da war Onkel Paul. Er überragte die meisten Gäste um einen halben Kopf, und als er lachte, konnte Marie seine tiefe Stimme trotz der Musik hören. Oma Luise kam ihr entgegen und umarmte sie.

„Da bist du ja endlich", sagte sie. „Komm, dein Vater will die Gäste begrüßen."

„Bin gleich zurück", flüsterte Marie Hanna zu und ging zu ihrem Vater.

Hannes sah toll aus in dem Anzug, den er sich extra für diesen Anlass hatte machen lassen. Er legte einen Arm um Marie und einen um Regine, und Onkel Paul gab der Band ein Zeichen. Sie spielte einen Tusch und dann war es still. Alle sahen Hannes an, das heißt, sie sahen auch Marie an und sie merkte, dass Hannes aufgeregt war, deshalb war sie gleich noch aufgeregter. Sie hörte nicht viel von dem, was ihr Vater sagte. Nur dass die Gäste lachten und klatschten, bemerkte sie, und dass sich Hannes langsam entspannte und Onkel Paul auch etwas sagte und Oma Luise ganz glücklich aussah und schließlich alle zum Buffet gingen und die Band wieder zu spielen begann und die Sonne schien und Jelena sich mit einem Jungen unterhielt, der bestimmt fünf Jahre älter war als sie, und Hanna als Erste einen vollen Teller in der Hand hielt und die Stimmen immer lauter wurden und sie keinen Hunger hatte, nur Durst.

Nach dem Essen wurde getanzt. Marie stand neben Hanna und schaute auf die Stadt. Am Ufer des Flusses sah man die Lichter der Restaurants und Bars. Der Autostrom über die Brücken war noch stark, obwohl sich die Silhouette der Stadt schon scherenschnittartig gegen den Abendhimmel abzeichnete.

„Langweilt ihr euch?“ Marie drehte sich um. Ihr Vater stand hinter ihr.

„Nein, nein gar nicht“, antwortete sie.

Auch Hanna schüttelte den Kopf.

„Wenn ihr nach Hause wollt, sagt es, dann bestelle ich euch ein Taxi.“

Marie nickte. „Es gefällt uns“, sagte sie und schaute wieder auf die Stadt.

„Du solltest mal mit dem Geburtstagskind tanzen.“ Hannes küsste sie auf die Wange. Marie schaute sich um. Jelena drehte sich gerade und lachte ihren Partner an. Marie war ein bisschen eifersüchtig. Die ganze Zeit mit Hanna hier herumzustehen, war doch irgendwie traurig.

„Wo ist Mama?“, fragte sie.

„Tanzt mit deinem Onkel.“

Marie reckte den Kopf und wirklich, da tanzte Regine mit Onkel Paul. Sie sah wunderschön aus. Alles an ihr, ihre Handgelenke, ihr Hals, ihr Gesicht, war fein und zart, so als sei sic aus einem besonders kostbaren Stoff gemacht, den man nur den Meistern anvertraute und von dem kein Gramm verschwendet werden durfte. Marie hakte sich bei ihrem Vater unter und ließ sich auf die Tanzfläche führen.

5. Kapitel

Kunden, die gezwungen waren, sich einen ADI-Traum zu kaufen, hasste Jonas. So wie diese Frau, die vor ihm auf dem Sofa saß. Ihr ADI-Wert betrug nur fünf Tage, deshalb überlegte sie jetzt seit acht Minuten, ob sie den Vertrag unterschreiben sollte oder nicht. Zwischen ihren dünnen Fingern drehte sie die ganze Zeit den Stift, den Jonas ihr gegeben hatte. Dabei starrte sie durch ihre billige Brille vor sich hin und redete wie zu sich selbst: „Es ist aber wichtig, dass ich vierzehn Tage wach bleibe, solange dauert der Einsatz."

„Dann müssen Sie noch zweimal herkommen", sagte Jonas. Verdammt, die Alte ging ihm auf die Nerven. Es war kurz vor einundzwanzig Uhr und er wollte die Filiale schließen.

„Und Sie sind sicher, dass das Gerät nicht kaputt ist?", fragte sie zum vierten oder fünften Mal.

„Ganz sicher", antwortete Jonas.

„Aber das würde bedeuten, dass ich noch zweimal herkommen muss."

„Ja, das bedeutet es." Jonas trommelte mit den Fingern auf die Glasplatte des Tisches. Er wollte, dass die Frau sich endlich entschied.

„Warum wird denn der Preis für einen ADI-Traum nicht nach Tagen berechnet? Das wäre doch gerechter." Sie drehte noch immer den Stift in der Hand.

„Hören Sie", sagte Jonas. „Der Preis für einen ADI-Traum beträgt 260 Euro. Wenn Sie mehrere Träume kaufen, gibt es Rabatt. Steht alles hier drin.“ Er zeigte auf die Broschüre, die er der Frau schon vor zehn Minuten gegeben hatte. Einen Moment saß sie noch da, dann stand sie langsam auf.

„260 Euro?“, fragte sie. „Das heißt, die Hälfte dessen, was ich in den vierzehn Tagen verdiene, müsste ich dafür zahlen, dass ich den Job überhaupt machen kann. Sie sagen doch immer, Sie wollen, dass jeder Mensch selbst entscheiden kann, wann er schläft und wann nicht. Aber bei den Preisen gilt das nur für die Reichen oder für Leute mit einem hohen ADI-Wert.“

Jonas stöhnte. Halt die Klappe, dachte er. Wenn du es dir nicht leisten kannst, dann komm nicht her. Er stand auf, ging zur Tür und öffnete sie. „Tut mir leid“, sagte er kalt. „Unser Verfahren ist aufwendig und hat deshalb seinen Preis.“

Die Frau murmelte noch etwas, als sie an ihm vorbeiging, aber er hörte nicht mehr hin. Als sie endlich draußen war, atmete er geräuschvoll aus. Er drehte sich um und ging in Herrn Reiters Büro, um den Schlüssel für die Eingangstür zu holen. Als er zurückkam, stand ein Mann in der Filiale. Er war groß und hager und trug einen schwarzen Anzug und einen schwarzen Hut. Sein Haar war weiß und schulterlang.

„Wo hat sie gesessen?“, fragte er. Er sprach mit einem Akzent, osteuropäisch, wahrscheinlich russisch.

Jonas war so überrascht, dass er nur „Wer?“ fragen konnte. Etwas an diesem Mann war seltsam.

„Das Mädchen, Marie Marne. Sie haben doch ihren ADI-Wert gemessen, 113 Tage. In welchem Sessel?“

Jonas zeigte auf den Sessel. Der Mann ging durch die Filiale und legte seine schmalen, langen Hände auf die Lehne. Einen Moment blieb er so mit geschlossenen Augen stehen. Es sah aus, als ob er jemandem zuhörte. Aber wem? Dann untersuchte er die Haube und schaltete ohne zu fragen den Laptop an. Jonas wollte protestieren, aber der Mann legte seinen dünnen Zeigefinger an die Lippen und machte: „Pssst! Wieso haben Sie ihren ADI-Wert überhaupt gemessen?“, fragte er dann.

„Nur so zum Spaß“, Jonas merkte, dass er rot anlief. Der Mann sah es nicht, er war mit dem Laptop beschäftigt.

„Warum war sie überhaupt da?“

„Wer?“

Jetzt hob der Mann den Kopf. „Marie Marne“, sagte er scharf.

„Sie war mit ihrem Vater da, Hannes Marne.“

„Bringen Sie mir seinen Vertrag.“

Jonas kratzte sich am Kopf. Wer war dieser Kerl? Durfte er ihm den Vertrag zeigen? Vielleicht war es besser, seinen Ausbilder, Herrn Reiter, anzurufen? Normalerweise durfte Jonas als Lehrling gar nicht allein in der Filiale sein, aber heute hatten alle etwas Wichtiges vorgehabt und er hatte sich angeboten, allein hier zu bleiben. Er wollte sich einen ADI-Traum gönnen. Offiziell durfte er das nicht, denn er war noch nicht achtzehn, aber inoffiziell hatte er schon seit dem Beginn seiner Lehrzeit ADI-Träume. „Entschuldigung, ich habe Ihren Namen nicht verstanden?“

„Holen Sie den Vertrag, wenn Sie weiter bei All Day Industries arbeiten wollen. Und beeilen Sie sich“, sagte der Mann, ohne den Blick von dem Laptop abzuwenden. Jonas zögerte noch einen Moment, dann gehorchte er.

Dieser Mann gehörte zur Firma, daran bestand kein Zweifel. Wahrscheinlich kam er von ganz oben. Jedenfalls schien er daran gewöhnt zu sein, Befehle zu geben. In Herrn Reiters Büro brauchte Jonas nur ein paar Klicks am Computer, bis er Hannes Marnes Vertrag gefunden hatte. Während er ihn ausdruckte, fragte er sich, ob ihm dieser seltsame Mann irgendwie nutzen konnte? Wenn Jonas ihm gab, was er wollte, würde der ihn vielleicht weiterempfehlen? Jonas hatte nicht vor, sein Leben lang ein einfacher Filialangestellter zu bleiben. Er wollte bei den ganz großen Jungs mitmischen, bei denen, die er manchmal in den ADI-Lounges traf, wenn er sich dort massieren ließ.

„Hier ist der Vertrag“, sagte er leise.

Der Mann nahm ihn und blätterte ihn hastig durch. „War dieser Hannes Marne zum ersten Mal hier?“ fragte er.

„Nein, er ist Stammkunde", antwortete Jonas schnell.

„Er hat heute Geburtstag. Seinen Fünfzigsten."

„Ja", sagte Jonas, „davon hat er mir erzählt, er wollte eine große Party geben."

„Wo?"

„Keine Ahnung." Verdammt, wenn er das auch noch gewusst hätte, wäre dieser Typ beeindruckt gewesen.

„Finden Sie es heraus."

Jonas ging schnell zu einem der Rechner, die in den Büros standen, und gab den Namen Hannes Marne ein. Der Mann schien berühmt zu sein. Es gab einen Haufen Einträge. Ziemlich weit unten wurde auf die Seite eines Hotels verwiesen. Es war das beste Hotel der Stadt. Noch während Jonas las, kam der Mann herein und schaute ihm über die Schulter.

„Vielleicht feiert er da", sagte Jonas.

Er bekam keine Antwort. Der Mann ging so grußlos, wie er gekommen war. Verdammt, Jonas hatte es vermasselt. Er schloss gedankenversunken die Tür ab. Dann drehte er sich um und stieg langsam die Stufen zu den Schlafkabinen hinauf. Es war bestimmt besser, wenn er den Besuch dieses seltsamen Mannes zunächst für sich behielt. Ohne nachzudenken öffnete Jonas die mit weißem Leder gepolsterte Tür der sechsten Schlafkabine. Er benutze immer die sechste Schlafkabine, ohne zu wissen warum. Es gab Kunden, denen waren die Kabinen zu klein, Jonas fand es gemütlich, dass sie kaum größer als das Bett waren, auf das er sich jetzt legte. Man hörte nichts, denn auch die Wände waren mit weißem Leder gepolstert. Die Schlafbrille hing an einem Ständer neben dem Kopfkissen. Jonas nahm sie und setzte sie auf. Dann drückte er auf die Fernbedienung.

Bunte Lichter kreisten vor seinen Augen. Leise Musik war zu hören. Gleich würde er träumen. Es war ein gutes Gefühl, ADI-Mitarbeiter zu sein. Das hier war die Zukunft und Jonas bekam sie zum Nulltarif.

6. Kapitel

Marie hatte mit ihrem Vater getanzt, mit ihrer Mutter, mit Onkel Paul, mit Oma Luise und natürlich mit Jelena. Aber Jelena war aufgedreht und redete die ganze Zeit über Friedrich, der bei Papa eine Art Praktikum machte. Er war ein Musikgenie, hatte gerade die Abiturprüfungen hinter sich gebracht und schien es nicht komisch zu finden, mit einer Dreizehnjährigen zu tanzen. Jedenfalls forderte er Jelena sofort wieder auf, nachdem Marie sie freigegeben hatte. Hanna dagegen interessierte sich für nichts und niemanden. Sie warf gerade Oliven von der Dachterrasse auf ankommende Hotelgäste und fand das sehr lustig.

Dass ihre beiden Freundinnen sehr unterschiedlich waren, hatte Marie schon lange nicht mehr so deutlich empfunden. Sie schaute sich um, konnte aber niemanden aus der Familie entdecken. Langsam schlenderte sie einmal um die Tanzfläche herum, als sie ihre Mutter aus dem Fahrstuhl kommen sah. Ihr Gesicht war ernst und sie winkte Marie zu sich heran. Etwas stimmte nicht, das merkte Marie sofort.

„Wir müssen nach Hause“, sagte Regine. „Es ist etwas passiert.“

Marie erschrak. „Mit Oma?“, fragte sie.

„Nein, mit deinem Vater.“

„Was!? Wo ist er?“

„Unten in der Lobby. Paul und Luise sind bei ihm. Wir müssen gehen, hast du deine Handtasche?“

Marie hielt ihre Handtasche hoch. Regine nickte und rief den Fahrstuhl.

„Was ist denn passiert?“, fragte Marie und versuchte, ihre Panik zu unterdrücken.

„Wissen wir nicht“, sagte Regine leise. „Er spricht nicht mehr, sitzt einfach da und singt. Er scheint niemanden zu erkennen. Bete, dass es kein Schlaganfall ist.“

Marie wollte Hanna noch etwas zurufen, aber der Fahrstuhl kam und Regine stieg sofort ein. Als sie in der Lobby ausstiegen, war der Krankenwagen schon da. Hannes saß in einem Sessel. Vor ihm hockte die Notärztin. Sie leuchtete ihm mit einer Taschenlampe in die Augen. Es schien ihn nicht zu stören. Als sie näher kamen, hörte Marie ihren Vater summen. Er schaute niemanden an. Sie ging zu ihm und legte ihm die Hand auf den Arm. Er reagierte nicht, weder auf die Berührung noch auf ihre Anwesenheit. Die Notärztin stand auf. „Er muss gründlich untersucht werden“, sagte sie. „Am besten wir fahren jetzt.“

„Ist es ein Schlaganfall?“, fragte Regine.

„Das kann ich nicht ausschließen“, antwortete die Ärztin, „aber ich glaube es nicht. Wir müssen ihn untersuchen.“

„Oma bringt dich nach Hause, Schatz“, sagte Regine.

Marie protestierte sofort. „Nein, ich komme mit, ich will nicht alleine mit Oma zu Hause sein. Ich komme mit.“

Regine überlegte einen Moment, dann nickte sie. Die Verabschiedung war kurz. Onkel Paul umarmte sie und sagte, sie sollten ihn sofort anrufen, sobald sie etwas wüssten. Oma Luise weinte ein bisschen. Die Ärztin und Regine griffen Hannes unter die Arme. Er stand sofort auf und folgte ihnen. Aber er schien nichts von dem wahrzunehmen, was um ihn herum geschah.

„Wieso war Papa denn hier unten?“, fragte Marie auf dem Weg zum Krankenwagen.

„Er hat sich hier unten mit einem Mann getroffen, hat die Rezeptionistin gesagt.“

„Was für ein Mann?“, fragte Marie.

Regine zuckte mit den Schultern. „Keine Ahnung, sie konnte ihn nicht beschreiben.“

„Aber sie muss doch wissen, wie der Mann ausgesehen hat", sagte Marie.

„Aber sie weiß es nicht", schimpfte ihre Mutter, „sie kann ihn nicht beschreiben, keine Ahnung warum. Paul hat sie befragt und den würde sie ja wohl kaum anlügen, der ist immerhin ihr Chef."

Die Ärztin bestand darauf, dass Hannes sich hinlegte. Er gehorchte. Auf der Fahrt in die Klinik beantwortete Regine tausend Fragen: Ob Hannes regelmäßig Medikamente oder Drogen nahm, ob er irgendeine chronische Krankheit hatte, ob er schon einmal einen epileptischen Anfall hatte, ob so etwas in seiner Familie schon einmal vorgekommen war und so weiter und so fort. Einmal lachte Hannes plötzlich und dann nickte er.

„Seltsam", sagte die Ärztin leise, „so ein Fall ist mir noch nicht untergekommen."

Diesen Satz sollten Regine und Marie in den folgenden Tagen noch oft hören. Jeder Arzt, dem Hannes vorgestellt wurde, sagte ihn am Ende seiner Untersuchung.

7. Kapitel

Es war am zweiten Sonntag, nachdem Hannes ins Krankenhaus gekommen war, als Marie gleich nach dem Aufwachen beschloss, zum Bäcker an der Ecke zu fahren und Brötchen zu kaufen. Sie zog sich an, nahm Kleingeld aus dem Portemonnaie ihrer Mutter und fuhr, ohne sich gewaschen zu haben, mit ihrem Fahrrad an den anderen Einfamilienhäusern vorbei bis vor zur Straße. Ein Hund lief ihr bellend hinter dem Zaun des Nachbargrundstückes nach, sonst war alles still. Die Straße lag verlassen in der Morgensonne.

Wenn nicht vorne an der Ecke, dort wo der kleine Bäckerladen war, eine Straßenbahn vorbeigedonnert wäre, hätte man sich kaum vorstellen können, in einer Großstadt zu sein. Einfamilienhaus reihte sich an Einfamilienhaus, Wintergärten, Garagen, saubere Auffahrten und etwas zu originelle Briefkästen. Dann plötzlich die vierspurige Straße, Ampeln, Läden, zugeparkte Gehwege und die Straßenbahnhaltestelle, von der Marie wochentags immer in die Schule fuhr. Sie stellte ihr Fahrrad ab und betrat den Laden. Es duftete herrlich nach frisch gebackenen Brötchen. Gerade als sie die gebrochen deutsch sprechende Verkäuferin gebeten hatte, ihr fünf Doppelte zu geben, sagte plötzlich jemand neben ihr: „Wenn du mit deinem Vater sprechen willst, komm heute allein in die Klinik."

Marie ließ das Geld fallen und fuhr herum. Neben ihr stand ein dünner großer Mann in einem schwarzen Anzug mit einem schwarzen Cowboyhut auf dem Kopf. Er hatte lange weiße Haare, die unter dem Hut hervorschauten.

„Was?“, fragte sie. „Was haben Sie gerade über meinen Vater gesagt?“ Sie merkte, dass diese Frage laut und fordernd aus ihrem Mund kam, ohne dass sie das beabsichtigt hatte.

Der schwarz gekleidete Mann sah sie nur kurz an, nickte und ging dann, ohne ein weiteres Wort zu sagen. Marie starrte ihm nach. „Ich will wissen, was Sie gerade über meinen Vater gesagt haben“, rief sie, aber der Mann drehte sich nicht einmal um.

Die Verkäuferin tippte auf den Zettel, auf den sie den Preis für die Brötchen geschrieben hatte. Marie sammelte das Geld auf dem Fußboden zusammen, legte es auf den Teller an der Kasse, nahm ihre Brötchen und rannte hinaus. Neben ihrem Fahrrad blieb sie stehen und sah sich um. Die Sonne schien ihr ins Gesicht, im Radio hatten sie 30 Grad vorausgesagt. Wo war der schwarz gekleidete Mann? Woher war er gekommen, und wieso hatte Marie ihn nicht bemerkt, als sie den Laden betreten hatte? Und wohin war er jetzt verschwunden? Noch einmal schaute sie links und rechts die Straße entlang, dann bestieg sie ihr Fahrrad und fuhr los.

Schon nach hundert Metern sah die Stadt nicht mehr städtisch, sondern dörflich aus. Marie hielt nach dem Mann Ausschau. Er konnte sein Auto irgendwo geparkt haben und damit weggefahren sein. Oder? Sie bremste und stieg vom Fahrrad. Ihr war gerade eingefallen, dass die Verkäuferin gar nicht auf den Mann reagiert hatte. Was, ja was, wenn er gar nicht dagewesen war? Was, wenn die Krankheit ihres Vaters, die niemand kannte, erblich oder ansteckend war? Vielleicht hatte es bei ihm auch so angefangen? Vielleicht hatte er am Anfang auch Menschen oder Dinge gesehen und gehört, die außer ihm niemand wahrnehmen konnte.

Im Weiterfahren probierte Marie ihr Gedächtnis aus und versuchte, sich an alles Mögliche zu erinnern: An ihre Geburtstage, an ihre Hausaufgaben, an die Ergebnisse ihrer letzten Punktspiele. All das fiel ihr nicht schwer, aber was bedeutete das schon?

Als sie nach Hause kam, stand die Tür zum Schlafzimmer ihrer Eltern offen, ihre Mutter war also schon aufgestanden. Marie ging in die

Küche und sah, dass Regine mit geröteten Augen am Tisch saß. Im Radio wurde irgendeine Messe übertragen. „Wir bitten dich, erhöre uns“, sagte die Gemeinde gerade. Marie wusste, dass sie ihrer Mutter nichts von dem Vorfall im Bäckerladen erzählen durfte. Seit Hannes in der Klinik lag, weinte Regine oft, sie sprach wenig und schlich, wenn sie zu Hause war, herum wie eine kranke Katze. Manchmal kam sie plötzlich ins Zimmer, gab Marie einen Kuss und ging wieder, einfach so, ohne etwas zu sagen.

Sie frühstückten stumm, während im Radio gesungen und gepredigt wurde. Nur einmal fragte ihre Mutter, ob Marie sich heute verabredet habe. Marie schüttelte den Kopf. Später räumte sie den Tisch ab und duschte im Bad unterm Dach, während ihre Mutter das im Parterre benutzte. In Jeans und einem weißen Leinenhemd kam Regine ins Wohnzimmer. Ihr langes braunes Haar war noch nass, sie hatte sich nicht geschminkt. „Komm“, sagte sie, mehr nicht, nur dieses eine Wort: „Komm.“

Sie gingen denselben Weg, den Marie eben mit dem Fahrrad gekommen war, bis zur Haltestelle und fuhren mit der Bahn in die Klinik. Die Fahrt dauerte eine halbe Stunde. Marie sah aus dem Fenster. Sie dachte an ihren Vater, obwohl sie das nicht wollte.

Sie dachte daran, dass er sie abends vor dem Schlafen immer angemalt hatte. Mit dem Finger war er ihr übers Gesicht gefahren und hatte so getan, als ob er sie anmalen würde, und sie hatte raten müssen, in was seine ausgedachten Farben sie verwandelt hatten. In eine Katze oder in einen Pirat oder in eine Hexe oder sonst etwas. Wie lange war das her? Wann hatte ihr Vater das letzte Mal an ihrem Bett gesessen? Wenn sie die Augen schloss, sah sie ihn zwischen Instrumenten und Mikrofonständern in seinem Tonstudio sitzen, versunken, mit geschlossenen Augen Gitarre spielend oder Klavier, die großen Kopfhörer auf dem Kopf. Oder im Technikraum, wo Hunderte von Lämpchen und Zeiger zuckten und eine verwirrende Anzahl von Reglern in unterschiedlichen Farben zu bedienen war. Hier in seinem Reich verbrachte er die meiste Zeit des Tages und oft auch die Nacht. Hier durfte er nicht gestört werden. Wenn Marie ihn besuchen wollte, musste sie warten, bis die grüne Lampe über der Tür anging, und die grüne Lampe über der Tür ging immer seltener an, seit ihr Vater vor vier Jahren den großen Durchbruch geschafft hatte.

Seitdem arbeitete er ununterbrochen. Nicht mehr nur für Filme, deren Premieren in kleinen Programmkinos liefen, sondern für große Produktionen, bei denen Fernsehkameras und dreißig Journalisten vor dem roten Teppich warteten. Anfangs fand Marie es toll, ihren Vater zu den Premieren zu begleiten, aber jetzt waren es so viele. Hannes komponierte ununterbrochen. ADI-Träume zu kaufen war für ihn zur Selbstverständlichkeit geworden. Regine hatte ihm verboten, zwei Träume hintereinander zu haben, sie hatte sogar mit der Scheidung gedroht, als er nicht auf sie hören wollte. Die beiden hatten sich oft gestritten in letzter Zeit. Und jetzt? Jetzt war Hannes noch weiter fort. Viel weiter, vielleicht unendlich weit. Marie wollte nicht darüber nachdenken, ob sie ihn jemals wieder in seinem Studio würde sitzen sehen. Sie wollte diesen Gedanken nicht in ihre Nähe lassen, obwohl er wie ein Nebel über allem hing, was sie dachte.

Die Klinik lag direkt an der Straßenbahnhaltestelle inmitten eines sehr schönen Parks. Wenn es keine Klinik gewesen wäre, hätte Marie diesen Ort gemocht. Hinter einem etwa zwei Meter hohen schmiedeeisernen Zaun führte eine Auffahrt einen Hügel hinauf. Dort oben war ein großes weißes Gebäude. In einem Zimmer dieses weißen Gebäudes saß seit acht Tagen Maries Vater und niemand konnte sagen, was ihm fehlte. Er konnte gehen und essen und singen und komisch lächeln, aber er sprach nicht, erkannte niemanden, konnte sich an nichts erinnern.

Marie lief lustlos die Stufen zum Haupteingang hinauf. Sie ließ die Arme baumeln und schaute zu Boden. Sie wollte die große Eingangshalle nicht sehen, nicht das blank gewienerte Parkett, nicht das kunstvoll gedrechselte Geländer an den breiten Stufen, die zu den Zimmern führten, nicht den großen Kronleuchter und nicht die freundlich nickenden Schwestern und Ärzte. Eigentlich wollte sie auch ihren Vater nicht sehen, nicht, solange er in dieser Klinik war.

Als sie in sein Zimmer kamen, drehte er sich nicht einmal zu ihnen um. Er saß auf dem Bett und schaute aus dem Fenster. Maries Mutter ging zu ihm, streichelte und küsste ihn. Marie blieb an der Tür stehen. Es war wie jedes Mal, wenn sie herkamen: Sobald sie ihren Vater sah, fing ihr Herz heftiger zu schlagen an. Es war unbelehrbar, dieses Herz, es wollte sich nicht daran gewöhnen, dass Hannes sie nicht erkannte. Dass er seine eigene Tochter nicht erkannte, seine Frau nicht, niemanden. Dass er nicht sprach, dass er wie abwesend war. Jedes Mal, wenn ihr Herz den ersten Freudensprung getan hatte, kam die Traurigkeit.

Sie wollte ihn umarmen und wegrennen, aber nichts von all dem tat sie. Sie blieb an der Tür stehen, bis ihre Mutter sie heranwinkte, dann ging sie zu ihm und sah ihn an und ihr Herz krampfte sich zusammen. Er war so anders, so weit weg, obwohl er doch hier auf dem Bett saß und sie ihn anfassen konnte. Ihre Mutter zog ihn sanft am Arm und er folgte ihr, ohne sie anzusehen. Marie lief hinterher. Sie gingen in den Garten. Es war kurz nach dem Mittagessen, die meisten Besucher kamen später.

Der Garten fiel sanft ab und endete an einer Mauer, hinter der die nächste Straße lag. Zuerst setzten sie sich auf eine Bank und schauten auf die Stadt. Wie viele Väter holten jetzt gerade das Auto aus der Garage oder die Fahrräder aus dem Keller? Wie viele glückliche Familien waren jetzt irgendwo da draußen unterwegs? Marie sah die Häuser, die Straßen, die Sonne, ein herrlicher Tag. Hannes fing wieder an, leise zu summen. Es war, als ob er ein Lied mitsang, das er hörte. Aber wo hörte er es? In seinem Kopf, im Weltall, wo? Hier war nirgendwo Musik, hier sang niemand außer den Vögeln in den Bäumen. Wo nur hörte er dieses Lied?

Maries Mutter stand auf und ging zu einem der Ärzte, einem Mann mit grauem Haar, der gerade in der Tür gestanden und ihr zugenickt hatte. Die Ärzte wussten nicht, was Hannes fehlte, sie hatten sein Gehirn fotografiert, sie hatten einen Haufen bunter Bilder gemacht und sie angeschaut, aber auf den Bildern war alles in Ordnung. Hannes' Kopf war nicht kaputt. Es gab keine Erklärung. Das war vielleicht das

Schlimmste, dass es keine Erklärung gab, dass niemand sagen konnte, was mit ihm los war. Wie lange würde er so bleiben? Für immer oder nur bis nächste Woche? Niemand wusste, ob er nicht vielleicht eines Morgens einfach aufstehen, sich schütteln und nach seiner Tochter und seiner Frau suchen würde. Am Anfang hatte Marie immer, wenn das Telefon klingelte, damit gerechnet, dass Hannes wieder normal war.

Jetzt sah sie ihn von der Seite an. Er summte und blickte auf die Stadt. Sie nahm vorsichtig seine Hand. Er ließ es geschehen. Eine Träne lief ihr über die Wange, sie konnte nichts dagegen tun. Als ihre Mutter zurückkam, ging Marie fort. Sie lief ziellos durch den Park. Einmal drehte sie sich um. Ihre Mutter redete mit Hannes, als ob er sie verstehen könnte. Die Ärzte hatten ihr gesagt, dass man nicht wissen könne, was Hannes verstand und was nicht. Aber Marie wusste, dass er nichts verstand. Die Ärzte wollten sie nur trösten, sie wollten darüber hinwegtäuschen, dass sie keine Ahnung hatten, was mit Hannes los war.

Marie ging zu einer der Bänke. Später am Tag würden diese Bänke alle besetzt sein, aber jetzt noch nicht. Sie setzte sich und verschränkte die Arme vor der Brust.

„Hallo Marie, schön dass du gekommen bist", sagte plötzlich jemand. Als sie den Kopf drehte, saß der Mann aus dem Bäckerladen neben ihr. Er trug immer noch den schwarzen Hut und den schwarzen Anzug und saß sehr gerade da, den Blick in die Ferne gerichtet. Wie hatte sie ihn übersehen können? Das war doch unmöglich.

„Darf ich mich vorstellen?", fragte der Mann mit komischem Akzent und reichte ihr eine Visitenkarte. „Mr. Phisto" stand in fein geschwungenen Buchstaben darauf und darunter: „Agent der Nacht". Sie wusste nicht, was sie damit anfangen sollte. Agent der Nacht, was sollte das sein? War das ein Scherz?

„Verzeih, dass ich heute Morgen im Bäckerladen keine Zeit hatte für eine längere Unterhaltung, es war unhöflich, dich da einfach so stehen zu lassen."

„Können die anderen Sie auch sehen oder nur ich?", fragte Marie.

Mr. Phisto lächelte. Er stand auf, ging auf den Hauptweg, wo sich eine Krankenschwester gerade mit jemandem unterhielt, zog den Hut, redete und nickte ein paarmal. Die Krankenschwester lachte und dann sahen alle zu Marie herüber und lachten noch einmal. Marie kam sich ziemlich blöd vor. Wie hatte sie nur glauben können, dieser Mann sei ein Geist? Er verabschiedete sich und kam wieder zu der Bank zurück.

„Habe ich deine Frage damit beantwortet?", fragte er, als er wieder neben ihr saß.

„Was wollen Sie?", fragte Marie mürrisch.

Sie fand ihn merkwürdig. Seine blasse Haut, die grünen Augen und diese dünnen weißen Haare, die offensichtlich gefärbt waren. Dazu die große Nase und die schmalen Lippen. Und wie er sich gerade hielt und wie er flüsterte und dann der komische Akzent. Etwas mit ihm stimmte nicht, sie wusste nur nicht genau, was es war.

„Ich will dir die Möglichkeit geben, mit deinem Vater zu sprechen", sagte Mr. Phisto.

„Mein Vater spricht nicht", antwortete Marie.

„Im Moment nicht, aber heute Abend schon", sagte Mr. Phisto. „Komm, wenn es dunkel wird, allein wieder hierher, dann werde ich dafür sorgen, dass du dich mit deinem Vater unterhalten kannst."

„Wie wollen Sie das machen? Sie sind doch kein Arzt", sagte Marie schnippisch.

„Hat einer der Ärzte hier deinem Vater bis jetzt geholfen?", fragte Mr. Phisto.

Marie schüttelte den Kopf.

„Das liegt daran, dass dein Vater nicht krank ist."

„Nicht?" Marie schaute Mr. Phisto an. „Woher wissen Sie das?"

„Das darf ich nicht sagen."

„Wieso denn nicht?"

Er tippte auf die Visitenkarte. „Ich bin ein Agent der Nacht, das bedeutet, dass es bestimmte Dinge gibt, über die ich nicht sprechen darf."

Marie betrachtete die Visitenkarte und drehte sie in der Hand. Das war doch Blödsinn oder nicht? Agent der Nacht, was sollte das sein?

CIA-Agenten, FBI-Agenten, die gab es jeden Tag im Fernsehen, aber Agent der Nacht? Welche Nacht war damit gemeint? Die Nacht, die auf jeden Tag folgte, oder eine andere? Oder war Nacht eine Abkürzung für irgendeine geheime Organisation?

„Warum soll ich heute Abend allein hierher kommen?“, fragte sie.

„Weil nur du deinem Vater helfen kannst.“

„Ich?“

„Die Ärzte können es nicht, das hast du ja schon bemerkt. Und jemand anderes wird sich nicht die Mühe machen, sich um deinen Vater zu kümmern. Du bist die Einzige, die ihm helfen kann. Und mich hat man hierher geschickt, damit ich dir sage, wie du das am besten machst. Also, bis heute Abend.“

Ohne ein weiteres Wort stand Mr. Phisto auf und ging. Marie ließ ihn nicht aus den Augen. Sie wollte wissen, ob er wieder auf geheimnisvolle Weise verschwand, aber diesmal ging er ganz gemächlich durch den Garten ins Haus.

Marie betrachtete noch einmal die Visitenkarte. Mr. Phisto, Agent der Nacht. Vielleicht war das alles ein Bluff und er wollte sie entführen? Ihre Eltern hatten Geld, das wusste sie. Wie viel es genau war, konnte sie nicht sagen, aber es war mehr, als die meisten Eltern ihrer Freundinnen hatten. Aber wenn er sie entführen wollte, war es dann nicht sehr plump, sie abends allein hierher zu bestellen? Und was, wenn es stimmte? Wenn wirklich nur sie ihrem Vater helfen konnte?

Sie sprang auf, sie musste es ihrer Mutter sagen, sie musste ihr sagen … sie musste ihr sagen … ja, was eigentlich? Dass sie heute Abend allein ins Krankenhaus kommen sollte, um mit ihrem Vater zu sprechen? Das würde Regine niemals erlauben.

Als Marie sich ihrer Mutter näherte, hörte sie, wie Regine auf ihren Vater einredete: leise und schnell, so als befürchte sie, belauscht zu werden. Und dabei hielt sie Hannes' Hand umklammert wie eine Ertrinkende. Es ging nicht. Sie konnte ihrer Mutter nicht sagen, was sie gerade erlebt hatte. Damit riskierte sie, alles zu verderben. Was, wenn an der Sache etwas dran war? Was, wenn sie heute Abend tatsächlich mit ihrem Vater sprechen konnte? Dann durfte sie Regine nichts von Mr. Phisto verraten, sonst müsste sie zu Hause bleiben.

Sie machte kehrt und lief durch den Park, als müsse sie dringend irgendwohin. Langsam füllten sich die Bänke und Wege. Männer und Frauen, im Rollstuhl sitzend oder von ihren Angehörigen am Arm geführt, kamen ihr entgegen. Marie wich ihnen aus, bog ab, lief über die Wiese an der Mauer zur Straße entlang. Sie wollte allein sein, sich verkriechen, verstecken, vor allem wollte sie keine kranken Menschen sehen.

Der Nachmittag zog sich endlos hin. Marie spielte Tennismatches im Kopf, um sich abzulenken und nicht an diesen seltsamen Mr. Phisto denken zu müssen. Letztes Jahr hatte sie den fünften Platz bei den deutschen Meisterschaften der U14 Juniorinnen belegt. Dieses Jahr begannen die Meisterschaften erst Anfang Juli. Sie hatte also noch ein paar Wochen, um sich vorzubereiten.

Drei- bis viermal die Woche ging sie trainieren, danach Hausaufgaben, ein bisschen Fernsehen und ins Bett. An den Wochenenden die Mannschaftsturniere. Obwohl sie erst dreizehn war, spielte sie bereits in der Damenmannschaft. Dort nannten sie alle das Küken. Das gefiel ihr nicht, aber sie ertrug es, ohne zu murren.

Endlich winkte Regine sie heran. Sie brachten ihren Vater in sein Zimmer zurück und verabschiedeten sich von ihm. Marie fand diese Verabschiedungen quälend. Sie verstand nicht, wie ihre Mutter dabei so freundlich, so zuversichtlich bleiben konnte. Nichts hatte sich am Zustand ihres Vaters geändert, seit er hier war. Und wenn es immer so blieb? Vielleicht war Mr. Phisto doch die einzige Möglichkeit, ihm zu helfen? Was konnte schon passieren, wenn sie heute Abend hierher kam und tat, was er von ihr verlangte? Sie küsste ihren Vater und ging.

8. Kapitel

Zu Hause angekommen, setzte sich Marie vor den Fernseher. Durch die offene Tür konnte sie Regine sehen, wie sie Brot schnitt und den Tisch deckte. Beim Essen dann erzählte Regine, dass Hannes an einer Stelle gelacht hatte. Solche Geschichten erzählte sie oft, wenn sie aus der Klinik kam. Er hatte genickt oder gelacht oder sie auf eine besondere Weise angesehen. Marie schwieg. Die Ärzte hatten ihnen vorhergesagt, dass so etwas passieren würde. Aber es bedeutete nichts, das waren Einbildungen und Wunschvorstellungen, Regine wusste das. Trotzdem erzählte sie immer wieder davon. Marie kaute mit gesenktem Kopf. Sie wollte ihre Mutter nicht ansehen, sie wollte diese Geschichten nicht hören.

Nach dem Essen sagte Regine, sie sei müde und wolle sich ein bisschen hinlegen. Sie stand auf und ging ins Wohnzimmer. Marie blieb in der Küche und grübelte, sie konnte nichts dagegen tun. Schließlich beschloss sie, ihrer Mutter doch alles zu erzählen. Sie sprang auf und lief ins Wohnzimmer. Ihre Mutter lag auf dem Sofa und schlief. Marie hörte sie atmen.

„Mama?"

Keine Antwort. Nur das Ticken der großen Wohnzimmeruhr. Marie beugte sich über ihre Mutter. Was sollte sie tun? Sie hasste es, nicht zu wissen, was sie tun sollte. In die Klinik fahren? Oder warten, bis ihre Mutter wieder aufwachte? Ein Ladizein – in etwa: lade den Zufall ein –, sie musste ein Ladizein stellen, das tat sie immer, wenn sie nicht weiter wusste. Wenn sie morgens zum Beispiel nicht sicher war, ob sie das weiße oder das blaue T-Shirt anziehen sollte, stellte sie während des Frühstücks ein Ladizein: Wenn das Lied endet, ehe der Toast fertig ist, ziehe ich das weiße T-Shirt an, wenn nicht, das blaue. Sie ging zurück in die Küche und stellte sich vor das Radio: Lief Musik, in dem Moment, in dem sie es anschaltete, hieß das, sie würde in die Klinik fahren, war ein Sprecher oder eine Sprecherin zu hören, wollte sie zu Hause bleiben. Sie schaltete an: Musik.

Ohne zu zögern ging sie in den Flur, zog sich an und lief aus dem Haus. Sie fuhr mit der Straßenbahn in die Klinik. Das alles war verrückt, vollkommen und ganz und gar verrückt. Wahrscheinlich war die Klinik jetzt geschlossen, und wenn nicht, dann doch die Tür zum Zimmer ihres Vaters. Wahrscheinlich schlief er längst. Was dann? Was, wenn Mr. Phisto nicht da war? Was, wenn er sich wirklich einen Scherz erlaubt hatte? Oder sie doch entführen wollte?

Die Straßenbeleuchtung war schon angeschaltet, als Marie vor der Klinik ausstieg und langsam auf das gusseiserne Tor zulief. Mr. Phisto stand in der Auffahrt. Seine schlanke Gestalt war schon von Weitem zu erkennen. Marie kam es so vor, als wäre es um ihn herum dunkler als im übrigen Teil der Straße. Das Herz schlug ihr bis zum Hals. Sie blieb stehen. Mr. Phisto kam ihr entgegen.

„Guten Abend“, sagte Marie leise.

„Guten Abend“, sagte Mr. Phisto. „Tu bitte genau, was ich dir sage, und stell keine Fragen.“

Sie nickte.

„Folge mir“, sagte er und lief los, ohne sich umzudrehen.

Marie gehorchte. Es gab keine andere Möglichkeit, herauszufinden, was all das zu bedeuten hatte. Sie liefen um das große Hauptgebäude herum zu einer Treppe. An deren Fuß blieb Mr. Phisto stehen. „Mach die Tür auf“, sagte er leise.

Marie drückte die Klinke herunter. Tatsächlich, die Tür war unverschlossen. Sie führte zu einem langen Gang, an dessen Ende sich eine weitere Treppe befand.

„Bleib dicht hinter mir", sagte Mr. Phisto, ehe sie die Treppe hinaufstiegen. Da war die Eingangshalle, durch die Marie heute Nachmittag gelaufen war. Jetzt wusste sie, wie sie zum Zimmer ihres Vaters käme. Und doch blieb sie immer hinter Mr. Phisto. Alles war so still und dadurch ganz verändert. Wenn er stehen blieb, blieb sie auch stehen, wenn er weiterlief, lief sie auch weiter. So kamen sie in das Zimmer ihres Vaters, ohne bemerkt zu werden. Es war schon dämmrig. Er lag auf dem Bett und schlief. Marie hörte seinen gleichmäßigen Atem. Neben ihm auf dem Nachtschrank tickte ein Wecker.

„Leg dich neben ihn und schlaf", sagte Mr. Phisto.

„Was!", rief Marie.

„Wenn du mit deinem Vater reden willst, leg dich neben ihn und schlaf."

„Aber wenn ich schlafe, wie soll ich da reden?", fragte Marie.

„Du wirst träumen."

„Träumen!?" Ach je, das war es also, das war die ganze Geschichte, träumen?! Sie war furchtbar enttäuscht. Agent der Nacht, jetzt verstand sie die Anspielung.

„Sie haben gesagt, ich könnte mit meinem Vater reden, nicht von ihm träumen", flüsterte sie.

„Du wirst mit ihm reden, im Traum", sagte Mr. Phisto mit stoischer Ruhe. Offenbar hatte er mit Maries Reaktion gerechnet.

„Im Traum …" Marie schüttelte den Kopf. „Sie haben gesagt, ich könnte meinem Vater helfen."

„Und das wirst du auch, wenn du neben ihm schläfst."

„Das ist doch Quatsch!" Als sie das gesagt hatte, sah Mr. Phisto sie mit seinen grünen Augen an und sie senkte den Blick. Etwas an diesen grünen Augen war ihr unheimlich.

„Deine Entscheidung", sagte er. „Ich gehe jetzt, tu, was du für richtig hältst." Er zog kurz den Hut und ging.

Was nun? Sie lauschte auf die Geräusche: der Wecker, der gleichmäßige Atem ihres Vaters, auf dem Gang ein paar Schritte. Marie schaute Hannes an. Sie war, seit er sich in der Klinik befand, nicht mehr mit ihm allein gewesen. Vorsichtig zog sie die Schuhe aus und legte sich neben ihn. Mit angehaltenem Atem drehte sie sich seinem Rücken zu. Seine Haare rochen wie immer. Sie legte ihm den Arm um die Hüfte. Jetzt erst spürte sie, wie schnell ihr Herz schlug. Sie war den Tränen nahe. Was geschah nur gerade mit ihr? Durch das angelehnte Fenster hörte sie das ferne Rauschen der Stadt. Das beruhigte sie ein bisschen. Sie schloss die Augen und schlief sofort ein. Jedenfalls konnte sie sich später nicht mehr daran erinnern, was passiert war, nachdem sie sich neben ihren Vater gelegt hatte.

Sie erwacht in einer riesigen, halb dunklen Halle, deren Gewölbehimmel nur zu ahnen ist, so lang sind die Säulen, auf denen er ruht. Auch das andere Ende der Halle ist nur zu ahnen, so viele Säulen stehen wie ein steinerner Wald nebeneinander. Durch die riesigen Fenster fällt ein eigentümlich kaltes Licht. Irgendetwas fliegt umher, handgroße Libellen oder Fledermäuse, große Nachtvögel und schwarze Schmetterlinge. Als Marie auf ihre Füße sieht, bemerkt sie, dass der Boden aus Glas oder Eis ist. Bizarre Fische schwimmen darunter. Ihre runden Augen glotzen sie an.

Und dann hört sie sie, die Musik ihres Vaters. Da wo Längs- und Querschiff sich treffen, sitzt er auf einem großen Stuhl und spielt Geige. Eigentlich kann er nicht Geige spielen, nur Klavier und Gitarre. Um ihn herum stehen seltsame Gestalten. Es sind Ärzte, Wahrsager, Clowns, Krankenschwestern und Verrückte in weißen Kitteln, Eisprinzessinnen und Orchestermusiker, Heiratsschwindler und Bauchtänzerinnen. In dem eigentümlichen Licht schimmern ihre Haare und Kleider silbern. Marie bleibt vor ihrem Vater stehen, ohne dass er es merkt. Es ist eine wundervolle Musik, die er spielt, eine Vater-Tochter-Musik, nur dafür ist sie gemacht, für nichts sonst. Als Hannes Marie sieht, setzt er den Bogen ab: „Marie!" Er springt auf. „Endlich! Ich muss hier raus! Du musst mir helfen. Was ist heute für ein Tag?"

Marie fängt an zu weinen. Sie kann nichts dagegen tun. „Das ist ein Traum", schluchzt sie. „Ich weiß es genau, das ist nicht wirklich."

„Natürlich ist es ein Traum", antwortet Hannes, „aber wie kann ich aufwachen? Ich habe mich geohrfeigt, ich habe geschrien, ich habe versucht, hier herauszukommen, aber nichts hat geholfen. Ich bin in diesem Traum gefangen. Keine Ahnung wie lange schon. Ich habe Dienstag ein paar wichtige Aufnahmen, großes Orchester, ich kann hier nicht länger rumsitzen."

Marie starrt ihren Vater an. Soll sie ihm sagen, dass der Dienstag längst vorbei ist? Sie bringt es nicht übers Herz.

„Ich weiß nicht, wie das passieren konnte", sagt Hannes, „du musst etwas tun. Sag deiner Mutter, sie muss mich irgendwie wecken, egal wie. Ich muss arbeiten, ich habe zu tun."

Marie zeigt auf die Umstehenden. „Und die hier? Wer sind die? Können die auch nicht aufwachen?"

„Keine Ahnung, sie reden nicht", antwortet Hannes, „ich weiß nicht einmal, ob sie mich verstehen."

Marie geht zu einem Koch und schaut ihn an. Er erwidert ihren Blick nicht. Kurz entschlossen holt sie aus und gibt ihm eine Ohrfeige. Er reagiert nicht.

„Das ist zwecklos", sagt Hannes. „Bitte, Liebes, hilf mir, allein schaffe ich es nicht."

„Ich werde dich hier rausholen", antwortet Marie, „ich kenne jemanden, der mir hilft ..."

9. Kapitel

Zuerst hörte sie den Wecker ticken. Ihr linkes Bein lag über dem ihres Vaters. Durch das Fenster drang das erste Tageslicht. Die Vögel im Park zwitscherten so aufgeregt, als wäre es das erste Mal, dass sie die Sonne aufgehen sahen. Die Stadt war still, ein leises tiefes Rauschen war alles, was Marie hören konnte. Sie lag und schaute den Rücken ihres Vaters an. Noch konnte sie einige Melodiefetzen hören, die Hannes im Traum eben gespielt hatte, noch sah sie einige der Gestalten aus der großen Halle. Was war das für ein komischer Traum gewesen? So einen hatte sie noch nie gehabt, noch nie in ihrem ganzen Leben.

Es war schwer vorstellbar, dass er weniger real sein sollte als alles, was sie im Moment sah. Ihr Blick fiel auf das Waschbecken neben dem Schrank. Ein Gedanke schoss ihr durch den Kopf. Sie glitt aus dem Bett, füllte den Zahnputzbecher mit Wasser und ging zurück zu ihrem Vater. Einen Moment zögerte sie, dann kippte sie das Wasser in sein Gesicht. Nichts. Keine Reaktion, kein Zucken, nicht einmal eine Änderung der Atemfrequenz. Er schlief weiter. Enttäuscht stellte Marie den Becher zurück. Mr. Phisto, sie musste ihn treffen, so schnell wie möglich. Er musste ihr sagen, was zu tun war.

Draußen waren Schritte zu hören. Sie schaute auf den Wecker. Es war zwanzig nach vier. In dreieinhalb Stunden musste sie in der Schule sein. Sie küsste ihren Vater auf die Schulter und öffnete leise die Tür. Der Flur lag im Halbdunkel. Kein Geräusch war zu hören. Sie schlich zurück zur großen Treppe und durch die Eingangshalle in den Garten. Es war angenehm kühl draußen, obwohl die Hitze des kommenden Tages schon zu spüren war. Wo war Mr. Phisto? Wieso hatte er nicht auf sie gewartet? Sie musste dringend mit ihm reden. Die erste Straßenbahn ratterte heran. Marie lief zur Haltestelle, und da stand er: Mr. Phisto. Wie immer hielt er sich sehr gerade. Er machte einen Schritt und wartete, in der Straßenbahntür stehend. Der Wagen war leer. Sie konnten sich setzen, wohin sie wollten. Mr. Phisto sah Marie an.

„Hast du mit deinem Vater gesprochen?", fragte er.

„Ja", antwortete Marie. „Er ist in einem Traum gefangen. Er weiß nicht, wie er aufwachen soll. Keine Ahnung, wie so etwas möglich ist, aber ich weiß, dass es stimmt. Es ist doch so, oder? Deshalb wollten Sie, dass ich neben meinem Vater schlafe. Damit ich von ihm selber erfahre, was mit ihm los ist."

Mr. Phisto schaute aus dem Fenster. „Wenn ich dir gesagt hätte, dass dein Vater schläft, hättest du mich für verrückt gehalten."

„Vielleicht", sagte Marie aufgeregt. Es fiel ihr schwer, sitzen zu bleiben. Am liebsten wäre sie in dem leeren Straßenbahnwagen hin und her gelaufen. „Aber was kann ich tun? Wie ihn wecken? Und wieso schläft er überhaupt solange? Sie haben gesagt, er ist nicht krank, aber was ist er dann?"

„Gefangen in einem Traum", sagte Mr. Phisto.

„Aber wie ist das möglich?", rief Marie.

„Das wissen wir nicht."

„Wer ist wir?" Sie fixierte ihn mit ihrem Blick. Sie wollte Antworten.

„Wissenschaftler, die unerklärliche Phänomene untersuchen", antwortete Mr. Phisto, ohne sein Gesicht vom Fenster abzuwenden. „Ereignisse, Krankheiten, Vorgänge, die trotz moderner Methoden nicht verständlich sind. Sie bleiben rätselhaft oder im Dunkeln. Das ist der eine Grund, warum sich unsere Organisation ‚Nacht' nennt. Der andere: Wir arbeiten im Verborgenen. Da wir keiner Regierung angehören und privat finanziert werden, können wir manches tun, was Regierungsorganisationen nicht tun dürfen. Deinem Vater helfen zum

Beispiel. Wollten wir warten, bis wir für unseren Lösungsansatz eine Genehmigung vom Gesundheitsministerium bekommen, würde das Jahre dauern. Wenn du also willst, dass wir dir helfen, dann bedeutet das absolute Verschwiegenheit. Zu niemandem ein Sterbenswort, sonst ziehen wir uns zurück und dein Vater wacht vielleicht nie mehr auf. Hast du das verstanden, Marie Marne?"

Marie nickte. Mr. Phisto sprach ruhig und gelassen und doch war er ihr unheimlich. Er strahlte eine ungeheure Entschlossenheit aus.

„Und?", fragte sie. „Wie weiter? Wir müssen etwas tun, wir müssen meinen Vater aus diesem Traum befreien." Sie stand auf und lief unruhig hin und her.

Mr. Phisto schien das alles nicht zu beeindrucken. Er saß da, sehr gerade, ein kleines Lächeln umspielte seine Lippen. „Wir glauben, dass du deinen Vater aus diesem Traum befreien musst", sagte er ruhig.

„Wieso glauben Sie das?"

„Weil es ähnliche Fälle gegeben hat, dein Vater ist nicht der Erste."

„Was?!" Marie blieb stehen. „Dann wissen sie, was zu tun ist?"

„Vielleicht."

„Was? Was muss ich tun?", rief sie. „Sagen Sie es! Egal wie schwer es ist, ich werde es schaffen."

„Zuerst müssen wir herausfinden, ob der Fall deines Vaters Ähnlichkeiten mit den anderen Fällen hat." Mr. Phisto zog ein kleines schwarzes Notizbuch aus der Tasche. „Hat dein Vater schon einmal einen ADI-Traum gehabt?", fragte er.

Marie nickte.

„Einen oder mehrere?", fragte Mr. Phisto.

„Mehrere, er hat regelmäßig ADI-Träume."

„Genau wie bei den anderen. Das heißt, wir müssen deinen ADI-Wert messen."

Marie zog die Augenbrauen hoch. „Warum?", fragte sie leise.

Mr. Phisto stand auf. „In allen ähnlichen Fällen gab es ein Familienmitglied, meist ein Kind, mit einem überdurchschnittlich hohen ADI-Wert. Hast du Geschwister?"

„Nein."

„Dann können wir davon ausgehen, dass du diejenige bist, die einen hohen ADI-Wert hat."

„Er liegt bei 113 Tagen", stammelte Marie.

„Woher weißt du das?", fragte Mr. Phisto und tat verwundert.

„Ich habe ihn messen lassen."

Er nickte: „Donnerwetter! Das ist der höchste ADI-Wert, von dem ich je gehört habe."

„Glauben Sie, dass ich daran schuld bin, dass mein Vater in diesem Traum gefangen ist?"

„Nein", antwortete Mr. Phisto. „Es scheint eher eine Verkettung unglücklicher Umstände zu sein. Wir werden dich kontaktieren, sehr kurzfristig. Wenn du tust, was ich dir auftrage, wird dein Vater bald wieder aufwachen."

„Wie bald?", fragte Marie.

„In ein paar Tagen", antwortete Mr. Phisto.

„Wirklich?!"

„Ich verspreche es." Mr. Phisto lächelte. Sein Mund verzog sich dabei zu einem schmalen Strich. Die Bahn hielt. Die Tür öffnete sich. „Denk an dein Versprechen, zu niemandem ein Wort. Sonst kann ich weder dir noch deinem Vater helfen."

Marie nickte. „Versprochen", sagte sie.

Mr. Phisto stieg aus. Dann fiel die Tür zu und die Bahn fuhr weiter. Die Stadt glitt vorbei, ohne dass Marie sie sah. Sie klammerte sich an die Haltestange neben der Tür. Hoffnung! Eine Welle der Hoffnung überflutete sie. Ein paar Tage! Nur noch ein paar Tage! Mr. Phisto hatte es versprochen. Das Rattern, ihr Herzschlag, sonst nichts. So stand sie und fuhr durch die noch leere Stadt. Natürlich waren schon Autos auf den Straßen, aber sie schienen keinen Lärm zu machen. Die umschaltenden Lichter der Ampeln waren wie eine geheimnisvolle Sprache, in der die Straßen sich lautlos miteinander unterhielten. Wie ferngesteuert stieg Marie aus, als die Bahn an ihrer Haltestelle hielt. Schritte auf dem Gehweg und in ihrem Kopf. In den Briefkästen die Zeitungen. Ein paar gurrende Tauben. Die kühle Morgenluft. Als sie nach Hause kam, lief sie zuerst ins Schlafzimmer ihrer Eltern, weil sie ihrer Mutter alles erzählen wollte, aber es war leer. Marie erschrak.

Erst jetzt stellte sie sich vor, was ihre Mutter gedacht haben musste, als sie wach geworden war und Maries Verschwinden bemerkt hatte. Aber ihre Mutter war nicht wach geworden. Marie fand sie, wie sie sie verlassen hatte, auf dem Sofa im Wohnzimmer liegend, die Hände unter dem Kopf. Die Terrassentür stand offen, das Licht in der Küche brannte, sogar das Radio dudelte noch leise vor sich hin. Alles war so, als wäre Marie gar nicht fort gewesen.

„Denk an dein Versprechen, zu niemandem ein Wort. Sonst kann ich weder dir noch deinem Vater helfen." Erst jetzt verstand Marie, was dieser Satz wirklich bedeutete. Sie durfte mit niemandem reden, nicht einmal mit ihrer Mutter. Mr. Phisto verlangte, dass sie alles für sich behielt. Wenn sie damit ihrem Vater half, dann musste es so sein. Ein paar Tage nur, nur ein paar Tage, dann war alles vorbei. Sie ging in ihr Zimmer und setzte sich an ihren Computer. „Hoher ADI-Wert" tippte sie in die Suchmaschine. Ein paar Artikel und Foren wurden angezeigt, in denen etwas über All Day Industries zu lesen war. Zuerst waren da Verschwörungstheorien, die nachweisen wollten, dass All Day Industries für den amerikanischen Geheimdienst arbeitete. Dann las Marie Diskussionen darüber, ob das ADI-Verfahren ein Fluch oder ein Segen sei. Half es den Menschen, wenn sie selbst bestimmen konnten, wie oft und wann sie schliefen? Oder verletzte das Verfahren den natürlichen Lauf der Welt? Stimmte es, dass in hundert Jahren niemand mehr schlafen würde? Dass Menschen mit geringem Einkommen in Zukunft zwanzig Stunden am Tag arbeiten mussten, um sich ihren Lebensunterhalt zu verdienen? Die meisten Diskussionen wurden sehr emotional geführt und waren mit den für Internetforen üblichen Beschimpfungen verbunden.

Dann fand Marie die offizielle Web-Seite von All Day Industries. Sie klickte den Button „Die zehn am häufigsten gestellten Fragen" an. Ein Mann und eine Frau erschienen.

„Möchten Sie, dass ich Ihre Fragen beantworte?“, fragte die Frau. Sie war blond, schlank und trug eine schicke Brille. Marie klickte auf den Mann. Daraufhin lächelte er und warf der Frau einen triumphierenden Blick zu. Er schnipste mit dem Finger und die Frau verschwand. Dann wartete er. Die Hände in die Hosentaschen seines tadellos sitzenden Anzuges gesteckt, trat er von einem Fuß auf den anderen. Das fand Marie lustig, deshalb ließ sie ihn warten. Auf der linken Seite waren zehn Fragen erschienen. Die erste lautete: Warum kann ich wach bleiben, obwohl ich keinerlei Medikamente eingenommen habe? Marie klickte auf die Frage. Der Mann schaute nach rechts, so als habe er gesehen, dass sie eine Frage angeklickt hatte und sagte: „Ah!“ Dann kam er ein Stück näher heran.

„Die Wissenschaftler von All Day Industries haben eine neue Energieform entdeckt“, sagte er verschwörerisch. „Da sich diese Energieform nur bei müden und schlafenden Menschen nachweisen ließ, wurde sie Schlafenergie genannt. Seltsam war nur, dass diese Schlafenergie abends nachweisbar war, morgens dagegen nicht. Sie schien im Schlaf irgendwie verbraucht zu werden. Es stellte sich heraus, dass unsere Träume sie verbrauchen. Wer träumen will, braucht Schlafenergie. Oder anders gesagt: Ohne Schlafenergie werden wir nicht müde, müssen wir nicht schlafen, träumen wir nicht. Darauf basiert das revolutionäre Verfahren von All Day Industries.“

Der Mann blieb wieder stehen und wartete. Er sah nach rechts, dorthin, wo die anderen Fragen angezeigt wurden. Marie ließ ihn zappeln, solange, bis er einmal laut gestöhnt hatte. Dann klickte sie eine andere Frage an: „Woher kommt die Schlafenergie und was hat es mit dem dunklen Meer auf sich?“

Wieder lächelte der Mann. Jetzt aber schnipste er mit dem Finger und ein Sessel erschien. Er setze sich und legte die Finger wichtigtuerisch aneinander. „Man weiß nicht genau, woher die Schlafenergie kommt“, begann er. „Eine Theorie besagt, dass wir Menschen selbst sie erzeugen. Eine andere geht davon aus, dass sie durch die Erdrotation entsteht. Aber genau belegen lässt sich beides nicht.“ Jetzt stand er auf. Als er noch einmal mit dem Finger schnipste, erschien hinter ihm ein Meeresstrand. Leises Rauschen drang aus den Lautsprechern von Maries Laptop. Der Himmel war dunkel und doch konnte man alles genau erkennen. „Auch wenn man nicht weiß, woher die Schlafenergie kommt", sagte der Mann, „so haben die Wissenschaftler von All Day Industries doch ein Traumbild für die Quelle der Schlafenergie gefunden. Hier, aus diesem Meer kommen quasi all unsere Träume. Wie das möglich ist? Nun, den elektrischen Strom beispielsweise, der eine Glühlampe zum Leuchten bringt, kann man auch nicht sehen, das Licht der Glühlampe dagegen schon. Und so ist es auch mit der Schlafenergie. Sie selbst kann man nicht sehen, die Traumbilder, die sie produziert, dagegen schon. Deshalb war es möglich, das Traumbild für die Quelle der Schlafenergie zu finden, auch wenn man nicht genau weiß, woher sie kommt."

Wieder wartete der Mann. Das dunkle Meer hinter ihm rauschte leise. Nach einem kurzen Moment bückte er sich und zog einen seiner Schuhe aus. Als sein nackter Fuß den Sand berührte, sagte er leise: „Herrlich!" Marie wartete, bis er auch den zweiten Schuh ausgezogen hatte, dann klickte sie eine andere Frage an. „Warum muss ich während eines ADI-Traumes einen Gegenstand in das dunkle Meer werfen?"

Der Mann bückte sich und nahm seine Schuhe in die Hand. Langsam lief er am Strand des dunklen Meeres entlang. „In unseren Träumen steckt Schlafenergie", sagte er und schaute Marie an. „Wenn wir von Menschen oder Tieren träumen, schwankt diese Schlafenergie stark. Bei allen Gegenständen aber, von denen wir träumen, ist sie unveränderlich." Jetzt tauchte vor dem Mann ein anderer Mann auf. In seiner Hand hielt er einen Stuhl. Er holte aus und warf den Stuhl ins Meer. Danach drehte er sich um und ging.

„Wenn ein Träumer einen Gegenstand aus seinem ADI-Traum in dieses dunkle Meer wirft", sagte der Fragenbeantworter, „erzeugt er für eine bestimmte Zeit eine Art Kurzschluss. Die Schlafenergie fließt dann unverbraucht dahin zurück, woher sie gekommen ist. Deshalb bleibt man nach einem ADI-Traum wach, wird nicht müde, träumt nicht. Je nachdem, wie stark der Gegenstand mit Schlafenergie aufgeladen war, dauert die Kurzschlussverbindung vier bis vierzehn Tage. Das ist von Mensch zu Mensch unterschiedlich. Warum ein Mensch weniger Schlafenergie hat als ein anderer, weiß man noch nicht. Aber wie lange man nach einem ADI-Traum wach bleiben wird, das kann man messen lassen. Der sogenannte ADI-Wert, der in Tagen angezeigt wird, misst dabei die Schlafenergie, die sich in einem Menschen sammeln kann. Viel Schlafenergie, hoher ADI-Wert, wenig Schlafenergie, niedriger ADI-Wert.“ Der Mann schwieg und fing wieder zu warten an.

Weiter, sprich weiter, dachte Marie. Was ist mit den Menschen, die einen hohen ADI-Wert haben, die viel Schlafenergie ansammeln können? Nichts, der Mann setzte sich in den Sand und schaute auf das dunkle Meer hinaus. Marie überflog die anderen Fragen. Was kostet ein ADI-Traum? Worauf muss ich nach einem ADI-Traum besonders achten? Kann ich beliebig viele ADI-Träume hintereinander träumen? Nichts, keine Frage zu Menschen mit einem überdurchschnittlich hohen ADI-Wert. Sie gab das Stichwort in das kleine Suchfeld ein und drückte auf das Lupensymbol. „Leider konnte zu Ihrer Frage kein Treffer gefunden werden!“ Marie stockte. Wieso stand hier nichts über Leute mit einem überdurchschnittlich hohen ADI-Wert? Nicht einmal, dass es solche Leute gab. Wenn sie wirklich den höchsten ADI-Wert der Welt hatte, dann konnte sie sehr viel Schlafenergie ansammeln. Die brauchte man, um zu träumen. Aber warum träumte dann ihr Vater? Und wie konnte es ihm helfen, dass Marie den höchsten ADI-Wert hatte? Und wieso brachten die Ärzte ihren Vater nicht einfach in eine ADI-Filiale und setzten ihm die Schlafbrille auf? Mr. Phisto, sie musste ihn danach fragen. Egal, wie kompliziert das alles war, sie würde es verstehen.

Als ihr Blick auf die Uhr fiel, sah sie, dass sie bald in die Schule musste. Sie packte ihren Ranzen, duschte und schlich sich in die Küche, um sich ein Schulbrot zu machen. Während sie ein Glas Milch trank, versuchte sie sich noch einmal an ihren Traum zu erinnern, an die große Halle, die Musik ihres Vaters, aber all das war schon schwächer geworden, undeutlicher, wie ein in Sand gemaltes Bild, über das die Wellen lecken, wieder und wieder, bis alles glatt ist.

10. Kapitel

Als Marie zur Straßenbahnhaltestelle ging, hatte sich die Stadt verändert. Sie dröhnte, raste, wimmelte. Lieferwagen standen blinkend vor den Geschäften, Verladerampen wurden herunter und herauf gefahren, die Straßenbahn war so voll, dass Marie keinen Sitzplatz bekam, und die Ampeln hatten damit zu tun, die ungeduldigen Autoschlangen aufzuhalten. Natürlich war das jeden Morgen so, aber heute sah es Marie und ihr wurde ganz schwindelig davon.

Bis zur Schule brauchte sie fünfzehn Minuten oder fünf Stationen, dann musste sie fünfzig Meter zurückgehen, ehe sie durch das Tor in den Schulhof kam. „Johann-Sebastian-Bach-Gymnasium" stand über den beiden hohen Flügeltüren, die in die Eingangshalle und von dort über zwei geschwungene Treppen zu den Korridoren führten, von denen die Klassenzimmer abgingen. Zwischen den Treppen war ein Bild von Johann Sebastian Bach an die Wand gemalt worden, ein dicker, streng blickender Mann in einer blauen Jacke mit goldenen Knöpfen. Er hielt ein Notenblatt in der Hand und auf dem Kopf trug er eine komische Perücke. Diese Perücke war es wohl, die ihn für einige Schüler unwiderstehlich machte, weshalb er manchmal rote Haare trug, einen Vollbart oder eine Mütze, die ihm jemand angemalt hatte. Aber das dauerte nie lange, denn Herr Rinke, der Hausmeister, achtete auf das Bild wie auf die Nationalflagge. Er wischte es jedes Mal sofort wieder sauber, freilich nicht ohne zu fluchen und wütend vor sich hin zu zischeln. Er sprach oft davon, das Bild mit einer Videokamera überwachen zu lassen, aber alle Schüler wussten, dass das nie geschehen würde.

In den Pausen verkaufte Herr Rinke Milch in Tetrapacks aus seinem Aufenthaltsraum heraus, in dem er auch sein Werkzeug und seinen Spind hatte. Es war allgemein bekannt, dass Herr Rinke niemals lachte. Er gab allen das Gefühl, die Schule gehöre ihm persönlich. Jeden Schüler, egal welchen Alters und Geschlechts, hielt er für einen potenziellen Straftäter. Das Schlimmste aber war, dass Herrn Rinkes Nasenflügel eigentümlich nach oben gebogen waren und man deshalb die schwarzen Haarbüschel sah, die ihm in der Nase wuchsen. Das fanden die meisten Schüler schrecklich.

Marie jedoch kümmerte sich nicht um solche Details. Sie versuchte, Herrn Rinke möglichst nicht zu begegnen, und wenn sie an ihm vorbei musste, dann grüßte sie ihn. Anders als Jelena aber bemerkte sie nicht, dass er nie zurückgrüßte. Es war ihr egal, Jelena jedoch regte sich jedes Mal darüber auf.

Als Marie an diesem Montagmorgen in den Klassenraum kam, sagte Hanna kein Wort. „Was ist los?", fragte Marie. Keine Antwort. „Na los, nun sag schon!"

„Nichts ist los", antwortete Hanna und tat so, als suche sie etwas. „Ich rede nicht mehr mit der und mit allen, mit denen sie verkehrt." Hanna warf Jelena einen wütenden Blick zu.

„Was soll das heißen?", fragte Marie.

„Lass mich einfach in Ruhe", antwortete Hanna. Marie ging zu Jelena, konnte jedoch nicht herausfinden, worüber sich die beiden gestritten hatten. Der Streit zog sich den ganzen Tag hin, so sehr Marie sich auch bemühte, ihn zu schlichten. Nichts nervte sie mehr als Krieg zwischen ihren beiden besten Freundinnen.

Es war ein anstrengender, ein langweiliger, ein heißer Montag. Marie fühlte sich wieder einmal fremd in der Schule, fremd selbst zwischen ihren besten Freundinnen.

Deshalb war sie froh, als die Schule endlich vorbei war und sie über den Schulhof ein paar Straßen weiter in den Stadtpark zu ihrer Tennisanlage laufen konnte. Ihr Spind, die Duschen, die Tennisschuhe, Schweißband, Schläger, Bälle: Hier war ihre Welt, hier gehörte sie hin, hier fühlte sie sich sicher. Hier verstand sie, was vor sich ging. Dieses Spiel, für das man Technik, Ausdauer, Einfühlungsvermögen, Strategie und Kampfgeist benötigte, liebte Marie. Niemand hatte sie dazu überreden müssen, ihre Mutter nicht und nicht ihr Vater. Sie spielten beide nicht, sie verstanden nichts davon. Eines Tages hatte Marie ein paar Probestunden genommen, seitdem war es um sie geschehen. Allein auf dem Platz zu stehen und in Sekunden zu reagieren, Entscheidungen zu treffen, ihre Gegnerin einzuschätzen, vorauszusehen, was sie als Nächstes tun würde, und selbst etwas zu planen, was nicht vorhersehbar war, das gefiel ihr. Die Regeln standen fest, es gab einen Schiedsrichter und bei größeren Turnieren Linienrichter, die im Zweifelsfall entschieden. Alles war festgelegt und doch gab es innerhalb dieser Regeln unendlich viele Möglichkeiten zu gewinnen oder zu verlieren.

Es war heiß, die Sonne stand hoch, Marie trainierte ein wenig an der Ballwand. Ihr Körper jubelte, als sie den ersten Ball traf. Jeder Muskel, jede Sehne, jede Faser ihres Körpers jubelte, denn, weil es gestern kein Punktspiel gegeben hatte, hatte Marie am Wochenende nicht gespielt. Und dann kam er: Herr Ritter, ehemaliger Profispieler, Platz 81 der Weltrangliste, aber nie ein großes Turnier gewonnen. Eigentlich trainierte er nur die ältere Jugend, aber bei Marie machte er eine Ausnahme. Er redete nicht viel, versuchte nie, nett zu sein oder sich einzufühlen, so wie ihre frühere Trainerin Dunja. Er hatte oft schlechte Laune, dann jagte er Marie über den Platz und schimpfte mit ihr, wenn sie die Rückhand nicht mit genügend Topspin spielte oder am Netz nicht traf. Komischerweise mochte Marie ihn trotzdem. Oder gerade deshalb. Heute winkte er ihr nur kurz zu und zeigte auf einen der Plätze. Sie schlugen ein paar lange Bälle. Marie merkte sofort, dass er schlechte Laune hatte. Er donnerte einen ihrer Bälle so hart zurück, dass ihr fast der Schläger aus der Hand fiel. Dann winkte er sie ans Netz.

„Du hattest gestern kein Match?“, fragte er.

Marie schüttelte den Kopf. „Dann werden wir das heute nachholen. Für jedes Spiel, das du gewinnst, gibt es fünfzehn Minuten gratis Training. Für vier gewonnene Spiele also eine Gratistrainingsstunde. Okay?“

„Okay“, sagt Marie. Sie merkte, dass ihr die Begegnung mit Mr. Phisto, der Besuch im Krankenhaus und der heutige Schultag im Körper saßen und im Kopf, sie musste spielen, um all das loszuwerden.

Herr Ritter schlug auf und begann das Match mit einem Ass. Egal, Marie merkte, wie ihr Kampfgeist erwachte. Natürlich hatte sie gegen diesen Gegner keine Chance, aber gerade das machte sie frei. Schon ihr erstes Aufschlagspiel brachte sie durch. Sie ließ sich nicht einschüchtern. Ihr gelangen ein paar gute Passierschläge, als Herr Ritter ans Netz lief, und sogar ein paar Lobs. Dann, nach einem harten ersten Aufschlag, lief sie selbst ans Netz und schloss mit einem Volley ab. Sie merkte, dass Herr Ritter anfing, vorsichtiger zu spielen. Er gewann den ersten Satz mit sechs zu drei. Marie hatte ihm eine Dreiviertelstunde Gratistraining abgezwungen.

Sie trank Wasser, wischte ihr Griffband ab, lächelte und machte sich an den zweiten Satz. Herr Ritter spielte jetzt ein aggressives Grundlinienspiel. Er jagte sie hin und her, vor und zurück und machte sie so müde. Seine Beine waren doppelt so dick wie ihre, seine Arme auch. Er hatte einfach mehr Ausdauer. Und doch gab Marie nicht auf. Sie lief nach jedem Ball, sie verausgabte sich völlig. Sie brachte Herrn Ritter an den Rand der Verzweiflung, als sie zweimal hintereinander einen superkurzen Stoppball erlief.

Da draußen war die Stadt, da war ihr Vater, gefangen in einem Traum, da war ihre aus der Bahn geworfene Mutter, da war Mr. Phisto, von dem man nicht wissen konnte, was er wirklich wollte, ob er Freund oder Feind war. Aber hier, hier auf diesem umzäunten Feld, hier funktionierte Marie, hier gehorchte ihr Körper ihren Befehlen, hier sah sie voraus, wohin der Ball fliegen würde, hier konnte sie Richtung und Geschwindigkeit bestimmen. Herr Ritter fing zu fluchen an und schlug einmal sogar mit dem Schläger auf das Netz.

Er gewann den zweiten Satz knapp mit sechs zu vier. Fast zwei Stunden musste er Marie jetzt umsonst trainieren. Sie gratulierte ihm mit zitternden Händen und ging in die Umkleidekabine. Ihre Füße brannten, als sie die Schuhe auszog. Unter der Dusche liefen ihr ein paar Tränen übers Gesicht. Sie beachtete sie nicht. Das kam manchmal vor, wenn sie sich so verausgabt hatte. Dann vergoss sie ein paar Tränen, und erst danach fühlte sie sich leer, aber zufrieden.

In der Straßenbahn spürte sie die Erschöpfung, die sich langsam in ihrem Körper ausbreitete. Die Stirn an die Fensterscheibe gelehnt, sah sie die neben der Straßenbahn herfahrenden Autos, wie Fischschwärme, die einem Schiff folgten.

Zu Hause sah sie Onkel Pauls Auto in der Auffahrt. Sie lief in den Garten, da saß er und unterhielt sich mit ihrer Mutter. Er redete schneller und lauter als sonst. Seit Hannes in der Klinik war, kam er oft vorbei. Aber er wusste nicht, wie er Regine helfen konnte. Er hatte keine Frau und keine Kinder. Es ist alles meine Schuld, hatte er einmal gesagt, aber Regine hatte nur den Kopf geschüttelt. Nachdem Marie ihn umarmt und geküsst hatte, fragte sie: „Wie geht es dir?"

„Ich habe heute Nacht nach elf Tagen wieder geschlafen", antwortete Onkel Paul. „Ich hatte mir vor Hannes' Geburtstag das erste Mal auch einen ADI-Traum gekauft."

„Ach ja?" Marie nahm einen Keks und dachte an Mr. Phisto und den Traum ihres Vaters. „Wie war es, so lange wach zu sein?", fragte sie mit vollem Mund.

Onkel Paul trank einen Schluck Kaffee. Er sah sie an und wiegte den Kopf hin und her. „Anfangs war es toll. Ich habe mich jung gefühlt, jung und unbesiegbar. Ich konnte telefonieren, arbeiten, reden, organisieren, alles, was ich gerne mache. Ich bin die ganze Zeit im Hotel gewesen." Er lachte und trank wieder Kaffee.

„Und dann?", fragte Marie.

„Nach etwa 40 Stunden ist mir das erste Mal schwindelig geworden. Natürlich wusste ich, dass man Pausen machen muss, dass man sich massieren lassen oder meditieren kann und so weiter. Ich habe vorher alles darüber gelesen, es steht ja auch überall, aber ich hatte es trotzdem vergessen. Man achtet einfach nicht mehr auf die Zeit. Ich bin also los. Es war mitten in der Nacht. In einer ADI-Lounge habe ich mich massieren lassen und ein heißes Bad genommen und all das. Danach ging es mir wieder gut."

„Und stimmt es", fragte Marie, „dass man dort nachts die seltsamsten Leute trifft? Papa hat das immer erzählt."

„Naja, sie waren nicht seltsamer als ich, würde ich sagen." Onkel Paul lachte noch einmal. „Einer hat mir erzählt, dass er seit 90 Tagen nicht geschlafen hat, weil er auf diese Weise seine Lebenszeit verlängern will. Keine Ahnung, ob das stimmt. Auf jeden Fall lässt man ziemlich viel Geld in diesen ADI-Lounges. Ich glaube, wenn man regelmäßig längere Zeit wach ist, kann Wachsein eine sehr kostspielige Angelegenheit sein."

„Und weiter?", fragte Marie.

„Was weiter?"

„Du hast gesagt, anfangs war es toll. Das heißt, später dann nicht mehr. Warum nicht?"

Onkel Paul schwieg einen Moment und sah Regine an. Er nahm noch einen Keks und kaute gedankenversunken darauf herum. „Wenn man nicht schläft, hat man sehr viel Zeit, sich Sorgen zu machen", sagte er. „Die Sache mit Hannes hat mich nicht losgelassen. Ich habe gegrübelt und gegrübelt. Ich konnte nichts dagegen tun. Am Schluss habe ich das Ende meiner Wachzeit wirklich herbeigesehnt."

„Also war es nicht so toll?", fragte Marie.

„Nicht so richtig", sagte Onkel Paul.

Sie schwiegen einen Moment. Marie fragte sich, wie es wäre, 113 Tage wach zu sein. Das war mehr als ein Vierteljahr. Nach dem, was Onkel Paul erzählt hatte, würde es für sie wahrscheinlich die Hölle sein. Sie rührte selbstvergessen in ihrem Tee. Plötzlich schoss ihr ein Gedanke durch den Kopf. Als sie neben ihrem Vater geschlafen hatte, welchen Traum hatte sie da geträumt? War sie in seinem Traum gewesen oder er in ihrem? Und warum hatte Mr. Phisto darauf bestanden, dass sie in die Klinik kam? Warum hatte sie nicht zu Hause von ihrem Vater träumen können? Hatte das alles mit der Schlafenergie und ihrem hohen ADI-Wert zu tun? Sie musterte Onkel Paul. Von Berufs wegen wusste er vieles, und wenn er etwas nicht wusste, dann kannte er jemanden, der es wusste. Genau diese Tatsache wollte sie sich zunutze machen.

Als Regine in die Küche ging, um Milch zu holen, fragte Marie ihren Onkel: „Kennst du jemanden, der etwas über Träume weiß?"

„Nein, warum?"

„Schule", log Marie, „das ist eine Aufgabe für die Schule."

„Bis wann brauchst du es denn?"

„So schnell wie möglich."

„Morgen habe ich Frühdienst. Ruf mich bis mittags um zwölf an, dann sage ich dir, wer der größte Traumspezialist der Stadt ist."

So war Onkel Paul: Er stellte nicht tausend Fragen, suchte nicht tausend Ausflüchte, er lächelte kurz und dann tat er, was getan werden musste. Deshalb liebte Marie ihn so sehr.

Als er gegangen war, trugen Marie und Regine das Geschirr aus dem Garten in die Küche, ohne ein Wort miteinander zu sprechen. Als sie aber das Geschirr abgestellt hatte, nahm Regine Marie in den Arm und sagte, sie wären alle im Moment ein bisschen durcheinander, dann küsste sie Marie auf die Stirn. Marie umarmte ihre Mutter und hielt sie fest. Dann ging sie in ihr Zimmer, ließ sich aufs Bett fallen und schlief sofort ein.

11. Kapitel

Am Morgen schreckte sie aus einem Traum hoch. Mr. Phisto, das war alles, woran sie sich erinnerte. Sie duschte länger als sonst und trödelte in der Küche. Das gestrige Match gegen Herrn Ritter steckte ihr noch in den Knochen und machte sie müde. Regine war schon in die Boutique gefahren, hatte aber das Frühstück für sie auf dem Tisch stehen lassen. Ein gekochtes Ei und Müsli. Auf dem Weg in die Schule hielt Marie nach Mr. Phisto Ausschau. Er hatte ihr versprochen, Kontakt zu ihr aufzunehmen. Wo war er also? In ein paar Tagen sollte ihr Vater wieder wach sein. Was immer sie dafür tun musste, es wurde Zeit, dass sie damit anfing.

Entgegen ihren Erwartungen flog die Zeit dahin an diesem Tag. Das lag vor allem daran, dass sich Hanna und Jelena wieder versöhnt hatten. Weil es immer noch heiß war, kam zur Krönung in der großen Pause ein Eiswagen an den Schulhof gefahren und Hanna, die immer Geld und Hunger hatte, spendierte Jelena und Marie ein Eis.

„So viele Kugeln, wie ihr wollt", sagte sie. Jelena wollte zwei, Marie auch, Hanna spendierte sich fünf. Zu dritt saßen sie und leckten ihr Eis, als Marie an Onkel Paul denken musste. Verdammt, wie hatte sie ihn nur vergessen können? Egal, sie musste ihn anrufen, und zwar schnell, denn erstens war die Pause gleich vorbei und zweitens war es schon nach zwölf. Wenn sie Onkel Paul also noch erwischen wollte, musste sie sich beeilen. Sie zog ihr Handy aus der Tasche und stellte fest, dass der Akku leer war. Verdammt!

„Ich muss dringend telefonieren, hat jemand ein Handy?"

„Nö", sagte Hanna und leckte selbstvergessen weiter.

„Karl hat eins", sagte Jelena und zeigte auf den Schulhof. Und wirklich, da stand Karl und telefonierte. Er war ein Jahr älter als Marie, Jelena und Hanna und sah überdurchschnittlich gut aus. Das musste selbst Hanna zugeben, die fand, er habe etwas von Johnny Depp. Und wirklich, als Marie ihn jetzt etwas länger betrachtete, fand sie das auch. Sein Gesicht war fein geschnitten, er hatte eine besonders gerade Nase, sein Haar war schwarz und ein bisschen strubbelig. Anders als Johnny Depp aber hatte er blaue Augen. Schwarze Haare, blaue Augen, das kam seltener vor als schwarze Haare und braune Augen. Marie hatte braune Augen zu blonden Haaren. Ihre Augenfarbe passte zu seinen Haaren und seine Augenfarbe zu ihren.

„Kannst du ihn fragen, Jelena?", bettelte Marie.

Jelena schüttelte den Kopf: „Ich kenne ihn zwar, aber fragen, nee."

„Warum nicht?", bohrte Marie.

„Aus dem gleichen Grund, aus dem du nicht fragen willst: Ich trau mich heute nicht."

Verdammt, Jelena konnte manchmal so brutal ehrlich sein, dass einem nichts weiter übrig blieb, als selbst zu handeln. Also los, es musste sein, es gab keine andere Möglichkeit. Marie reichte Hanna ihr Eis. Die sah sie verwundert an, weil sie dachte, Marie wolle es nicht mehr essen, das konnte Hanna nicht verstehen. Dann ging Marie mit schnellen Schritten auf Karl zu, blieb abrupt vor ihm stehen, sodass Karl sie verdutzt ansah, und fragte ihn, ob sie sein Handy borgen dürfe. Ihre Frage klang genervt, als habe sie Karl schon gefragt, ob sie seine Schuhe, seinen Füller, seinen Ranzen, sein T-Shirt und sonst tausend Dinge borgen dürfe, und jedes Mal habe er nein gesagt. Nun fragte sie ihn eben nach dem Handy. Wahrscheinlich verstand er deshalb nicht gleich, was sie wollte.

„Das Handy", sagte Marie halblaut.

Karl war so von ihrem Auftritt verwirrt, dass er ihr wortlos das Handy hinhielt. Marie nahm es ohne Kommentar, ging ein Stück beiseite und wählte. Die Nummer hatte sie im Kopf, sie war einfach. Das teuerste Hotel der Stadt hatte selbstverständlich eine leicht zu merkende Nummer. Als Onkel Paul Maries Stimme erkannte, lachte er.

„Du hast dir Zeit gelassen, ich habe eigentlich schon Feierabend. Also, machen wir es heute kurz, hier ist gerade mächtig was los. Es gibt einen Professor Monroe, er ist der größte Spezialist für Träume und alles, was damit zusammenhängt. Hast du was zu schreiben, ich geb dir die Adresse?“

„Nein, warte.“ Marie sah sich Hilfe suchend um. Der Einzige aber, der in ihrer Nähe stand und sie misstrauisch beobachtete, war Karl. „Kannst du was aufschreiben?“, fragte sie. Karl nickte, immer noch deutlich verwirrt.

Er kramte einen Bleistiftstummel aus der Hosentasche und einen zerknüllten Kassenzettel und sah Marie an zum Zeichen, dass er bereit war. Marie diktierte ihm die Adresse und sagte zu Onkel Paul, dass er der Größte sei. Onkel Paul lachte und erwiderte: „Pass auf dich auf, Marie, wir sehen uns bald.“ Er machte sich Sorgen um sie wegen Hannes.

Sie gab Karl das Handy wortlos zurück, so als habe er gewollt, dass sie damit telefonierte. Schließlich nahm sie ihm den Zettel aus der Hand und ging wieder zu ihren Freundinnen. Das Herz schlug ihr bis zum Hals, aber das schienen weder Jelena noch Hanna zu bemerken. Sie starrten sie an und das Eis lief ihnen über die Hände. Es war wirklich ein großartiger Tag.

Als Marie wieder in ihrem Klassenzimmer saß und ihr Hausaufgabenheft aufschlug, um zu schauen, was sie heute noch alles zu erledigen hatte, fand sie einen kleinen Zettel, der mit derselben geschwungenen Schrift beschrieben war wie die Visitenkarte, die Mr. Phisto ihr gegeben hatte. „Komm gleich nach der Schule in den Stadtpark. Mr. Phisto, Agent der Nacht.“

Marie sah sich um. Wie war dieser Zettel in ihr Hausaufgabenheft gekommen? War Mr. Phisto hier gewesen? Sie stand auf und schaute aus der Tür des Klassenzimmers in den Flur. Nur Schüler und Frau

Leune, die Direktorin der Schule, waren zu sehen. Mr. Phisto musste den Zettel in der großen Pause dorthin gelegt haben. Eine andere Erklärung gab es nicht.

Nach dem Unterricht verabschiedete sie sich sofort von ihren beiden Freundinnen und lief in Richtung des Stadtparks. Es war Mittagszeit, auf den Wiesen spielten Jungs der Parallelklassen Fußball, Mütter mit ihren Kindern saßen auf Decken, Männer in Anzügen aßen gehend zu Mittag, Hunde sprangen umher, das übliche Stadtparkgewimmel. Marie stellte sich in den Schatten eines Baumes direkt am Ententeich und wartete. Sie beobachtete alles genau. Leute, die vorbeigingen, die auf der Wiese lagen, die Federball spielten, die Enten, die Hunde, einfach alles. Da, da kam er, immer noch mit dem schwarzen Hut und dem schwarzen Anzug. Marie lief schnell auf ihn zu, damit ihr Mr. Phisto nicht wieder entwischte. Diesmal musste er ihre Fragen beantworten. Sie begann zu rennen. Mr. Phisto drehte sich zu ihr um und winkte sie heran. Als sie ihn erreichte, fragte sie ohne Gruß: „Habe ich den Traum meines Vaters geträumt oder er meinen?"

Mr. Phisto starrte sie einen Moment lang mit seinen grünen Augen an. Er schien überrascht. „Du hast seinen Traum geträumt und jetzt musst du den Traum dieser Frau träumen." Er zeigte auf eine Frau in einem blauen Kostüm, die etwa sieben, acht Meter vor ihm ging.

„Was?", keuchte Marie.

„Folge dieser Frau", sagte Mr. Phisto noch einmal.

„Folgen und dann?", fragte Marie.

„Leg dich neben sie, träume ihren Traum, finde eine Pfeife in ihrem Traum und lege sie an den Strand des dunklen Meeres! Geh!"

Marie wusste nicht, was sie denken sollte. Eine Pfeife? Was für eine Pfeife? Es dauerte einen Moment, bis sie verstand, was Mr. Phisto gerade gesagt hatte. Sie sollte träumen, den Traum dieser Frau. Konnte sie das? Konnte sie jeden x-beliebigen Traum träumen? War das nicht eine Sache der Familie?

„Wie soll ich das denn machen? Und was für eine Pfeife und wieso ans dunkle Meer?", fragte sie. „Dazu muss man einen ADI-Traum träumen. Und ich bin noch nicht achtzehn und außerdem möchte ich nicht 113 Tage wach sein müssen."

Mr. Phisto schüttelte energisch den Kopf. „Du sollst die Pfeife nicht ins dunkle Meer werfen, sondern an den Strand legen. Denk einfach in dem Traum der Frau an das dunkle Meer, dann wirst du auch hinkommen. Nur fest daran denken. Geh, na los!"

„Aber sie schläft nicht, wie soll ich da ihren Traum träumen?", protestierte Marie.

„Du musst sie berühren. Nimm ihre Hand oder ihr Handgelenk. Du hast mehr Schlafenergie als jeder andere Mensch, du kannst jeden einschläfern, auch dich selbst. Jetzt mach schon, lauf ihr nach und finde eine Möglichkeit, ihren Traum zu träumen. Nur so kannst du deinem Vater helfen. Los!"

Verwirrt schaute sich Marie nach der Frau um. Sie war schon fast am Ende der Wiese angekommen. Maries Blick wanderte zwischen Mr. Phisto und der Frau in dem blauen Kostüm hin und her. Was sollte sie tun? Einerseits hatte sie viele Fragen, die sie Mr. Phisto gerne gestellt hätte, andererseits wollte sie ihrem Vater helfen und dazu durfte sie die Frau in dem blauen Kostüm nicht aus den Augen verlieren.

„Wenn du jetzt nicht gehst, ist es zu spät", sagte Mr. Phisto.

Marie rannte los. Sic warf sich den Ranzen über die Schulter und lief und lief. Sie erreichte die Frau in dem blauen Kostüm am Ende des Parks. Ihre Schritte verlangsamend, folgte sie ihr eine Straße entlang, vorbei an großen Villen, prächtigen Gärten und hohen Zäunen. Der Asphalt flimmerte in der Mittagsglut. Irgendwo hörte man einen Rasensprenger, sonst nur das Geschrei aus dem nahen Stadtpark. Ein Motorrad fuhr dröhnend vorbei und in irgendeinem Garten bellte ein Hund. Die Frau ging bis zum Ende der Straße, blieb stehen, öffnete einen Briefkasten, nahm die Post heraus und verschwand hinter einem Zaun. Marie folgte ihr bis zu dem Gartentor, durch das sie gegangen war. Sie sah noch, wie die Frau die Eingangstür der Villa aufschloss und hineinging.

Was jetzt? Was sollte sie tun? Wie sollte sie den Traum dieser Frau träumen? Sie konnte doch nicht klingeln und sie fragen, ob sie neben ihr schlafen durfte. Aber wie sollte sie ins Haus kommen? Verstecken! Sie konnte sich irgendwo verstecken, im Garten vielleicht, und darauf warten, dass sich ihr eine Gelegenheit bot, unbemerkt ins Haus zu kommen. Das war ihre einzige Chance. Das würde aber zur Folge haben, dass sie erst mitten in der Nacht nach Hause käme. Regine würde sich große Sorgen machen und die Polizei rufen. Egal, um solche Details konnte sich Marie jetzt nicht kümmern. Auf der Straße war niemand zu sehen.

Sie öffnete die Gartentür und ging den Weg bis zum Haus. Der Schotter knirschte unter ihren Schuhen. Es kam ihr unglaublich laut vor. Die ganze Zeit sah sie sich nach allen Seiten um, konnte aber niemanden entdecken. Vor der reich verzierten Tür blieb sie kurz stehen. Was jetzt?

Rechts am Haus vorbei führte ein kleiner Weg. Vielleicht gab es hinterm Haus im Garten eine gute Möglichkeit, sich zu verstecken. Marie lief über eine Wiese, dann nahm sie den kleinen Weg, der zwischen Haus und Zaun am Nachbargrundstück entlang führte. Als sie den Garten hinterm Haus sah, sank jedoch ihr Mut. Rasen, ein kurz geschnittener, saftig grüner Rasen, in dessen Mitte ein blau gekachelter Swimmingpool eingelassen war, das war der Garten. Links und rechts Fliederbüsche und ein paar Tannen, doch wenn sich Marie dort versteckte, riskierte sie, von den Nachbarn bemerkt zu werden. Am Haus entdeckte sie eine Terrasse, deren große Glastür offen stand. Sie wartete und lauschte. Alles war still. Sollte sie es wagen? Sollte sie tatsächlich den Versuch unternehmen, sich im Haus zu versteckten? Im Keller vielleicht, jetzt sofort, solange alles still war?

Das Herz schlug ihr bis zum Hals, als sie langsam an der Wand des Hauses entlang vorwärts schlich. Oh Gott, wenn jetzt jemand kommt! Sie schaute durch die Glastür in ein großes Wohnzimmer. Vorne, der Glastür gegenüber, standen drei Ledersofas im Karree um einen Couchtisch, auf einem lag die Frau in dem blauen Kostüm. Als Marie sie sah, erschrak sie so sehr, dass sie beinah geschrien hätte. Im letzten Moment hielt sie sich selbst den Mund zu. Sie sah sich noch einmal um, ob man von den Nachbarhäusern aus auf die Terrasse sehen konnte. Langsam näherte sie sich der Terrassentür. Was war, wenn die Frau jetzt aufwachte? Dann musste Marie ihr Handgelenk packen. Aber wie sollte sie das anstellen?

Auf Zehenspitzen betrat sie das Wohnzimmer. Sie wagte kaum, den Blick zu heben. Ihr Herz drohte ihr aus der Brust zu springen. Sie hielt die Luft an. Wie sollte sie so schlafen? Undenkbar. Sie war viel zu aufgeregt. Ebenso gut hätte man einem Ertrinkenden den Befehl geben können zu schlafen.

Dann aber hörte sie den gleichmäßigen Atem der Frau in dem blauen Kostüm. Und dieser Atem war es, der sie sofort beruhigte. Sie legte sich auf den weichen Teppich. Stimmte es, konnte sie jeden Menschen einschläfern, auch sich selbst? Sie umfasste mit der rechten Hand ihr linkes Handgelenk. Geschah etwas? Wurde sie müde? Es schien zu funktionieren, denn sie konnte sich später nicht daran erinnern, wie sie eingeschlafen war.

12. Kapitel

Sie ist in einer großen Halle, einer Art Markthalle. Viele Menschen schreien durcheinander. Manche halten Zettel in die Luft, andere haben Telefone in der Hand. Marie drängelt sich ziellos durch die Leute. Vor einem kleinen Häuschen mit Glasscheibe findet sie die Frau in dem blauen Kostüm. Sie hat Geld in der Hand und schaut sich um. Ein Mann in einem eleganten Anzug kommt auf sie zu. Die beiden scheinen sich zu kennen. „Die Neun", sagt der Mann. Die Frau in dem blauen Kostüm nickt. Sie küsst den Mann und streichelt sein Haar. Schließlich löst sich der Mann von ihr. An dem Schalter setzt sie ihr Geld auf die Neun. Eine Glocke erschallt. Die Leute rennen zu einer Absperrung, Marie auch. Hunde! Es ist ein Hunderennen. Der Hund mit der Nummer neun ist ein Windhund, er passt gut zu der Eleganz des Mannes in dem Anzug. Die Hunde rennen los, alle Zuschauer schreien durcheinander. Der Hund mit der Nummer neun gewinnt und die Frau in dem blauen Kostüm reißt vor Freude die Arme in die Luft. Als sie aber zum Schalter kommt und ihren Zettel abgibt, sagt die dort sitzende Frau: „Sie gewinnen nichts, Sie haben auf die Sechs gesetzt." Sie dreht den Zettel um. Jetzt ist die Neun eine Sechs. Die Frau in dem blauen Kostüm protestiert, aber es hilft nichts. „Sie kriegen nur den Trostpreis", sagt die Frau am Schalter und legt eine Pfeife auf den kleinen Tisch. Die Frau in dem blauen Kostüm nimmt die Pfeife und wirft sie weg. Marie bückt sich und hebt sie auf. Die Pfeife hat sie also gefunden, das war leicht. Aber das Meer, das dunkle Meer, wie soll sie das finden? Dies ist kein ADI-Traum und weil Marie noch nie einen hatte, weiß sie nicht, wie das dunkle Meer aussieht. Was soll sie sich also vorstellen? Sie hockt sich ratlos an eine Wand.

„Was ist, was willst du wissen?“, fragt plötzlich eine Stimme neben ihr. Marie sieht sich um. Ein kleines affenähnliches Tier hockt neben ihr. Es hat schwarzes Fell, kleine weiße Zähne und grüne Augen.

„Hast du was gesagt?“, fragt Marie.

„Na klar habe ich was gesagt“, antwortet das Äffchen. Seine Stimme klingt seltsam tonlos. „Ich habe gesagt, du sollst mich einfach fragen.“

„Warum soll ich dich was fragen?“

„Na warum wohl? Kannst du dir das nicht denken?“, fragt das Äffchen.

„Nein, warum soll ich mir das denken können?“, fragt Marie.

Das Äffchen stöhnt. „Du sollst mich etwas fragen, weil ich ein Orakel bin.“

„Ein was?“ Marie kniet sich hin und schaut das Äffchen genauer an.

„Ein Orakel, verdammt“, sagt das Äffchen genervt. „Jetzt frag mich schon.“

„Also gut, kannst du mir sagen, wie ich zum dunklen Meer komme? Ich muss dringend dahin.“

„Für so eine blöde Frage braucht man doch kein Orakel“, sagt das Äffchen. „Du denkst an das dunkle Meer und gehst durch irgendeine Tür, schon bist du da. Wenn du willst, liegt es hinter jeder Tür. Du scheinst nicht besonders klug zu sein.“

Marie steht auf. Die Pfeife fest umklammert, geht sie auf eine der drei Türen zu, die in der Wand vor ihr zu sehen sind. Sie öffnet die mittlere und da ist es, das dunkle Meer. Es liegt gleich hinter der Tür, genau wie das Äffchen es gesagt hat. Marie kneift die Augen zusammen. Nur ein fahler Streifen Licht markiert den Horizont, der ganze Himmel darüber ist dunkel und wolkenlos. Nichts ist zu hören außer dem gleichmäßigen Rauschen der Wellen. Vorsichtig streckt Marie einen Fuß aus und betritt den Sand. Er ist angenehm kühl und ganz fein. Die weißen Schaumkronen ziehen in langen Reihen an den Strand. Marie schaut nach links. Etwa zehn Meter neben ihr steht ein junger Mann. Er hat eine Stehlampe in der Hand. Einen Moment wartet er, dann wirft er sie ins Meer. Ein seltsames Zischen ist zu hören. Danach dreht sich der Mann um und geht. Er scheint Marie nicht gesehen zu haben. Hinter ihm geht ein anderer Mann in einem Anzug zum Meer. Er zieht ein Auto hinter sich her, packt es an der Stoßstange und schleudert es mühelos hinaus in die Wellen. Weiter hinter ihm wirft eine Frau einen Koffer ins Meer. Danach drehen sich beide um und verschwinden in der Dunkelheit.

Marie hockt sich hin. Wohin soll sie die Pfeife legen? Ist das egal? Wird Mr. Phisto die Pfeife abholen? Wird sie noch einmal hierher kommen? Sie schaut die Pfeife an. Sie hat einen schwarzen Griff und ist nicht sehr groß. Der Pfeifenkopf ist weiß. Mit einer schnellen Bewegung steckt Marie die Pfeife in den Sand. Als sie sich wieder aufrichtet und umdreht, steht Herr Rinke, der Hausmeister ihrer Schule, hinter ihr. Marie erschrickt und wacht auf.

Taumelnd lief sie ein paar Schritte von dem Sofa weg. Herr Rinke, mein Gott, sie hatte Herrn Rinke gesehen. Woher kannte die Frau in dem blauen Kostüm Herrn Rinke? Nicht grübeln, Marie, nicht grübeln, sondern verschwinden, und zwar sofort. Die Frau bewegte sich. Marie packte ihren Ranzen, warf ihn sich über die Schulter und lief davon. Sie rannte zum Gartentor und dann die Straße zurück bis zum Stadtpark. Ein paarmal sah sie sich um, und obwohl sie niemand verfolgte, lief sie weiter und weiter.

Erst am Ententeich sank sie ins Gras. Sie keuchte, der Schweiß lief ihr an den Schläfen herunter, aber sie fühlte sich großartig. Sie hatte die Pfeife gefunden, so wie Mr. Phisto es verlangt hatte. Keine Ahnung, warum sie das tun sollte und wieso das ihrem Vater half, aber bald würde er wieder zu Hause sein. Sie hob den Kopf und sah sich um. Zwei Hunde jagten über die Wiese, bremsten und jagten dann in die andere Richtung. Auf der Bank redete eine Frau auf einen Mann ein und er nickte immerzu. Zwei Kinder auf kleinen Fahrrädern kamen vorbei, es war einfach ein großartiger Tag.

Einen Moment blieb Marie noch im Gras sitzen, aber die Sonne brannte so erbarmungslos, dass sie schließlich aufstand und zurück in Richtung Schule schlenderte. Sie war erschöpft. Der kurze Schlaf hatte sie angestrengt. Sie verspürte das dringende Bedürfnis, sich auszuruhen. Das Training würde heute etwas später anfangen.

Wenn sie ihn wirklich befreite, wenn sie wirklich dafür sorgte, dass er wieder aufwachte, würde sich ihr Vater daran erinnern, würde er wissen, dass Marie ihn gerettet hatte? Würde er stolz auf seine Tochter sein? Aber was, wenn nicht? Wenn er sich an nichts erinnern konnte, nichts wusste, einfach nur dachte, krank gewesen zu sein? Wem konnte sie erzählen, was sie gerade erlebt hatte? Wem konnte sie sagen, wie mutig sie gewesen war?

Und dieses dunkle Meer. Jetzt, wo Marie wach war, kam es ihr viel rätselhafter vor als in dem Traum der Frau, den sie gerade geträumt hatte. Wie war das möglich, wieso konnte sie die Träume anderer Menschen träumen? Lag das an ihrem hohen ADI-Wert?

Sie kam nicht dazu, Antworten auf diese Frage zu suchen, denn jemand stieß mit ihr zusammen. Es war Karl. Er entschuldigte sich kurz und rannte davon. Danach kam sein Freund und drücke Marie grinsend etwas in die Hand, ehe er davonlief. Marie sah ihnen nach. Sie stand auf dem Schulhof und wusste nicht, wie sie dorthin gekommen war. Sie hatte nicht auf den Weg geachtet. Als Nächstes riss ihr jemand das, was Karls Freund ihr in die Hand gedrückt hatte, wieder aus der Hand. Marie drehte sich um und sah Herrn Rinke. Sie stieß einen Schrei aus.

„Wer waren die beiden?“, fragte Herr Rinke unbeeindruckt.

Marie blinzelte, denn Herr Rinke hatte die Sonne im Rücken. „Was?“

„Stell dich nicht dumm, du weißt genau, wen ich meine. Ich meine die, die dir das hier in die Hand gedrückt haben." Er hielt etwas in die Höhe, aber gegen die Sonne konnte Marie nicht erkennen, was es war.

„Ich weiß nicht", sagte sie aufs Geratewohl.

„Mitkommen", brummte Herr Rinke und lief auf den Eingang der Schule zu. Marie blieb stehen, nicht weil sie Herrn Rinke nicht gehorchen wollte, sie war nur durcheinander. Sie hatte ihn gerade im Traum gesehen, und jetzt der echte Herr Rinke, das war ein bisschen viel auf einmal.

„Na los!", rief Herr Rinke, und das klang nicht wie eine Bitte oder Einladung. Marie folgte ihm. Als sie in die Eingangshalle kam, sah sie, was Karl und sein Freund angestellt hatten. Diesmal waren es keine roten Haare, kein Bart und keine Mütze, die Johann Sebastian Bach zierten, diesmal war es etwas Ernsteres: Er hatte einen Konkurrenten bekommen. Der war mit einer Schablone und schwarzem Farbspray auf die Wand direkt neben Johann Sebastian Bach gesprüht worden. Er hatte lange Haare, eine Nickelbrille und hieß John Lennon. Der Name stand unter seinem Kopf. Die beiden schauten sich an, Bach und Lennon, und auch Herr Rinke schaute die beiden an. Es war unschwer zu erkennen, wen der beiden er bevorzugte. Natürlich wusste Marie von ihrem Vater, dass John Lennon der Sänger der Beatles war und dass man ihn erschossen hatte, aber sie war zu überrascht und zu müde, um sich darüber aufzuregen, dass John Lennon neben Johann Sebastian Bach hing.

„Ich will wissen, wer das war", sagte Herr Rinke.

Marie zuckte mit den Schultern.

„Also gut", Herr Rinke nickte mehrmals drohend, „wie du willst. Ich habe dich damit erwischt." Er hielt hoch, was Karls Freund ihr in die Hand gedrückt hatte: eine Spraydose.

„Ich weiß zwar, dass du es nicht warst, aber ich weiß, dass du weißt, wer es war. Ich gebe dir bis morgen nach der Schule Zeit. Dann erwarte ich dich hier mit einem Eimer Farbe und einer Malerrolle. Wenn du mir sagst, wer es war, kannst du gehen. Wenn nicht, wirst du das hier wegmachen. Und jetzt verschwinde."

Marie rührte sich nicht.

„Du sollst verschwinden", sagte Herr Rinke und erst jetzt drangen seine Worte zu ihr durch.

Sie drehte sich um und ging, langsam einen Schritt vor den anderen setzend, über den Schulhof und dann zur Haltestelle. Schlafen, sie musste schlafen.

„He! He du!"

Marie drehte den Kopf. Hinter einem Baum standen Karl und sein Freund. Sie winkten sie zu sich heran. Sie fühlte sich nicht in der Lage zu entscheiden, ob sie die beiden jetzt sehen wollte oder nicht. Karl schaute nach links und rechts, dann kam er hinter dem Baum hervor.

„Wie heißt du überhaupt?", fragte er.

„Und du?", gab Marie schnippisch zurück. Natürlich wusste sie, dass Karl Karl hieß, aber das musste er ja nicht wissen.

„Ich heiße Karl und das ist Frank." Er sprach den Namen englisch aus, also Fränk.

„Ich heiße Marie."

„Hat Rinke dich erwischt?", fragte Fränk.

„Ja, und er hat mir die Spraydose abgenommen."

„Welche Spraydose?", fragte Karl.

„Der da", Marie deutete mit einem Kopfnicken auf Fränk, „hat mir eine Spraydose in die Hand gedrückt und ist weggerannt, damit Herr Rinke denken sollte, dass ich das Bild an die Wand gesprüht habe."

„Stimmt das?" Karl sah Fränk wütend an. Fränk zuckte mit den Schultern und schaute zu Boden.

„Und glaubt Rinke, dass du es warst?"

„Nein, er weiß, dass ich es nicht war, aber das ist ihm egal."

„Was soll das heißen." Fränk wurde nervös.

„Herr Rinke weiß …"

„Wieso nennst du ihn Herr?", fragte Fränk.

Marie spürte, wie ihr das Blut ins Gesicht schoss. „Er weiß, dass ich weiß, wer es war", fuhr sie fort, „und er will, dass ich es ihm sage. Wenn ich es nicht tue, muss ich morgen nach der Schule das Bild wegmachen, das ihr dorthin gesprüht habt."

„Verfluchter Mist!" Fränk kickte mit dem Fuß einen Stein weg und ging einmal leise fluchend um den Baum.

Karl dagegen blieb unbeeindruckt stehen und beobachtete Marie.

„Was ist?", fragte sie und sah ihm in die Augen, die blau waren, unglaublich blau.

„Was wirst du tun?", fragte Karl.

„Na was soll sie schon tun?", meckerte Fränk. „Natürlich wird sie uns verpfeifen, und diesmal sind wir dran."

Karl hörte Fränk nicht zu, sondern schaute noch immer Marie an, und in seinem Blick las sie die Frage: Was wirst du tun? Ja, was? Was sollte sie tun? Sie wäre nie auf die Idee gekommen, etwas auf die heiligste Wand der Schule zu sprayen. Auf so eine Idee konnten nur Jungs kommen, also sollten sie diesen Mist auch wegmachen. Aber Karl imponierte ihr und er hatte ihr sein Handy gegeben. Überhaupt fühlte es sich gut an, mit ihm hier zu stehen. Aber wenn sie nicht sagte, wer es gewesen war, dann musste sie morgen das Bild wegmachen und das Schlimmste war, Herr Rinke würde sie dabei beaufsichtigen. Es gab leichte und schwere Entscheidungen und diese gehörte eindeutig zu den schweren. Da fiel Marie etwas ein: Sie kramte den Zettel hervor, auf dem die Adresse stand, die Onkel Paul ihr diktiert hatte.

„Kennt ihr die Adresse?", fragte sie und gab den Zettel Karl. Der warf nur einen flüchtigen Blick darauf.

„Was ist damit?"

„Wenn ihr mich dahin bringt, sage ich nicht, dass ihr es wart." Jetzt interessierte sich auch Fränk für den Zettel. Er schüttelte den Kopf, nachdem er die Adresse gelesen hatte.

„Nie gehört", sagte er. Karl schwieg, ließ Marie aber nicht aus den Augen.

„Was ist da, warum musst du da hin?", fragte er schließlich.

„Da ist ein Mann, ein Spezialist, den muss ich etwas fragen."

„Und deshalb willst du uns davonkommen lassen? Vergiss es. Sie wird uns verpfeifen", sagte Fränk und es klang wie das Urteil eines Fachmanns.

„Werde ich nicht", sagte Marie gelassen.

Karl nickte langsam: „Ich habe einen Onkel", sagte er, „der ist Taxifahrer, der weiß sicher, wo das ist. Vielleicht fährt er uns sogar hin. Ich ruf ihn kurz an."

Fränk schüttelte den Kopf, als Karl sein Handy aus der Tasche zog und ein Stück zur Seite ging. Marie dachte an ihr Training, das sich zweifellos verschob oder sogar ganz ausfiel, wenn der Onkel mit dem Taxi Zeit hatte. Egal, diese Sache war wichtiger. Vielleicht wusste der Traumspezialist irgendetwas, das ihr dabei half, ihren Vater aufzuwecken. Der Onkel mit dem Taxi hatte zufällig Zeit.

Fränk erklärte daraufhin, dass er die ganze Aktion für sinnlos hielte, weil Marie sie sowieso verpfeifen würde, aber es war ziemlich offensichtlich, dass er nach Hause musste und deshalb nicht mitkommen wollte. Nachdem er gegangen war, unterhielten sich Karl und Marie, das heißt, Karl stellte Fragen und Marie antwortete sehr einsilbig, weshalb sie sich furchtbar langweilig fand. Karl schien aber auch an kurzen Antworten von ihr sehr interessiert zu sein.

Dann kam der Onkel, klein, kantig, braun gebrannt und mit einem strahlend weißen Lächeln. Marie hätte geschworen, dass Karl neben ihm auf der Beifahrerseite einsteigen würde, aber er hielt ihr die Tür auf und setzte sich neben sie, als wäre es die selbstverständlichste Sache der Welt. Marie war beeindruckt.

Während der Fahrt fragte der Onkel Karl nach allen möglichen Familienmitgliedern und Karl zeigte sich überaus gut informiert. Seine Familie schien groß zu sein, denn dem Onkel fiel immer noch jemand ein, nach dem er sich erkundigen konnte. Sie fuhren eine halbe Stunde, bis die Straßen enger, die Ampeln seltener und die Grundstücke größer wurden. Vor einem schmiedeeisernen Tor hielten sie schließlich. Dahinter wucherte ein üppiger Garten, mehr war nicht zu erkennen. Der Onkel beschrieb Karl den Rückweg, denn so viel Zeit, dass er auf sie hätte warten können, hatte er nicht. Marie bedankte sich zweimal und stieg aus.

„Schon gut, kleines Fräulein", sagte der Onkel und fuhr davon. Da standen sie plötzlich, Karl und Marie, irgendwo am Rande der Stadt vor einem Tor, von dem sie nicht einmal wussten, ob es offen war. Marie wünschte sich einen Augenblick lang, Karl möge sie an die Hand nehmen, aber das sagte sie nicht, lieber wäre sie tot umgefallen.

13. Kapitel

Die ADI-Lounge nahe am Stadtpark mochte Jonas am liebsten. Im Grunde war sie wie alle anderen ADI-Lounges: Wenn man hereinkam, lief man direkt auf einen elegant geschwungenen Empfangstresen aus blau gefärbtem Plexiglas zu, links und rechts daneben waren die Umkleidekabinen und Duschen. Es gab sogar einen Schnellreinigungsservice und einen Hemdenautomaten, aus dem man neue weiße Hemden ziehen konnte. Den Mittelpunkt jeder Lounge bildete ein etwa zwanzig Meter langes und zehn Meter breites blaues Becken, das mit 38 Grad warmem Salzwasser gefüllt war. Man konnte sich einfach hineinlegen und trieb auf der Oberfläche, ohne sich bewegen zu müssen. Links des Beckens war dic Bar, die auf blau angeleuchteten Glaskacheln stand und an der es alle möglichen wohlschmeckenden Energy-Drinks gab, rechts die Entspannungsliegen und hinter dem Becken die Massageräume.

Das Wunderbare an der ADI-Lounge am Stadtpark war der Blick, den man durch die halb durchlässigen, bodentiefen Fenster hatte, während man selbst mit einem leckeren Drink in der Hand in einem Massagestuhl saß und sich durchkneten ließ – besonders im Winter, wenn draußen Schnee lag, oder im Herbst, wenn der Wind an den Blättern zerrte oder Regen gegen die Scheiben peitschte.

Ganz unterschiedliche Menschen kamen hierher. Manche, für die hundert Euro Kleingeld waren, andere, die nur eintraten, weil für ADI-Kunden der Besuch kostenlos war, jedenfalls solange man sich nicht massieren lassen oder etwas trinken wollte. Wieder andere kamen vor allem nachts, weil sie nicht allein sein wollten, Frauen, die älter waren als Jonas, aber immer noch gut aussahen und ihn unverhohlen musterten, Männer, denen man ansah, dass sie es gewohnt waren, nur das Beste zu bekommen, und andere, für die das Ambiente der ADI-Lounges den größten denkbaren Luxus darstellte.

Natürlich hinterließ das lange Wachsein bei den meisten Kunden Spuren: dunkle Augenringe, wippende Beine beim Sitzen, angespannte Gesichtszüge. Und doch fand Jonas diese Leute faszinierend und er genoss es, hier zu sein. Wenn man sich nicht massieren lassen wollte, konnte man hier für wenig Geld schöne Stunden verbringen, sich entspannen, lesen oder einfach die Leute anschauen.

Es war zwei Uhr mittags. Gerade war Jonas aus dem Becken gestiegen und duschte nun, als er den Mann hereinkommen sah. Er hatte noch immer den schwarzen Anzug an und diesen komischen Hut auf. Er redete kurz mit der Frau am Tresen und kam dann so, wie er war, in den Entspannungsbereich. Als er Jonas entdeckte, winkte er ihn zu sich. Jonas trocknete sich ab, zog Badelatschen an und ging, von unzähligen Blicken verfolgt, zu dem Mann im schwarzen Anzug. Egal wer dieser Kerl war, die Nummer, die er hier abzog, war eindeutig daneben. Wie konnte er einfach so in Anzug und Straßenschuhen hier hereinplatzen und ihn zu sich heranwinken wie einen Kellner?

„Was wollen Sie?“, fragte Jonas so unfreundlich wie möglich.

„Einen Schlafplatz“, sagte der Mann im schwarzen Anzug unbeeindruckt.

„Dann suchen Sie sich ein Hotel.“ Jonas flüsterte, er wollte nicht noch mehr Aufsehen erregen.

„Ich brauche einen Schlafplatz nur für mich. Niemand darf in meiner Nähe sein. Ich möchte, dass Sie mich heute Nacht in die ADI-Filiale bringen.“

Jonas glaubte, nicht richtig verstanden zu haben. „Die Filiale ist nachts geschlossen“, sagte er knapp, „in Deutschland dürfen wir nicht rund um die Uhr geöffnet haben.“

„Eben", antwortete der Mann im schwarzen Anzug. „Deshalb möchte ich dorthin, weil dort nachts niemand ist."

„Wie haben Sie mich überhaupt gefunden?", fragte Jonas.

„Ihr Ausbilder, Herr Reiter, hat mir gesagt, wo Sie sind. Also, wir treffen uns heute um Mitternacht vor der Filiale."

Spinnen Sie, wollte Jonas rufen, ich bin doch nicht Ihr Diener, aber ein Blick in die grünen Augen dieses seltsamen Mannes ließ ihn verstummen. Tu, was er sagt, flüsterte eine Stimme in Jonas, tu, was er sagt, sonst gibt es eine Katastrophe. Jonas nickte zögernd und ging in die Umkleidekabine.

14. Kapitel

Hinter dichten Büschen und hohen Bäumen versteckt, fanden Karl und Marie eines der seltsamsten Häuser, das sie je gesehen hatten. Es bestand aus unzähligen kleinen und großen Türmen, die um einen in der Mitte empor ragenden Turm herum gebaut worden waren. Dieser Turm war doppelt so hoch wie die anderen. Die kleineren Türme hatten unterschiedliche Formen: Einige waren vier-, andere fünfeckig, es gab runde und rechteckige, welche mit hohen Dächern und welche mit niedrigeren, mit Fenstern und ohne, und einige waren so klein, dass kaum ein Mensch darin Platz zu haben schien. Vorn führte eine Treppe zum Haupteingang, einer zweiflügeligen Tür, deren einer Flügel nur angelehnt war.

Karl ging voran. Marie war unendlich dankbar, dass er sie begleitete, allein hätte sie sich nie in dieses komische Haus gewagt. Die Eingangshalle war imposant. Eine runde Decke wölbte sich über einem fünfeckigen Raum, dessen Fußboden mit grünem und weißem Marmor ausgelegt war. An den Wänden hingen fünf schwere Kandelaber, sonst war der Raum leer bis auf ein eigentümliches Liegesofa, an dessen Kopfende ein Stuhl stand.

Auf dem Sofa lag eine Frau in einem schwarzen Kleid und strickte trotz der Hitze an einem langen Schal. Dabei summte sie selbstvergessen vor sich hin. Erst als Karl sich räusperte, richtete sie sich erstaunt auf: „Oh, ich habe euch gar nicht kommen hören“, sagte sie mit einem Stimmchen, das wie ein Flackerlicht im Wind jeden Moment auszugehen drohte. „Tut mir leid." Sie lächelte zerstreut. Die rabenschwarzen Haare hatte sie zu einem Knoten zusammengebunden und ihr feines blasses Gesicht wirkte ein bisschen erschrocken.

„Ihr wollt bestimmt zu Professor Monroe?"

„Ja", sagte Marie. „Ich möchte etwas über Träume wissen."

Die blasse Frau nickte, als habe sie genau das erwartet. „Also gut, dann folgt mir."

„Ich warte im Garten", sagt Karl.

Die blasse Frau sah ihn verwundert an. „Möchtest du nicht zu Professor Monroe?", fragte sie, als sei es etwas ganz und gar Abwegiges, nicht zu Professor Monroe zu wollen.

„Nein", antwortete Karl.

„Schön, schön, dann nicht, dann warte doch einfach im Garten." Sie schien auf einmal erleichtert zu sein, als habe sie eine schwierige Aufgabe gelöst. Einen Moment dachte sie nach, was jetzt wohl zu tun sei, dann drehte sie sich um, ging zu dem Liegesofa, wühlte in ihrem Strickzeug und forderte Marie schließlich ein zweites Mal auf, ihr zu folgen.

Sie stiegen die Treppen hinauf, die in den nächsten Turm führten. Die Wände des folgenden Zimmers waren bis zur Hälfte mit dunklem Holz getäfelt, darüber spannte sich eine Stofftapete. Eine breite Treppe führte zu einer Glastür, dahinter gab es noch eine Treppe und noch eine, denn selbstverständlich bestand das Turmhaus innen vorwiegend aus Treppen. In den größeren Räumen standen Möbel: Tische und schwere Sessel und Kamine, in den kleineren gab es nur Treppen. In dem Raum, in dem Marie schließlich Professor Monroe fand, hing ein ausgestopfter Löwenkopf über der Tür. Die Wände waren bis zur Decke mit Bücherregalen vollgestellt. Selbst auf dem Boden türmten sich Bücher. Kunstvolle Lampen, überall im Raum verteilt, bildeten kleine Lichtinseln, erzeugten insgesamt aber eine eher düstere Atmosphäre.

Inmitten dieser Bücherberge saß ein kleiner Mann. Marie hatte ihn zunächst nicht bemerkt. Er trug einen Anzug und ein weißes Hemd, die wenigen Haare, die ihm geblieben waren, umfusselten sein rundes, freundliches Gesicht. Unzählige Lachfältchen knitterten seine Haut, vor allem um die großen braunen Augen herum. Als er Marie sah, rief er: „Setz dich, ich bin gleich da.“ Er machte eine unbestimmte Handbewegung, als gäbe es überall Stühle und Marie müsse sich nur einen aussuchen. „Danke, Priscilla.“ Er nickte der blassen Frau zu. „Sie können jetzt gehen, wir kommen zurecht.“

Priscilla gab Marie umständlich die Hand und ging, wobei sie an einige Büchertürme stieß, die auf dem Fußboden standen.

„Also“, fragte Professor Monroe, „wie weit bist du gekommen?“

„Womit?“, fragte Marie unsicher.

„Was?“ Er zog die Augenbrauen hoch, dann betrachtete er sie näher über den Rand seiner Brille hinweg. „Du bist keine Studentin von mir. Oder doch?“

Marie schüttelte den Kopf.

„Oh, entschuldige, ich bin Professor Monroe. Was kann ich für dich tun?“

„Ich heiße Marie Marne und wollte etwas über Träume wissen.“

„Träume?“ Der Professor zog noch einmal die Augenbrauen hoch. „Das ist ein weites Feld, was genau willst du da wissen?“ Er fing an, im Zimmer umherzugehen und Bücher aufzuschlagen. Offenbar suchte er irgendeine wichtige Textstelle, wusste aber nicht mehr, wo sie zu finden war. Dabei redete er die ganze Zeit. „Also, Träume sind kompliziert, wir wissen bis heute nicht, warum wir träumen. Es gibt einen Haufen Theorien, eine absurder als die andere. Die populärste besagt, dass unsere Träume die Wächter unseres Schlafes sind, eine andere behauptet genau das Gegenteil, nämlich dass wir nur deshalb schlafen, damit wir träumen können. Früher dachte man, die Träume seien Botschaften der Götter. Heute glauben die einen, sie seien eine Art Gehirnentspannung, andere glauben, in unseren Träumen enthüllen sich unbewusste Wünsche und Konflikte.“

„Und was glauben Sie?“, fragte Marie. Sie wollte, dass Professor Monroe stehen blieb, denn er machte sie ganz nervös.

Und wirklich, er blieb stehen und sah versonnen vor sich hin. „Ich?“, fragte er, als sei es eine etwas abwegige Idee, ihn nach seiner persönlichen Meinung zu fragen. „Ich habe als kleiner Junge manchmal gesehen, wie sich meine Mutter abends zurechtgemacht hat, wenn sie mit meinem Vater ausgegangen ist.“ Er lächelte. „Sie hat sich geschminkt und Ohrringe angelegt. Sie hat Kleider angezogen, die sie am Tage nie trug. Ich habe als kleiner Junge gedacht, dass die Nacht meine Mutter verwandelt. Später, als ich dann größer war, habe ich selbst erlebt, dass die Nacht einen verwandeln kann. Wenn du mich also nach meiner Meinung über Träume fragst, dann sage ich dir: Wenn wir wach sind, teilen wir die Wirklichkeit mit allen, wenn wir träumen, erschaffen wir eine ganz eigene Wirklichkeit, eine, die nur uns gehört.“

„Wenn das Ihre Überzeugung ist“, sagte Marie leise, „dann glauben Sie also nicht, dass zwei Menschen ein und denselben Traum haben können?“

Professor Monroe blieb abrupt stehen und schaute Marie an. „Wie kommst du auf so eine Frage?“

„Einfach so“, log Marie und merkte, dass sie rot wurde.

„Einfach so, hm. Vielleicht ist es besser, du erzählst mir die ganze Geschichte, ehe etwas passiert, das wir beide dann nicht mehr rückgängig machen können.“

„Es gibt keine Geschichte“, sagte Marie, „ich wollte nur wissen, ob Sie von so einem Fall schon einmal gehört haben?“

Professor Monroe rieb sich das Kinn. „Hm“, sagte er, „ich kann dir auf diese Frage nur eine ehrliche Antwort geben, wenn du mir sagst, warum du das wissen willst.“ Er sah Marie direkt in die Augen, und die Art, wie er das tat, gefiel ihr nicht. Er musterte sie und es kam ihr so vor, als wolle er in ihren Kopf eindringen und darin nach Antworten suchen.

Aber sie durfte ihm nicht sagen, warum sie wirklich hier war, sie durfte ihm nicht von ihrem Vater erzählen und von Mr. Phisto schon gar nicht. Was, wenn dieser Professor irgendetwas unternahm, jemanden anrief, das Krankenhaus oder die Polizei. Dann würde Mr. Phisto sich zurückziehen, dann galt sein Versprechen nicht mehr, dass ihr Vater in ein paar Tagen wieder aufwachen würde. Es war vielleicht falsch, hierher gekommen zu sein.

„Weißt du, kleines Fräulein", sagte Professor Monroe, „es gibt Berichte über Menschen, die die Träume anderer träumen können. Diese Berichte haben mit der Firma All Day Industries zu tun. Hast du den Namen schon mal gehört?" Er machte ein paar Schritte auf Marie zu.

Marie wich zurück. Sollte sie zugeben, dass sie die Firma kannte, oder nicht? Aber wer kannte All Day Industries nicht? Sie nickte. „Ich habe in der Schule mal ein Referat über die Firma gehalten."

„Dann weißt du", sagte Professor Monroe, „dass jeder, der eine ihrer Filialen aufsucht, messen lassen kann, wie lange er wach bleiben wird." Professor Monroe war stehen geblieben und sah Marie an. Sie nickte.

„Die meisten Menschen haben einen ADI-Wert von 3 bis 14 Tagen", Professor Monroe machte eine Pause. „Aber es gibt Ausnahmen", fuhr er fort, „wenige. Aber es gibt sie. Diese Ausnahmen haben ADI-Werte zwischen 60 und 80 Tagen."

Marie schwieg. 60 bis 80 Tage? Sie hatte einen ADI-Wert von 113 Tagen. Sollte sie das diesem Professor verraten oder nicht? Wieso sah er sie so komisch an. „Aha", sagte sie. „Und weiter?"

„Es heißt, dass Menschen mit einem hohen ADI-Wert die Träume anderer Menschen träumen können. Ja, sie sollen sogar fähig sein, sie zu beeinflussen."

„Beeinflussen? Wie denn?"

„Warum willst du das wissen?"

„Es interessiert mich."

„Und mich interessiert, wieso du das wissen willst."

Marie schwieg. Wenn sie jetzt zugab, dass sie einen hohen ADI-Wert hatte, dann wusste dieser seltsame Professor, dass sie die Träume anderer träumen konnte. Und wer weiß, was er dann tat?

„Danke", sagte Marie schließlich. „Tut mir leid, dass ich Sie gestört habe. Auf Wiedersehen. Keine Sorge, ich finde den Weg allein." Sie drehte sich um und wollte gehen.

„Es heißt sogar", sagte Professor Monroe, „dass Leute mit einem hohen ADI-Wert fähig sind, andere träumend zu töten."

Marie blieb stehen. „Wie, zu töten?", fragte sie, ohne sich umzudrehen.

„Es hat mit der dunklen Energie zu tun, die All Day Industries entdeckt hat.“ Professor Monroe kam hinter seinen Büchern hervor. „Leute mit einem hohen ADI-Wert haben sehr viel von dieser dunklen Energie. Viel mehr als alle anderen.“

Marie glaubte, den Blick des Professors im Rücken zu spüren. Er bohrte sich förmlich zwischen ihre Schulterblätter. Fort, nur schnell fort von hier. Dieser Professor war wirklich unerträglich. Sie lief grußlos davon. Die vielen Stufen hinauf und hinunter, durch die Eingangshalle an der seltsamen Frau vorbei. Was für ein komisches Haus! Was für ein komischer Professor, was für eine komische Empfangsdame! Als sie in den Garten kam, saß Karl auf einem großen Stein und spielte mit seinem Handy.

„Na, wie war es?“, fragte er und stand auf.

„Furchtbar!“ schimpfte Marie. „So ein Idiot, ein total versponnener Idiot. Ich möchte wissen, wofür der Professor ist, wahrscheinlich für dummes Quatschen.“

„Er hat dir also nicht geholfen?“, fragte Karl.

„Kein bisschen!“

„Worum ging es denn?“

„Lass uns jetzt nicht davon reden, es lohnt sich nicht. Ich muss zum Training. Und du?“ Marie spürte ihr Herz rasen. Sie drehte sich weg, damit Karl ihre Aufregung nicht bemerkte.

„Training? Was trainierst du?“

„Tennis“, antwortete Marie.

„Ich bringe dich.“

Marie sah Karl verwundert an. „Wohnst du in der Nähe des Stadtparks?“

Karl lächelte. „Nein, das ist nicht meine Richtung.“

„Gehen wir dann noch zusammen zur Bahn?“, fragte Marie.

„Ich bringe dich zum Training“, sagte Karl noch einmal.

„Obwohl du ganz woanders wohnst?“

„Genau.“ Karl steckte die Hände in die Hosentaschen und lächelte, und dieses Lächeln verfehlte seine Wirkung nicht: Marie war beeindruckt.

Sie fuhren mit der S-Bahn bis in die Nähe der Schule.

„Also, worum ging es wirklich bei deinem Besuch in dem seltsamen Haus?", fragte Karl nach einer Weile.

Marie schwieg. „Um Träume", sagte sie dann, weil ihr keine gute Lüge einfiel oder weil sie keine Lust hatte, Karl anzulügen. Ganz genau wusste sie das nicht oder wollte es nicht wissen.

„Träume? Was ist damit?", fragte er. „Warum interessierst du dich dafür?"

Marie überlegte. Was sollte sie sagen? Weil ich die Träume anderer Menschen träumen kann? Das klang total bescheuert. Weil ich meinen Vater aus einem Traum befreien muss? Das klang noch bescheuerter. „Es geht um ein Referat", log sie. „Ich muss ein Referat über die Firma All Day Industries halten."

Karl nickte. „Verstehe", sagte er. „Meine Mutter redet dauernd von dieser Firma. Sie wünscht sich, einen ADI-Traum zu haben, weil sie ständig müde ist."

„Na und? Warum kauft sie sich keinen?", fragte Marie.

„Weil der zu teuer ist", antwortete Karl. „260 Euro nur dafür, dass man ein paar Tage wach ist. Das ist doch verrückt." Er tippte sich mit dem Finger an die Stirn. Marie schwieg. Sie fand, 260 Euro waren ein angemessener Preis, aber Karl schien das anders zu sehen. Sie wollte sich nicht mit ihm streiten, deshalb sagte sie nichts.

„Warum ist deine Mutter immerzu müde?", fragte sie nach einer Weile.

„Meine Geschwister", sagte Karl. „Ich habe vier. Die Zwillinge sind anderthalb und dauernd krank. Meistens Bronchitis. Sie husten dann die ganze Nacht. Mein Vater braucht seinen Schlaf, weil er arbeiten muss. Manchmal tut mir meine Mutter wirklich leid. Aber sie lässt sich nicht helfen. Sie sagt, ich muss fit sein für die Schule." Karl zuckte mit den Schultern.

Marie merkte, dass ihn das wirklich beschäftigte. Sie hatte die ADI-Träume immer als eine Art Luxus gesehen. Dass es Leute gab, denen sie wirklich helfen konnten, daran hatte sie bis jetzt nicht gedacht.

Als sie aussteigen musste, brachte Karl sie bis zur Tür, gab ihr die Hand und sagte: „Morgen, die Sache mit Rinke, ich werde in deiner Nähe sein, das verspreche ich."

Marie nickte verwirrt und stieg aus. Dieser Karl brachte ihre Meinung über Jungs gehörig durcheinander. Und das gefiel ihr ausgezeichnet.

Die Tennisanlage war gut gefüllt, als Marie kam. Herr Ritter trainierte bereits. Marie wärmte sich an der Ballwand auf und stieg dann ins Training ein. Sie war heute unkonzentriert, aber nach dem Match gestern behandelte Herr Ritter sie trotzdem sehr freundlich.

Zwei Stunden, dann fuhr Marie nach Hause. Als sie die Tür aufschloss, lag ein Zettel auf dem Fußboden: „Bin bei Papa, komme zum Abendbrot, 1000 Küsse, Mama."

15. Kapitel

Marie fuhr verschwitzt in ihrem Bett hoch, ließ sich aber gleich darauf zurückfallen. Verdammt, was war das? Was hatte sie gerade geweckt? Ein Traumbild, an das sie sich nicht erinnern konnte. Sie musste an diesen Professor denken. Konnte sie die Träume anderer Menschen beeinflussen? Konnte sie träumend Menschen töten? Was für eine Vorstellung. Sie stöhnte. Und war die Schlafenergie, die All Day Industries entdeckt hatte, und die dunkle Energie, von der Professor Monroe gesprochen hatte, ein und dieselbe? Marie quälte sich aus dem Bett. Regine war schon auf. Perfekt geschminkt saß sie in der Küche und frühstückte. Marie setzte sich dazu und trank ein Glas Milch.

„Gehst du heute wieder zu Papa?“, fragte sie.

Ihre Mutter nickte. Oh Gott, es war schon Mittwoch und Marie war am Sonntag das letzte Mal bei ihrem Vater gewesen. Wenn sie noch einmal neben ihm schlafen würde, könnte er ihr vielleicht Antworten geben. Wer der Mann gewesen war, beispielsweise, mit dem er auf seinem Geburtstag gesprochen hatte. Ob sie ihn zu einer ADI-Filiale bringen sollte?

Ihre Mutter schien ihren Konflikt zu bemerkten. „Hör mal Schatz, es ist nicht schlimm, wenn du nicht jeden Tag in die Klinik fährst.“ Sie streichelte Maries Hand. „Es ist nicht einfach, ihn jeden Tag so zu sehen. Zu ertragen, dass er einen nicht erkennt.“ Regine hatte recht.

Es war schwer, ihren Vater so zu sehen, zu sehen, dass seine eigene Tochter nicht erkannte. Aber war das ein Grund, ihn nicht zu besuchen? Und all dieses Gerede von Mr. Phisto? Dass nur sie ihren Vater retten konnte. Was, wenn das alles Unsinn war? Und jetzt auch noch dieser Professor Monroe, der ihr einreden wollte, dass sie fähig war, schlafend zu töten. Das war einfach zu viel. Ihre Mutter nahm sie in den Arm, drückte sie fest an sich und strich ihr übers Haar. Das tat gut.

Als Marie in die Schule kam, sah sie, dass Herr Rinke John Lennons Kopf mit einer Plane aus blauer Folie verhängt hatte. Selbstverständlich wollten alle wissen, was sich dahinter verbarg. Und wie so oft, wenn es eine Frage, aber keine Antwort gab, machten blitzschnell die wildesten Gerüchte die Runde. Dahinter sei ein Hakenkreuz. Die Kriminalpolizei sei unterwegs, um Fingerabdrücke zu sichern, war eines dieser Gerüchte. Herr Rinke habe gestern Abend besoffen eine Flasche an die Wand geworfen, ein anderes. Es war schwer, den Mund zu halten.

In der großen Pause kam Karl zu Marie und sagte ihr, dass er nach der Schule auf sie warten würde. Marie wurde knallrot und Jelena stellte ihr daraufhin tausend Fragen. Also erzählte Marie, was am Vortag passiert war, jedenfalls das meiste davon. Selbst Hanna, die sonst immer so tat, als würde sie sich für nichts interessieren, hörte aufmerksam zu. Dann gab es eine längere Diskussion darüber, ob es richtig war, dass Marie für Karl die Wand streichen musste. Nach einer ausführlichen Erörterung des Für und Wider kamen die drei Freundinnen zu dem Schluss, dass Marie die richtige Entscheidung getroffen hatte. So gestärkt, ging sie nach dem Unterricht die breiten Stufen der Eingangshalle herunter. Und da saß er auf einem Campingstuhl: Herr Rinke. Neben ihm auf dem kleinen Rollwagen, mit dem er sonst die Milchkästen transportierte, stand ein Eimer Farbe.

„Also, wer war es?“, fragte Herr Rinke.

„Das weiß ich nicht“, antwortete Marie.

„Jetzt spiel hier nicht die Heldin“, sagte Herr Rinke mürrisch, „ich will die Namen wissen. Na los!“

Marie schwieg. Herr Rinke merkte, dass er nichts würde ausrichten können, egal ob er herumschrie oder nicht, also setzte er sich wieder in den Campingstuhl und nahm einen Schlüsselbund in die Hand.

„Also gut, wie du willst“, sagte er resigniert, „Farbeimer aufmachen, Farbe umrühren, bis sie cremig ist, Plane abmachen, Plane unten ausbreiten und solange streichen, bis von der Schmiererei nichts mehr zu sehen ist. Na los, fang an, ich hab nicht den ganzen Tag Zeit.“

Marie mühte sich mit dem Deckel des Farbeimers, aber er wollte nicht abgehen. Ein paarmal sah sie Hilfe suchend Herrn Rinke an, aber der hatte die Augen geschlossen und döste vor sich hin.

„Du musst das nicht machen“, sagte er mit geschlossenen Augen, „sag mir einfach die Namen.“

Marie wurde wütend und die Wut verlieh ihr Kraft, der Deckel sprang auf. Sie nahm den Stock, der neben dem Eimer auf dem Rollwagen lag, und rührte die Farbe um. Ab und zu kamen noch Schüler vorbei und schauten sie interessiert an. Wenn sie aber Herrn Rinke sahen, gingen sie schnell weiter. Durch die offenen Türen konnte man den verlassenen Schulhof in der Hitze flimmern sehen. Es war kurz vor den Ferien, niemand nahm den Unterricht noch ernst. Die Prüfungen der älteren Schüler waren vorbei, alle, auch die Lehrer, warteten auf den letzten Schultag. Marie rührte und rührte, bis ein lautes Klirren sie zusammenzucken ließ.

Herr Rinke hatte den Schlüsselbund fallen lassen und die Augen aufgerissen. Verwundert schaute er sich um. „Du rührst ja immer noch“, sagte er, „fang endlich an zu streichen, ich habe heute noch was anderes vor.“

Marie ging zu der Wand, an der die Plane fein säuberlich mit Paketklebeband angeklebt war, und begann, sie abzureißen. Kurz bevor sie damit fertig war, sah sie plötzlich Mr. Phisto die Treppe aus dem oberen Korridor herunterkommen. Er ging langsam, beinah gemächlich. Mit dem Finger auf Herrn Rinke zeigend, flüsterte er: „Er ist der Nächste. Diesmal musst du eine Puppe in seinem Traum finden. Leg sie neben die Pfeife an den Strand des dunklen Meeres.“

Marie starrte ihn an. „Warum kann mein Vater nicht einfach einen ADI-Traum haben? Dann würde er doch aufwachen“, flüsterte sie.

Mr. Phisto lächelte. „Um an das dunkle Meer zu kommen“, sagte er leise, „müsste dein Vater den Traum verlassen, in dem er gefangen ist.

Und eben das kann er nicht. Ihm einfach die Brille aufzusetzen würde nichts nützen."

Während er das sagte, ging er seelenruhig an ihr vorbei und verschwand über den Schulhof. Er hatte ganz offenbar auch über diese Möglichkeit nachgedacht, denn seine Antwort war gekommen wie aus der Pistole geschossen. Wahrscheinlich war es zwecklos, noch einmal neben ihrem Vater zu schlafen. Er war in dem Traum eingesperrt, mehr als das konnte er ihr nicht sagen, weil er mehr nicht wusste.

Herrn Rinkes Kopf sank ihm langsam auf die Brust, aber im nächsten Moment fiel der Schlüsselbund wieder herunter und er zuckte zusammen. „Fang an zu streichen", sagte er mürrisch und hob den Schlüsselbund auf.

Marie musste etwas unternehmen, aber was? Was konnte sie tun? Irgendwie musste sie dafür sorgen, dass der Schlüsselbund nicht herunterfiel, damit Herr Rinke einschlief und sie seinen Traum träumen konnte. Aber wie sollte sie das anstellen? Sie sah sich um. Es gab eine Lösung, da war sie sicher. Karl, was hätte Karl getan? Sie versuchte, den Raum mit seinen Augen zu sehen.

Der Eimer! Wenn der Schlüssel in der weißen Farbe versank, gab es kein Geräusch, das Herrn Rinke weckte. Der Eimer stand auf dem Rollwagen, Marie musste den Wagen nur vorsichtig unter Herrn Rinkes Hände schieben, sodass der Schlüssel nicht auf den Boden, sondern in die Farbe fiel. Sie sah, wie Herrn Rinkes Augenlider langsam zufielen, sie sah die schwarzen Haare in seiner Nase, auch wenn sie es nicht wollte. Vorsichtig schob sie den Wagen Zentimeter für Zentimeter auf Herrn Rinke zu. Jetzt sank ihm wieder der Kopf auf die Brust. Sie schob schneller. Die Finger seiner Hand entspannten sich langsam, der Schlüssel begann zu rutschen. Achtung, da war Herrn Rinkes Fuß, an den durfte sie nicht stoßen. Jetzt! Der Schlüssel fiel. Nichts. Kein Geräusch. Der Eimer stand perfekt, der Schlüssel versank lautlos.

Kurz darauf fing Herr Rinke an zu schniefen. Natürlich, bei so vielen Haaren in der Nase. Marie setzte sich zufrieden auf den Fußboden und schaute auf den leeren Schulhof. Plötzlich fiel ihr ein, dass sie Herrn Rinke am Ende des letzten Traumes gesehen hatte. Konnte es sein, dass es ein Prinzip, eine Logik in all dem Durcheinander gab? Am Ende eines Traumes zeigte sich ihr der Mensch, dessen Traum sie als Nächstes träumen musste? Und dann bekam sie eine Nachricht von Mr. Phisto, wo sie diesen Menschen treffen konnte, und was sie in seinem Traum finden musste.

Aber wie oft musste sie diesen Vorgang wiederholen? Wie viele Träume träumen? Und wie half das ihrem Vater? Und hatte Professor Monroe nicht gesagt, dass jeder Mensch träumend eine eigene Realität erschuf? War es da richtig, den Traum eines anderen zu träumen? Obwohl Marie weiter nachdenken wollte, merkte sie, wie ihr die Lider schwer wurden. Sie umfasste mit der rechten Hand ihr linkes Handgelenk und schlief sofort ein.

Eine enge Straße. Neben ihr geht Herr Rinke, er geht schnell. Er trägt einen Rucksack, der schwer zu sein scheint. Links und rechts niedrige Fachwerkhäuser mit Blumenkästen davor. Die Straße mündet in einen großen Platz, in dessen Mitte ein Springbrunnen steht: Neptun, der Gott des Meeres, sitzt in der Mitte des Brunnens, umgeben von wunderschönen Nixen und springenden Fischen. Herr Rinke geht durch eine Tür, Marie folgt ihm. Sie kommen in eine mondäne Bahnhofshalle: Juwelen und Uhren, Porzellan, Parfums und teure Schuhe liegen in festlich erleuchteten Schaufenstern. Marie wundert sich, die Bahnhofshalle ist viel zu groß für so eine kleine Stadt. Von hier fahren Züge in die weite Welt. Herr Rinke ist stehen geblieben und scheint jemanden zu suchen. Am Ende der Halle sieht Marie eine schöne Frau. Sie hat ein weißes Kleid an und einen großen Hut auf dem Kopf. Viele Koffer stehen neben ihr. Männer in eleganten Anzügen fotografieren sie. Es scheint eine Schauspielerin zu sein oder eine Sängerin. Als Herr Rinke die Frau sieht, läuft er ihr auf den Bahnsteig nach. Aber er kommt nicht vorwärts. Die weiß gekleidete Frau steigt in einen Zug. Ihr Gepäck wird verladen, sie wird fotografiert. Herr Rinke versucht, den Zug zu erreichen, aber der Bahnsteig gleitet ihm unter den Füßen weg. Der Schaffner pfeift. Die Frau schaut sich suchend um. Als sie Herrn Rinke sieht, winkt sie ihn zu sich heran. Sie befiehlt den anderen, ihm Platz zu machen. Da fährt der Zug los, und Herr Rinke rennt. Die Frau steht in der offenen Tür des Zuges und scheint auf ihn zu warten. Herr Rinke rennt, aber der Rucksack ist so schwer, so schwer. Herr Rinke rennt, der Zug wird schneller, die Frau wartet in der offenen Tür, Herr Rinke rennt und fällt: Der Rucksack platzt und heraus fallen Steine, rote Mauersteine. Da beginnt der Bahnsteig zu schwanken, er hebt und senkt sich, als würde unter ihm etwas entlangkriechen, ein großer Wurm oder eine Schlange. Jetzt wanken auch die anderen Bahnsteige, Welle folgt auf Welle, die Bahnsteige brechen auf und darunter ist Wasser, das Meer, Neptun mit seinen schönen Töchtern. Der Bahnhof schwimmt, alle Bänke und Anzeigetafeln und Leuchtreklamen und Papierkörbe und die Treppen und Fahrkartenschalter und Gepäckwagen und alles, alles schwimmt. Es wird von den Wellen emporgehoben, ehe es in der Tiefe versinkt. Und da, der Zug mit der Frau ist ein Schiff geworden, ein großes blauweißes Schiff, auf dem die Frau steht. Das weiße Kleid flattert im Wind, und das Schiff fährt dampfend davon. Herr Rinke schwimmt hinterher, und Marie sieht im klaren Wasser, wie sein Rucksack mit den letzten Steinen darin versinkt. Aus irgendeinem Grund taucht sie und hält den Rucksack fest. Er öffnet sich und eine Puppe gleitet heraus. Sie ist ungefähr dreißig Zentimeter groß. Früher hat Marie eine ähnliche besessen. Marie lässt den Rucksack los, greift nach der Puppe und taucht auf, direkt neben einem Ruderboot. In dem Boot sitzt eine Frau und rudert. Woher kennt Marie diese Frau? Woher? Die Puppe fest umklammert, schwimmt Marie ihr nach. Das dunkle Meer. Sie soll daran denken, dann wird es erscheinen. Aber nicht das Meer will Marie finden, sondern den Strand, und zwar den Abschnitt, in dem die Pfeife steckt. Kaum denkt sie daran, da fühlt sie Boden unter den Füßen. Die Wellen schieben sie an den Strand. In der Dämmerung sieht sie einen Mann, der ein Fahrrad ins Meer schleudert. Hinter ihm kommt eine alte Frau. Sie zieht eine Badewanne hinter sich her. Marie schaut sich um. Die Pfeife, wo ist die Pfeife? Fieberhaft untersucht sie den Strand. Das dämmrige Licht ist seltsam. Obwohl es nicht hell ist, sieht man jeden winzigen Stein, jede kleine Muschel ganz genau. Da! Da steckt sie. Marie hockt sich in den Sand und zieht sie heraus. Genau, es ist die Pfeife, die sie aus dem Traum der Frau mit dem blauen Kostüm mitgenommen hat. Marie legt Puppe und Pfeife nebeneinander. Dann schiebt sie Sand zu einem großen Haufen zusammen, damit sie die Stelle leichter wiederfinden kann.

16. Kapitel

Als Marie erwachte, schlief Herr Rinke noch. Ohne dass sie hätte sagen können warum, tat er ihr leid. Ihr Blick fiel auf seine Uhr: Es war kurz nach zwei, sie musste sich beeilen. Karl wartete und das Training hatte schon begonnen. Vorsichtig fuhr sie den Wagen mit dem Farbeimer und dem versunkenen Schlüssel zu sich heran. Sie tauchte die Rolle in die Farbe und rollte über John Lennons Gesicht. Es dauerte keine fünf Minuten, dann war Johann Sebastian Bach wieder konkurrenzlos allein.

Herr Rinke schlief tief und fest, Marie wünschte ihm schönere Träume. Die Frau, woher kannte sie die Frau, die am Ende des Traums im Ruderboot gesessen hatte? Sie konnte sich nicht erinnern. Und doch war sie sich sicher, dass sie die Frau schon einmal gesehen hatte. Erinnere dich, dachte sie, diese Frau wird vielleicht die Nächste sein, deren Traum du träumen musst. Es half nichts, sie wusste nicht, woher sie die Frau kannte. Ehe Marie ging, fischte sie Herrn Rinkes Schlüssel mit dem Stock, mit dem sie vorhin umgerührt hatte, aus dem Farbeimer und legte ihn tropfend auf den Fußboden. Egal, was Herr Rinke dachte, wenn er ihn sah, im Farbeimer hätte er ihn nie wiedergefunden, das stand fest. Als sie den Schulhof überquerte, klingelte ihr Handy.

„Ja“, meldete sich Marie.

„Hat es geklappt?“

„Wer ist denn da?“

„Mr. Phisto. Hat es geklappt?“

Marie blieb stehen. „Sie meinen mit der Puppe?“, fragte sie.

„Ja, natürlich, was sonst.“ Mr. Phisto klang ungeduldig und aufgeregt.

„Ja, es hat geklappt“, sagte Marie.

„War die Pfeife noch da?“

„Ja, sie war noch da.“

„Also liegen jetzt Puppe und Pfeife am selben Ort?“

„Ja.“ Marie verstand nicht, was die Fragen sollten.

„Gut, ich melde mich“, sagte Mr. Phisto hastig und legte auf.

„Hallo? Hallo?“ Nichts. Was war das denn? Was sollten diese Fragen? Hatte Mr. Phisto damit gerechnet, dass sie es nicht schaffte? Aber warum? Natürlich, es kamen ja immerzu Leute an den Strand des dunklen Meeres, um einen Gegenstand aus ihrem ADI-Traum in die Fluten zu werfen. Schon möglich, dass da einer die Pfeife oder die Puppe entdeckte und mitnahm.

Karl wartete an der gleichen Stelle wie gestern. Maries Herz machte einen Freudensprung, als sie ihn sah.

„War es schlimm?“, fragte er.

„Nein, nein, gar nicht.“

„Gehen wir.“

Wohin du willst, dachte Marie, sagte es aber nicht, sondern nickte nur. Sie gingen Eis essen und Marie erzählte ganz genau, wie Herr Rinke versucht hatte, sie dazu zu bringen, Karls Namen zu nennen. Von dem Traum erzählte sie nichts.

Karl machte Herrn Rinke nach, das konnte er wirklich gut. Leider kam dann Fränk und benahm sich wie ein Idiot, und Karl schien kein Interesse daran zu haben, ihn wieder loszuwerden. Marie wartete sehr lange, aber irgendwann hatte sie genug.

„Ich muss jetzt gehen“, sagte sie und stand auf.

Karl stand ebenfalls auf. „Ich danke dir“, sagte er. „Das war wirklich mutig, uns nicht zu verpfeifen.“ Er reichte Marie die Hand. „Vielleicht sehen wir uns mal wieder?“ Er lächelte. Und es war wirklich eines der süßesten Lächeln, das Marie je gesehen hatte.

„Ihr seht euch jeden Tag auf dem Schulhof, du Trottel", meckerte Fränk. Karl beachtete ihn nicht.

„Ich würde mich freuen, wenn wir uns wiedersehen", sagte Marie. Einen Moment blieb sie noch stehen, weil sie es plötzlich blöd fand, zum Training zu gehen. Lieber wäre sie dageblieben.

Auf dem Weg zum Stadtpark aber entschied sie, das Training heute ausfallen zu lassen. Sie fühlte sich auf einmal müde und schlapp und wollte etwas anderes erleben. Als sie nach Hause kam, hörte sie ihre Mutter in der Küche lachen. Susanne war da, Regines langjährige Freundin, mit der sie sich regelmäßig traf. Wenn die beiden redeten, vergaßen sie alles andere um sich herum, und so blieb Marie nichts weiter übrig, als sich selbst etwas zu essen zu machen und sich vor den Fernseher zu setzen. Aber alle Sendungen waren langweilig und Marie dachte daran, dass sie seit zwei Tagen den Nachmittag weder mit Jelena noch mit Hanna verbracht hatte. Deshalb rief sie sofort Jelena an. Leider war sie nicht da.

„Sie ist mit ein paar Mädchen aus der Nachbarschaft baden gefahren", sagte ihre Mutter. Marie legte auf.

Mit ein paar Mädchen aus der Nachbarschaft? Wer konnte das sein? Wieso hatte Jelena heute in der Schule nichts davon gesagt? Oder hatte sie sich erst nach der Schule verabredet, weil Marie nicht zu erreichen gewesen war? Also dann Hanna, denn dass Hanna baden gefahren war, stand nicht zu befürchten.

Es klingelte an der Wohnungstür. Karl! Marie lief in den Flur, öffnete und prallte zurück. Vor ihr stand Professor Monroe. Was wollte der hier? Und wie hatte er sie gefunden?

„Wer ist es!?", rief Regine aus der Küche.

„Es ist für mich", antwortete Marie.

„Entschuldige, dass ich dich hier so überfalle", sagte Professor Monroe, „aber es ist etwas sehr Beunruhigendes passiert und ich muss wissen, ob du etwas mit der Sache zu tun hast oder nicht. Darf ich reinkommen?"

Marie überlegte einen Moment, dann nickte sie und führte Professor Monroe in ihr Zimmer. „Woher wissen Sie, wo ich wohne?", fragte sie.

Er machte eine wegwerfende Handbewegung: „Internet". Ohne sein Interesse irgendwie diskret zu überspielen, sah er sich aufmerksam ihr Zimmer an. Es hätte sie nicht gewundert, wenn er zu ihrem Bett gegangen wäre und das Kissen hochgehoben hätte.

„Was ist denn passiert?", fragte Marie.

„Das kann ich dir leider jetzt nicht sagen", Professor Monroe zuckte mit den Schultern, „es ist im Moment auch nicht so wichtig. Es gibt verschiedene Indikatoren für verschiedene Bereiche des Lebens und einer dieser Indikatoren hat Alarm geschlagen. Weißt du überhaupt, was ein Indikator ist?"

Oh Gott! Dieser Professor war wirklich eine Plage. Natürlich wusste Marie, was ein Indikator war. Es war irgendein Ding oder eine Substanz, die etwas anzeigte. Aber was hatte dieser Indikator angezeigt?

„Was wollen Sie?", fragte Marie so unhöflich wie möglich.

Professor Monroe drehte sich um und sah sie an. Auf einmal wirkte er viel größer. „Kann es sein", fragte er ernst, „dass dein ADI-Wert sehr hoch ist und du den Traum eines anderen geträumt hast? Und in diesem Traum ist dir etwas aufgefallen, das dich beschäftigt? Wenn dem so ist, wäre es für mich wichtig zu wissen, was das war."

Verdammt! Er wusste alles. Marie erschrak. Dieser Professor war unheimlich. Einen Moment war sie versucht, sofort Mr. Phisto anzurufen, aber dann fiel ihr ein, dass er sich möglicherweise zurückzog, wenn er erfuhr, dass sie diesen Professor auf sich aufmerksam gemacht hatte. „Ich bin dreizehn, ich darf keinen ADI-Traum träumen, woher soll ich also wissen, wie hoch mein ADI-Wert ist?"

Professor Monroe nickte. „Das habe ich mich auch gefragt", sagte er wie zu sich selbst.

„Ich muss ein Referat halten in der Schule über Träume", log Marie und ihre Stimme zitterte, so aufgeregt war sie. „Und als ich an meinem Schreibtisch saß, da ist mir diese Frage eingefallen, das ist alles."

Professor Monroe sah sie einen Moment lang prüfend an, dann nickte er. „Verstehe." Er kam auf Marie zu und gab ihr die Hand. „Pass auf dich auf", sagte er ernst, drehte sich um und ging.

Marie fühlte sich benommen, sie war nicht fähig, sich zu bewegen. Was hatte das zu bedeuten? Sie wartete, bis sie die Haustür ins Schloss fallen hörte. Ihr Herz hämmerte wie verrückt. Dann lief sie in den Garten und warf sich in die Hängematte. Sie ließ die Beine links und rechts baumeln und hörte, wie das Seil knarrte, mit dem die Hängematte an den Bäumen befestigt war.

Beruhigen, sie musste sich beruhigen. Wieso machte dieser Professor so ein Trara? Was wusste er? Das alles war so verwirrend. Sie musste sich ablenken, sie musste auf andere Gedanken kommen. Hunger! Sie hatte heute Mittag nichts gegessen. Also ging sie in die Küche, schmierte sich zwei Brote, nahm ein Glas Milch, ging ins Wohnzimmer und schaltete den Fernseher an. Und da sah sie sie, im Fernseher, die Frau, die sich ihr am Ende von Herrn Rinkes Traum gezeigt hatte: Es war die Ministerpräsidentin.

Aber das konnte, das durfte nicht sein! Wie sollte Marie einen Traum der Ministerpräsidentin träumen? Wie sollte sie neben dieser Frau schlafen? Das war unmöglich.

Mr. Phisto, sie musste ihn anrufen. Sie nahm ihr Handy, aber die Nummer, von der aus er sie angerufen hatte, war unterdrückt. Es blieb ihr nichts weiter übrig als wieder fernzusehen. Aber sie bekam kaum noch mit, worum es bei der Sendung ging. Die Ministerpräsidentin! Das war verrückt. Aber vielleicht stimmte es nicht? Träume waren seltsam und unberechenbar. Komischerweise halfen all diese Gedanken nicht. Marie wusste, dass die Ministerpräsidentin diejenige war, deren Traum sie als Nächstes träumen musste.

17. Kapitel

Mrs. Pommeroy war Mitte dreißig und nicht gerade das, was man einen Model-Typ hätte nennen können. Sie war klein und rundlich, hatte schöne Locken und wache braune Augen. Und sie war Journalistin. Nicht irgendeine Journalistin, Journalistin der New York Times.

Dr. Puck hatte vor der beeindruckenden Fensterfront seines Büros Platz genommen und lächelte. „Ich freue mich, dass wir uns wieder einmal sehen", sagte er und trankt einen Schluck Tee.

„Ich danke Ihnen, dass Sie mich so kurzfristig empfangen haben", sagte Mrs. Pommeroy. Sie lächelte nicht, sondern blätterte in einem kleinen Notizblock. „Wir wollen einen Artikel über All Day Industries bringen. Es sind ja jetzt fünf Jahre vergangen, seit Sie mit ihrer revolutionären Erfindung an die Öffentlichkeit getreten sind. Zeit, einmal Bilanz zu ziehen."

Dr. Puck nickte. Er wusste, sein Gegenüber suchte nach einer Sensation, nach irgendetwas, das es auf die Titelseite schaffte. All die kleinen Fragen, die sie ihm gleich stellen würde, interessierten sie nicht wirklich. Sie waren wie Zahnstocher, mit denen sie ein bisschen herumstocherte auf der Suche nach einem wirklich leckeren Häppchen. Dr. Puck mochte diese Art Journalisten. Sie waren ehrgeizig, bissig und schlau. Und all das war er auch. „Es wäre mir lieber, wenn Sie konkrete Fragen stellen würden", sagte er.

Mrs. Pommeroy nickte. „Wie viele ADI-Filialen unterhalten Sie weltweit?"

„Oh, die genaue Zahl habe ich nicht im Kopf“, antwortete Dr. Puck. „Ich kann Sie ihnen aber heraussuchen lassen. Fakt ist, wir sind in allen Ländern der Erde vertreten. Selbst in denen, die sich sonst eher schwertun mit neuen Erfindungen. Unser Filialnetz ist nicht überall gleich dicht, aber wir arbeiten daran. Wir werden demnächst sogar mobile Filialen auf den Markt bringen.“

Mrs. Pommeroy trank einen Schluck Kaffee und schaute dabei kurz auf die Skyline von New York. Man merkte ihr deutlich an, dass sie das Eröffnungsritual gerne übersprungen hätte. „Warum glauben Sie, sind Sie so enorm erfolgreich?“, fragte sie widerwillig.

„Ich glaube, der Wunsch, sein Leben selbst bestimmen zu können, wird immer stärker“, sagte Dr. Puck und genoss es, sein Gegenüber zu langweilen. „Im Grunde ist dies die Triebfeder der Moderne. Ging es in der Entwicklung der Menschheit zunächst darum, die Natur zu beherrschen, so wollen wir jetzt unsere persönliche Freiheit vergrößern. Und natürlich spielt die Tatsache, dass unser Verfahren keinerlei chemische Substanzen nötig hat, eine entscheidende Rolle.“

„Ihre Kritiker werfen Ihnen vor, Sie wüssten nicht genügend über das Verfahren, über Schlafenergie, über das dunkle Meer und wie das alles zusammenhängt.“ Die Frage kam sozusagen aus dem Hinterhalt. Gerade noch hatte sich Mrs. Pommeroy träge und routiniert gegeben und gleich darauf versuchte sie Dr. Puck zu piesacken. Bravo!

Er nickte, stand auf und blieb vor seinem Schreibtisch stehen. „Diese Leute wollen uns dazu bringen, ihnen mehr über unser Verfahren zu verraten, damit sie es kopieren können. Aber den Gefallen werden wir ihnen nicht tun.“ So einfach kriegst du mich nicht, dachte er und sah, dass Mrs. Pommeroy auch nicht wirklich erwartet hatte, mit dieser Frage einen Treffer zu landen.

„Wie unterscheidet sich der ADI-Kunde von vor fünf Jahren vom heutigen ADI-Kunden?“, fragte sie schon wieder sehr routiniert. Sie zog sich sozusagen zurück, um ihren neuen Angriff in Ruhe planen zu können.

„Den typischen ADI-Kunden gibt es heute nicht mehr“, sagte Dr. Puck und kam wieder an den Tisch. „Vor fünf Jahren waren es vor allem junge Leute, Abenteurer, Nachtschwärmer, Musiker, Filmemacher, die sich für unser Verfahren interessierten. Heute sind es Menschen aus allen Schichten der Gesellschaft. Natürlich spielen die Urlauber noch immer die größte Rolle. Vor einem Urlaub geht man in eine ADI-Filiale und kauft sich ein paar Tage Wachheit. Das gehört für viele schon dazu. Aber es gibt natürlich auch Geschäftsleute, die vor besonders wichtigen Terminen einen ADI-Traum kaufen, Mütter, die sich um ihre kranken Kinder kümmern müssen, Ärzte, die sich auf eine schwierige Operation vorbereiten wollen. Es gibt tausend Gründe, die eigene Müdigkeit für ein paar Tage loszuwerden. Das ist ja das Ziel von All Day Industries, die Leute selbst entscheiden zu lassen, wann sie schlafen wollen und wann nicht."

Mrs. Pommeroy war bei den letzten Sätzen Dr. Pucks unruhig auf ihrem Stuhl hin und her gerückt. Jetzt also kam ein größerer Angriff, daran bestand kein Zweifel. Dr. Puck lehnte sich zurück.

„So, wie Sie das schildern, klingt alles sehr schön", sagte Mrs. Pommeroy und beugte sich vor. „Aber Sie wissen, dass das nicht die ganze Wahrheit ist. Es gibt bestimmte Berufsgruppen, bei denen wird es mittlerweile stillschweigend vorausgesetzt, dass man regelmäßig einen ADI-Traum hat. Arbeitnehmer mit geringem Einkommen haben nicht selten einen zweiten Job, mit dem sie die Ausgaben für ihre ADI-Träume finanzieren müssen, weil die in ihrem ersten Job verlangt werden. Und diese Tendenzen nehmen zu."

Dr. Puck schwieg. Dann sah er kurz auf die Uhr. „Wissen Sie, Sie kommen mir vor wie jemand, der der Autoindustrie vorwirft, sie würde Autos bauen, obwohl es Verkehrsunfälle gibt."

Mrs. Pommeroy starrte ihn an. Mit einer solchen Antwort hatte sie nicht gerechnet. Das war zu unverschämt, zu direkt. „Aber Sie werden doch nicht bestreiten, dass es diese Entwicklungen gibt. Und das kann Ihnen doch nicht gleichgültig sein?" Sie machte sich kampfbereit. Sie witterte ihre Chance und war bereit, sich auf ihr Opfer zu stürzen und es so lange mit Fragen zu traktieren, bis es sich verplapperte.

„Verkehrsunfälle sind mir auch nicht gleichgültig", antwortete Dr. Puck. „Natürlich denke ich nicht den ganzen Tag daran, aber wenn ich an einem vorbeifahre, dann berührt mich das. Wie geht es Ihnen mit Verkehrsunfällen?"

Einen Moment schien Mrs. Pommeroy sprachlos zu sein. Dann fing sie sich und kritzelte etwas in ihren Notizblock. Die Sache war noch nicht vorbei, daran bestand kein Zweifel, aber erst einmal startete sie ein Ablenkungsmanöver.

„Es sind ja in der Vergangenheit Fälle bekannt geworden, bei denen Menschen nach zu vielen ADI-Träumen an Erschöpfung gestorben sind", sagte sie. „Wie reagiert All Day Industries darauf?"

Dr. Puck lachte. „Also bitte", sagte er. „Sie wollen mich doch nicht mit so billigen Tricks in die Falle locken? Ein Zusammenhang zwischen ADI-Träumen und plötzlich auftretenden Sterbefällen ist nie nachgewiesen worden, das wissen Sie genau. Die Gerichtsurteile dazu sind ja in Ihrer Zeitung besprochen worden. Im Übrigen haben wir die ADI-Lounges erfunden, die Tag und Nacht geöffnet haben und für jeden Menschen zugänglich sind. Da kann man sich wunderbar erholen. Waren Sie schon mal dort? Es ist herrlich."

„Sie bringen mich gleich auf ein weiteres Thema", sagte Mrs. Pommeroy, ohne auf Dr. Pucks Frage einzugehen. Jetzt hatte sie Fahrt aufgenommen, jetzt kam sie in Schwung. „Es ist ja allgemein bekannt, dass durch All Day Industries der Weg in die 24-Stunden-Gesellschaft enorm beschleunigt worden ist", sagte sie. „Sie haben gerade die ADI-Lounges angesprochen, aber es ist ja in den letzten Jahren eine ganze Nachtindustrie gewachsen, die sich um die neuen Bedürfnisse der Immerwachen kümmert. Fürchten Sie sich nicht vor den negativen Folgen einer solchen Entwicklung?"

„Nein", sagte Dr. Puck knapp. „Jetzt mal im Ernst: Nicht wir haben das Internet erfunden und wir verkaufen auch keine Handys. Wir sorgen nicht dafür, dass jeder Mensch immer und überall erreichbar ist. Dass Schlafmangel eine Epidemie in allen Industrienationen ist, ist nicht unsere Schuld. Die amerikanische Wirtschaft kostet diese Epidemie zirka 26 Milliarden Dollar jährlich. Wir sind nicht das Problem, Mrs. Pommeroy, wir sind die Lösung. Im Übrigen muss der Mensch nicht schlafen, glauben Sie mir. Ich weiß, wovon ich rede, ich bin jetzt seit fünf Jahren wach und es geht mir hervorragend." Zack! Das hatte gesessen.

„Sie … Sie sind seit fünf Jahren wach?" Mrs. Pommeroy ließ den Notizblock sinken und starrte Dr. Puck an. In ihren Augen funkelte es. Sie hatte ihre Sensation gefunden, auch wenn es eine ganz andere war als die, die sie sich erhofft hatte. Egal, Sensation war Sensation. Sie musste kapitulieren. Dr. Puck lächelte. Er wusste, dass es keine weiteren kritischen Fragen geben würde. Die Überschrift in der New York Times würde lauten: Schlaflos seit 1800 Tagen! Oder etwas in der Art. Sein Telefon klingelte. Nicht das auf seinem Schreibtisch, sondern sein Handy.

Für normale Menschen war er unerreichbar. Es musste sich also um etwas enorm Wichtiges handeln. „Entschuldigen Sie mich kurz", murmelte Dr. Puck und ging hinüber in sein zweites Büro.

„Was gibt's?", meldete er sich.

„Sie hat es geschafft." Das war Mr. Phistos Stimme. Seine Angewohnheit, einfach drauflos zu reden, war ein Ärgernis.

Dr. Puck stöhnte. „Wer hat was geschafft?"

„Das Mädchen, sie hat es geschafft, zwei Gegenstände an den Strand des dunklen Meeres zu legen."

„Was?!" Dr. Puck lachte kurz auf. „Der erste Gegenstand war noch da, als sie den zweiten dorthin gebracht hat?"

„Ja", sagte Mr. Phisto leise und Dr. Puck stellte mit Genugtuung fest, dass ihm diese Nachricht schwer über die Lippen kam. Wie oft hatte dieser geheimnisvolle Mr. Phisto versucht, zwei Gegenstände an den Strand des dunklen Meeres zu legen, und jedes Mal war der erste Gegenstand verschwunden gewesen, wenn er mit dem zweiten gekommen war. Und jetzt ein Mädchen, ein dreizehnjähriges Mädchen! Was für eine Niederlage! Was für ein Triumph! Die Tage von Mr. Phisto waren gezählt. Gott sei Dank!

„Glauben Sie, dass sie es schaffen kann? Schafft sie auch den dritten Gegenstand und dann das ganze Prozedere?“

Schweigen, keine Antwort.

„Ja“, sagte Mr. Phisto nach einer Ewigkeit. „Ich glaube, sie schafft es. Ihr Potenzial ist unglaublich. Natürlich weiß sie nichts damit anzufangen, sie weiß überhaupt nichts, aber unser kleines Projekt wird sie mit meiner Hilfe vollenden.“

Dr. Puck ballte die Faust und schaute an die Deckte. Endlich, endlich war es soweit. Das war fantastisch!

„Wann wird es soweit sein?“

„Wahrscheinlich schon morgen.“

„Was!? Morgen?“ Das ist … das ist ja … wir müssen sofort alle Vorbereitungen treffen.“ Eine kurze Panikattacke überflutete ihn.

„Deshalb rufe ich an“, sagte Mr. Phisto. „Rechnen Sie damit, dass es morgen anfängt, morgen Nacht.“

Dr. Puck legte auf und fuhr sich mit der Hand über das Gesicht. Er musste Mrs. Pommeroy loswerden. Jetzt sofort …

18. Kapitel

Marie quälte sich aus dem Bett. Was war los? Wieso fiel es ihr so schwer aufzustehen? Als sie ins Bad ging und ein Glas Wasser trinken wollte, begriff sie, was es war: Bei jedem Schluck spürte sie einen stechenden Schmerz im Hals. Sie war krank. Aber das durfte nicht sein, auf keinen Fall. Sie sank auf den Wannenrand, denn sie fühlte sich schlapp. Wie konnte sie verhindern, dass ihre Mutter ihre Krankheit bemerkte? Bis in die Schule würde sie es schaffen, so schlimm waren die Halsschmerzen nicht. Oder doch? Sie schluckte noch einmal, um zu testen, wie weh es tat: sehr weh. Verdammt, wieso heute, wieso jetzt? Wenn nun Mr. Phisto irgendwo auf sie wartete, um ihr einen anderen Träumer zu nennen, oder … Sie schüttelte den Kopf: Dass er ihr sagte, wo sie den Traum der Ministerpräsidentin träumen konnte, hielt sie für ausgeschlossen. Wenn sie sich nur nicht so schlapp gefühlt hätte, als wären ihre Arme und Beine aus Gummi.

Gestern, nach dem Gespräch mit Karl, hatte sie sich so wunderbar leicht gefühlt, aber dann war Professor Monroe gekommen und hatte alles zerstört. Ihre Mutter kam ins Bad. Marie stand sofort auf und wollte zum Waschbecken gehen, aber es war zu spät. Regine gab ihr einen Gutenmorgenkuss auf die Stirn und dabei merkte sie es.

„Du hast Fieber“, sagte sie.

„Es ist nicht so schlimm, es geht mir gut.“

Regine legte eine Hand auf Maries Stirn. „Ich glaube dir kein Wort“, sagte sie. „Wir messen.“

Es hatte keinen Zweck, wenn ihre Mutter sie auf diese Art ansah, auf diese Keinen-Widerspruch-Art, dann gab es keinen Widerspruch. 39,3 Grad zeigte das Thermometer, da gab es nichts mehr zu diskutieren. Regine kochte Tee, schüttelte Maries Bett auf, lüftete das Zimmer, zog danach die Vorhänge zu und ging in die Apotheke. Es war eine Katastrophe. Und doch: Obwohl das alles nicht sein durfte, spürte Marie, wie gut es war, im Bett zu liegen, heißen Tee mit Honig zu trinken und die Augen zu schließen. Bilder zogen vorbei, das dunkle Meer und ein schwarzes Tal, eine Felsenküste, vor der Marie stand, ohne zu wissen, wie sie hinaufkommen konnte. Später träumte sie von einem langen Gang mit vielen Türen, den sie entlang lief. Und hinter ihr, was war das? Es hörte sich wie ein Pferd an, von dem sie verfolgt wurde, aber es war ein Pferdemann, ein Zentaur. Er lief hinter ihr her und wollte sie zertrampeln mit seinen riesigen Hufen.

Mit einem Ruck setzte sie sich in ihrem Bett auf, sank aber sofort wieder zurück, denn ihr Kopf tat furchtbar weh. Sie schloss die Augen und wimmerte ein bisschen. Langsam löste sie sich aus der Zeit. Ihre Glieder fühlten sich so schwer an, als ob flüssiges Gold in ihren Adern flösse. Sie trieb auf einem Fluss dahin, einem Lichtfluss. Wenn Strudel sie erfassten oder sie an Steine stieß, die dicht unter der Wasseroberfläche lagen, drehte sie sich, aber langsam und bedächtig, denn sie war schwer. Zwischendurch sah sie ihr Zimmer und ihre Mutter, die ihr etwas zu trinken und einen Teller Suppe brachte. Dann wieder ging sie in einem Garten spazieren unter seltsamen Bäumen, deren Stämme silbern waren. Der Mond schien hell wie die Sonne, nur war sein Licht trüb wie Milch. Dann rannte sie durch ein untergehendes Schiff. Und wieder war jemand hinter ihr her, aber sie wusste nicht, wer es war. Wasser überall und Möbel, die darin trieben, und ein Hund, der vor ihr kraulte, aber Marie war eingesperrt. Als sie aus diesem Traum erwachte, wusste sie nicht mehr, wo sie war.

Erschrocken sah sie sich um und ein beängstigender Gedanke durchzuckte sie: Wie lange war sie krank? Mr. Phisto und Karl und Professor Monroe, war das vielleicht alles nur ein Fiebertraum? Nein, das war unmöglich. Sie sank in die Kissen zurück. Als sie die Augen schloss, sah sie Mr. Phisto. „Was ist los mit dir? Wieso warst du nicht in der Schule?“, fragte er. Um ihn herum war alles schwarz. Es sah aus, als ob er auf einer Theaterbühne stand, nur von einem Spotlight angestrahlt.

„Ich bin krank“, antwortete Marie.

„Krank?“ Mr. Phisto lachte. „Komm her“, sagte er.

Marie ging durch den dunklen Raum auf ihn zu. Zum ersten Mal sah sie ihn so nah vor sich. Seine Haut war glatt und glänzte eigentümlich, seine Augen schienen zu glühen, seine Augenbrauen waren so schmal, dass sie aufgemalt wirkten.

„Du bist nicht krank“, sagte Mr. Phisto. „Wenn du es nicht willst, bist du nicht krank. Jemand wie du, kann selbst entscheiden, ob er krank sein will oder nicht.“

„Jemand wie ich?“

Mr. Phisto nickte. „Ja, du musst nur daran denken, gesund zu sein und du wirst es sein.“

Ein Telefon klingelte. Marie sah sich um.

„Geh ran!“, befahl Mr. Phisto.

Marie schreckte aus dem Schlaf. Es war ihr Handy. Sie sprang aus dem Bett. Wo? Wo war es? Fieberhaft untersuchte sie ihre Hose. Sie fand es noch rechtzeitig und ging ran. „Komm um neun zum Spielplatz Paulstraße, Ecke Kopernikusstraße“, sagte jemand.

„Wer ist da?“, fragte Marie.

„Mr. Phisto.“

„Mr. Phisto?“ Marie war so verwirrt, dass sie einen Moment nicht wusste, ob sie träumte oder wach war. „Träume ich?“, fragte sie.

„Nein, du hast eben geträumt, und zwar von mir. Jetzt bist du wach und wir telefonieren. Hast du verstanden, was du tun musst?“

„Zu irgendeiner Straße kommen“, sagt Marie und kniff sich in den Arm. Es tat weh.

„Zu einem Spielplatz, Paulstraße, Ecke Kopernikusstraße, um neun Uhr“, sagte Mr. Phisto mit Nachdruck.

„Ich habe Ihnen doch gesagt, dass ich krank bin“, flüsterte Marie.

„Und ich habe dir gesagt, wenn du nicht krank sein willst, bist du es nicht“, antwortete Mr. Phisto. Marie stockte der Atem.

„Aber das war doch nur ein Traum …“, stammelte sie.

„Nur ein Traum?“ Mr. Phisto lachte. „Wenn mein Vater in einem Traum gefangen wäre, würde ich ein bisschen mehr Respekt vor Träumen haben.“

„Ich kann unmöglich aus dem Haus“, stammelte Marie, „meine Mutter erlaubt es nicht.“

„Du musst“, sagte Mr. Phisto. „Es ist der letzte Traum, dann hast du es geschafft. Diesmal geht es um eine Glocke.“ Danach war der Dauerton zu hören. Er hatte aufgelegt.

Marie war sofort hellwach. Sie schaute auf die Uhr: kurz nach acht. Verdammt, wie sollte sie in einer Stunde gesund werden und … Sie schluckte, einmal, noch einmal, nichts, keine Schmerzen. Ihr Hals tat nicht mehr weh. Sie trank Tee, keine Probleme. Sie befühlte ihre Stirn, nahm das Thermometer und steckte es sich unter den Arm.

Wie war das möglich? Sie war gesund. Das war ein Wunder! Ein Wunder, das Mr. Phisto vollbracht hatte. Oder sie selbst? Was sollte das heißen, jemand wie du wird nicht krank, wenn er nicht will? Hieß das, sie war krank, weil sie es gewollt hatte? Das war doch Blödsinn, oder? Aber selbst wenn sie jetzt gesund war, wie sollte sie ihre Mutter überzeugen, dass sie um diese Zeit noch einmal fortgehen durfte? Noch dazu allein. Das war ausgeschlossen. Regine würde das niemals erlauben, das stand fest. Es musste einen anderen Weg geben. Aber welchen? Wie sollte sie eine Straße finden, die sie nicht kannte? Und das alles bis um neun? Sie stand auf und ging in den Flur.

„Es geht mir besser, ich gehe mich waschen!“, rief sie ihrer Mutter zu. Regine kam und legte ihre Hand auf Maries Stirn. Sie nickte: „Das Fieber scheint zurückgegangen zu sein. Ich lüfte dein Zimmer und zieh das Bett ab.“

Marie ging ins Bad und wusch sich. Verdammt, wie sollte sie aus dem Haus kommen? Wie zu dem Spielplatz? Die Paulstraße kannte sie nicht und die andere Straße auch nicht, wie hieß die noch? Oh je, sie hatte es vergessen. Paulstraße Ecke was? So ein Mist. Ihr musste etwas einfallen, sonst war sie verloren. Karl, natürlich, Karls Onkel, sie musste sich ein Taxi nehmen, das war die einzige Möglichkeit. Sie hatte Geld, Taschengeld, davon wollte sie sich eigentlich einen neuen Schläger kaufen, aber das war jetzt nicht wichtig. Es ging immerhin um den Traum der Ministerpräsidentin. Nur, wie kam sie zu einem Taxi?

„Ist alles in Ordnung?", rief ihre Mutter.

„Wunderbar, danke!", antwortete Marie und begriff im gleichen Augenblick, dass das die völlig falsche Antwort war. Nichts durfte in Ordnung sein, sie musste sich wieder ins Bett legen und ankündigen, bis morgen durchschlafen zu wollen. Nur so konnte sie sich aus dem Zimmer schleichen, eine andere Möglichkeit gab es nicht. Das Taxi musste sie, kurz bevor sie sich aus dem Haus schlich, per Handy bestellen. Sie zog das Thermometer unter dem Arm hervor: 37,2. Das war ein Wunder.

Ihr Plan funktionierte, wenn auch schleppend. Denn als Marie wieder in ihrem Zimmer war und verkündete, es ginge ihr doch noch nicht so gut und deshalb wolle sie sich jetzt hinlegen und bis morgen durchschlafen, bestand Regine darauf, das Zimmer zu lüften.

„Ich komme gleich und mache das Fenster zu", sagte sie und ging. Marie schaute auf die Uhr, es war zwanzig vor neun. Sie sprang aus dem Bett, zog sich an und nahm einen Teil ihres gesparten Taschengeldes aus dem Schrank: 30 Euro, das musste reichen. Paulstraße, Ecke was? Ecke was? Sie versuchte, sich an den anderen Straßennamen zu erinnern, vergebens.

„Ich will jetzt schlafen", rief sie und sprang wieder unter die Decke.

Regine kam, machte das Fenster zu und strich Marie über den Kopf. „Das wird schon wieder", sagte sie. Das fühlte sich wunderbar an und unter anderen Umständen hätte sich Marie gefreut über die mütterliche Fürsorge. Jetzt aber zeigte der Wecker sechzehn Minuten vor neun. Als Regine endlich gegangen war, sprang Marie aus dem Bett und lauschte an der Tür. Sie schlich in den Flur, nahm das Telefon, rief die Auskunft an, ließ sich mit der Taxizentrale verbinden und bestellte ein Taxi.

„Kommt sofort", sagte die Frau.

„Ich warte vor dem Haus", flüsterte Marie.

„Geht in Ordnung."

Es dauerte tatsächlich nur eine Minute, bis das Taxi kam, aber trotzdem war es schon zehn vor neun, und der Fahrer, ein dicker, gemütlicher Mann, sagte, bis zur Paulstraße bräuchten sie zehn bis fünfzehn Minuten. Während der Fahrt starrte Marie die ganze Zeit die Uhr im Armaturenbrett an, aber leider vermochte sie es nicht, die Zeit langsamer vergehen zu lassen. Es war schon nach neun, als sie endlich in die Paulstraße einbogen.

„Welche Nummer?", fragte der Taxifahrer.

„Keine Nummer, ich suche einen Spielplatz, der an der Ecke zu irgendeiner anderen Straße ist."

„Ecke Kopernikusstraße", sagte der Fahrer. „Das ist gleich da vorn."

Tatsächlich, da war der Spielplatz. Marie reckte den Kopf. Er war leer. Niemand da, das sah sie, noch ehe sie ausgestiegen war. Zwölf Euro musste sie bezahlen, zwölf Euro für nichts. Um neun, hatte Mr. Phisto am Telefon gesagt, und nicht fünf nach neun. Eine Rutsche mit Sandkasten, eine Wippe, zwei Schaukeln und cin paar Bänke, das war der Spielplatz.

Marie wählte eine der Schaukeln. In den umliegenden Häusern sah sie hantierende Mütter und Väter, hinter manchen Fenstern zuckte das Licht der Fernseher und irgendwo stritten sich ein Mann und eine Frau. Die Schaukel quietschte leise. Marie hatte es vermasselt, sie hatte den wichtigsten Traum, die wichtigste Träumerin verpasst. Wahrscheinlich war Mr. Phisto unendlich enttäuscht von ihr, möglicherweise musste ihr Vater nun … Sie wagte nicht, den Gedanken zu Ende zu denken.

Was war das? Sie sprang von der Schaukel. Drei große schwarze Autos glitten auf der Straße heran und hielten. Sie hatten Blaulichter auf dem Dach. Ein paar schwarz gekleidete Männer stiegen aus und dann …

Da war sie, die Ministerpräsidentin. Sie redete mit einem der Männer und kam auf den Spielplatz gelaufen. Marie hielt den Atem an. Es war tatsächlich die Ministerpräsidentin, kein Zweifel, sie war es. Wie war das möglich? Was wollte sie auf einem Spielplatz?

„Guten Abend", sagte die Ministerpräsidentin, „darf ich fragen, wie du heißt?"

„Marie", sagte Marie.

„Ich heiße …"

„Schon gut, ich weiß, wie sie heißen", stammelte Marie.

„Verstehe." Die Ministerpräsidentin lächelte. Sie trug ein graublaues Kostüm, blaue Schuhe und einen breiten Gürtel, alles sehr chic. Um die Augen hatte sie viele kleine Fältchen, außerdem war sie kleiner, als Marie es sich vorgestellt hatte.

„Ich habe darauf bestanden, dass wir kurz anhalten", sagte die Ministerpräsidentin und zeigte auf die schwarzen Autos, „ich wollte mir kurz die Beine vertreten."

„Ja", sagte Marie. Sie überlegte fieberhaft, was sie der Ministerpräsidentin Kluges sagen konnte, aber ihr wollte und wollte nichts einfallen. Ihr Kopf war wie leergefegt, kein einziger Gedanke mehr darin.

„Wollen wir uns einen Moment setzen?", fragte die Ministerpräsidentin und zeigte auf eine der Bänke. Marie nickte und setzte sich.

„In welche Klasse gehst du?"

„In die siebente."

„Gymnasium?"

„Ja."

Die Ministerpräsidentin nickte, als habe sie nichts anderes erwartet. „Ich bin hier aufgewachsen", sagte sie und zeigte auf eines der umliegenden Häuser. „Als ich so alt war wie du, sind wir hier weggezogen. Komischerweise habe ich gestern Nacht von diesem Spielplatz geträumt. Dir kann ich das sagen, weil du es niemandem verrätst." Die Ministerpräsidentin zwinkerte Marie zu. „Es war ein ganz intensiver Traum. Der Spielplatz sah natürlich nicht so aus wie jetzt, sondern so, wie er damals ausgesehen hat …"

Jetzt fing die Ministerpräsidentin an zu beschreiben, wie der Spielplatz damals ausgesehen hatte. Marie musste etwas unternehmen. Irgendwie musste sie dafür sorgen, dass die Ministerpräsidentin einschlief. Hoffentlich stimmte es, was Mr. Phisto gesagt hatte. Wenn nicht, war Marie verloren. Sie atmete dreimal tief ein und aus und sah die Ministerpräsidentin an. Sollte sie es wagen, die mächtigste Frau des Landes einzuschläfern? Einfach so? Es musste sein. Ohne ein weiteres Wort umfasste Marie das Handgelenk der Ministerpräsidentin.

„Was ist? Was machst du da?“, fragte die Ministerpräsidentin. Aber schon im nächsten Moment fielen ihr die Augenlider zu. Sie sackte zusammen und fing an zu schniefen. Sofort packte Marie ihr eigenes Handgelenk und schloss die Augen.

In einer belebten Straße wacht Marie auf. Die Ministerpräsidentin geht neben ihr. Passanten mit Einkaufstüten, Autos und Ampeln, Schaufenster voller glitzernder Gegenstände. Es scheint noch früh am Tag zu sein, das Sonnenlicht spiegelt sich golden in den Fenstern der Häuser. Die Ministerpräsidentin geht auf ein Hochhaus zu, dem viele Menschen zuströmen. Es hat mindestens fünfzig Stockwerke und ist ganz aus Glas. Marie drängt sich mit anderen durch die weit offen stehenden Türen und versucht, die Ministerpräsidentin nicht zu verlieren. Sie geht auf einen der fünf oder sechs Fahrstühle zu, die sich in der Eingangshalle befinden. Mit einem hellen Ton öffnet sich die Fahrstuhltür und die davor Wartenden drängen hinein. Marie schafft es, als eine der Letzten einen Platz zu finden. Die Tür schließt sich und sie fahren. Leise Musik sickert aus den Lautsprechern über ihren Köpfen. Niemand sagt etwas. Als der Fahrstuhl hält und die Türen aufgehen, sieht Marie den Himmel. Der Fahrstuhl hat sie auf einen Berg geführt, einen hohen, kahlen Berg. Die Ministerpräsidentin steigt aus und geht der Sonne entgegen, die anderen Fahrgäste sind verschwunden. Wolkenfetzen treiben über den Weg. Ein Adler kreist über ihnen. Eine Hängebrücke taucht vor ihnen auf, die scheinbar zur Sonne führt. Jedenfalls kann Marie nur ihren Anfang sehen, das Ende verschwindet im gleißenden Sonnenlicht. Die Ministerpräsidentin zieht ihre Schuhe aus und betritt die Hängebrücke. Marie zögert, dann folgt sie ihr. Sie gehen der Sonne entgegen. Links und rechts der Abgrund, Nebelschwaden und riesige Vögel, die über ihnen kreisen. Plötzlich ein seltsames Geräusch vor ihnen. Marie bleibt stehen. Die Ministerpräsidentin geht noch ein paar Schritte, dann schreit sie und rennt auf Marie zu. In der Hand hält sie eine Glocke, mit der sie Alarm schlägt. Auch Marie rennt jetzt zurück. Sie fühlt es, sie fühlt das Feuer, das hinter ihnen die Brücke auffrisst. Sie hat es nicht gesehen, aber sie weiß, dass es da ist. Es ist schnell, es ist gefräßig, es ist launisch. Es kreischt, singt, zischt, wirbelt, nähert sich ihnen und lässt sich zurückfallen. Es scheint, mit ihnen spielen zu wollen, aber sowohl die Ministerpräsidentin als auch Marie sind nicht bereit dafür. Sie rennen, rennen, bis sie den Gipfel des Berges erreicht haben, auf den der Fahrstuhl sie befördert hat. Marie bleibt stehen und sieht, wie die brennende Brücke in die Tiefe stürzt. Als sie sich wieder umdreht, ist die Ministerpräsidentin verschwunden. Die Glocke, mit der sie Alarm geschlagen hat, liegt auf dem Boden. Marie hebt sie auf und schließt die Augen. Ich will am Strand des dunklen Meeres stehen, genau an der Stelle, an der die Pfeife und die Puppe liegen, denkt sie. Als sie die Augen öffnet, steht sie genau vor dem Sandhaufen, den sie am Ende von Herrn Rinkes Traum angehäuft hat. Sie legt die Glocke neben die Puppe.

19. Kapitel

Einer der Sicherheitsbeamten der Ministerpräsidentin hatte Marie sanft an der Schulter gerüttelt. Sie rieb sich die Augen und schaute sich um. Die Ministerpräsidentin stand in der Mitte des Spielplatzes.

„Wir müssen weiter", rief sie. „Es war schön, dich getroffen zu haben."

Marie winkte, weil sie nicht wusste, was sie sagen sollte und von dem Traum noch leicht benommen war.

„Du solltest aber nicht mehr allzu lange bleiben", rief die Ministerpräsidentin und winkte ihr zum Abschied.

„Ich wohne gleich hier", log Marie und fragte sich, welcher Teil von ihr es wagte, die Ministerpräsidentin anzulügen. Als die schwarzen Limousinen davongebraust waren, lief Marie langsam zur Paulstraße. Sie hatte den Traum der Ministerpräsidentin geträumt, es war tatsächlich dazu gekommen. Sie bedauerte es irgendwie, dass sie niemandem davon erzählen durfte. Trotzdem war sie stolz, dass sie es geschafft hatte. Das ist der letzte Traum, hatte Mr. Phisto gesagt, und was kam nun, was würde jetzt geschehen?

Ein Taxi bog in die Straße ein. Marie hob die Hand und der Wagen hielt neben ihr. Die hintere Tür öffnete sich und Mr. Phisto lächelte Marie an.

„Steig ein, ich fahre dich nach Hause, das ist das Mindeste, was ich tun kann."

Marie gehorchte. Etwas an diesem Mr. Phisto war seltsam, aber dieses Seltsame gefiel ihr jetzt. Er hatte Stil, nicht wie dieser Professor

Monroe, der einfach überall hereinplatzte und einem tausend Fragen stellte. Sein Anzug war chic, der Hut vielleicht ein bisschen albern, andererseits bewunderte Marie es, wenn sich jemand traute, so besonders zu sein.

„Hast du die Glocke?", fragte Mr. Phisto, nachdem sie losgefahren waren.

Marie erschrak. „Was meinen Sie damit, ich habe sie natürlich nicht, sie ist doch nur in dem Traum gewesen."

Er lächelte. „Natürlich, nur ein Traum, du hast völlig recht. Hast du sie an den Strand des dunklen Meeres gelegt?"

„Ja."

„Zu den beiden anderen Gegenständen?"

„Ja, genauso wie Sie gesagt haben." Was sollte das? Was sollte diese ganze Fragerei? Mr. Phisto schwieg und sah aus dem Fenster.

„Was passiert jetzt? Sie haben gesagt, dass dies der letzte …" Marie stockte und schaute auf den Taxifahrer.

„Keine Angst, er kann uns nicht hören." Mr. Phisto lächelte.

„Naja, dass dies der letzte Traum ist, den ich träumen muss", fuhr Marie fort.

„Es ist der letzte fremde Traum, den du träumen musst", sagte Mr. Phisto, ohne Marie anzuschauen. „Heute Nacht wirst du einen eigenen Traum haben. In diesem Traum musst du die drei Gegenstände einsammeln und mit ihnen in das dunkle Meer steigen."

„Was? Aber man soll nicht in das dunkle Meer steigen, das steht in jeder ADI-Broschüre", rief Marie.

„Deshalb sollst du ja auch die drei Gegenstände mitnehmen. Sie werden dich schützen. Und sie werden dich an einen bestimmten Ort führen."

„Was für ein Ort?" Marie sah Mr. Phisto an, aber der erwiderte ihren Blick nicht.

„Ein großes schwarzes Tor", antwortete er leise. „Genauer gesagt sind es zwei schwarze Torflügel in einem dicken schwarzen Torrahmen. Lass dich nicht von den Figuren erschrecken, die auf dem Rahmen und den

Torflügeln zu sehen sind. Öffne das Tor und dein Vater wird schon morgen wieder zu Hause sein, das kann ich dir versprechen."

„Was, morgen schon?"

„Wenn du das Tor öffnest, ja."

„Was ist das für ein Tor, führt es in die große Halle, in der mein Vater gefangen ist?"

Mr. Phisto sah Marie an. „Wir wissen nicht alles, Marie Marne. In all den anderen Fällen hat das Öffnen des schwarzen Tores dazu geführt, dass die betreffenden Personen wieder aufgewacht sind. Ich glaube fest daran, dass das bei deinem Vater auch so sein wird."

Das Taxi hielt am Anfang der Straße, in der Marie wohnte.

„Es ist besser, wenn du den Rest zu Fuß gehst", sagte Mr. Phisto.

Marie nickte. „Aber wie werden sie mich führen. Ich meine die Pfeife, die Puppe, die Glocke? Wie können diese Dinge mich zu einem schwarzen Tor bringen?"

„Du musst einfach nur träumen, der Rest geschieht von allein. Nur eines, du darfst nicht umkehren, egal was geschieht." Mr. Phisto sah Marie an. „Hast du das verstanden?", fragte er.

Sie nickte.

„Wir werden uns wohl nicht wiedersehen." Er hielt ihr die Hand hin. „Es war nett, dich kennengelernt zu haben, Marie Marne. Ich kann sagen, du hast all meine Hoffnungen erfüllt. Wenn du nun heute Nacht in deinem Traum das schwarze Tor öffnest und so deinen Vater befreist, dann werde ich dich in guter Erinnerung behalten."

Marie gab Mr. Phisto die Hand. „Ich danke Ihnen", stammelte sie, „aber was ist, wenn mein Vater nicht aufwacht?"

„Er wird aufwachen, wenn das schwarze Tor offen ist. Viel Glück", sagte Mr. Phisto.

Marie nickte und stieg aus. Das Taxi wendete, bog um die nächste Ecke und Mr. Phisto verschwand mit ihm. Marie stand noch einen Moment und schaute ihm nach, dann ging sie langsam nach Hause. Ihr Vater, morgen würde er wieder zu Hause sein. War das möglich? Was, wenn Mr. Phisto sie betrog? Er war undurchschaubar. Aber was blieb ihr weiter übrig? Morgen, morgen würde sie wissen, ob er die Wahrheit gesagt hatte. Und wenn nicht? Dann war sie auch nicht schlechter dran als jetzt. Dann hatte sie es wenigstens versucht.

Der Fernseher lief noch, als sie die Wohnungstür aufschloss und sich in ihr Zimmer schlich. Ihre Mutter hatte nichts gemerkt, es gab also keine Diskussion, keinen Streit, aber auch kein Gespräch. Einen Moment blieb Marie in ihrem dunklen Zimmer stehen. Es war gut, dass das alles nun vorbei war und ihr normales Leben wieder weiterging. Sie musste sich auf die Meisterschaften vorbereiten. Mit dem Handrücken fuhr sie sich über die Wange, dann legte sie sich ins Bett. Einen Moment schaute sie noch an die Decke, dann schloss sie die Augen.

Wolken jetzt, ein weiter Himmel und das dunkle Meer! Marie steht in weißem Sand. Wellen lecken an ihren Füßen, als wollten sie sie auffordern, mit ihnen zu spielen. Ein riesiger Mond überm Horizont. Stille, Frieden, nur das leise Rauschen der Wellen, wenn sie über den Sand zurück ins Meer fließen. Marie schaut den Strand entlang. Da liegen die drei Gegenstände, die sie zum schwarzen Tor führen sollen. Sie hebt sie auf und steckt sie in die Handtasche, die ihr Vater ihr geschenkt hat, als sie acht Jahre alt geworden war. Aus irgendeinem Grund hat Marie sie jetzt bei sich. Ohne weiter nachzudenken läuft sie los. Das Wasser reicht ihr bis zu den Knöcheln, den Waden, den Hüften. Das Laufen wird schwerer. Sie hebt die Arme, um den Widerstand des Wassers zu verringern, da kommt ihr das Meer vielarmig entgegen und zieht sie fort, weit hinaus, und dann packt eine große Welle sie und taucht sie unter. Marie wirbelt herum, rudert mit den Armen, verliert die Orientierung und reißt Augen und Mund auf. Luft! Wunderbar kühle Luft füllt ihre Lungen. Sie kann unter Wasser atmen. Es ist ganz leicht, als hätte sie immer so geatmet. Um sie herum tanzen kleine Luftblasen, und als sie nach oben steigen, kann Marie klar sehen. Mein Gott! Was ist das? Der Meeresgrund, soweit das Auge in alle Richtungen reicht, ist bedeckt mit versunkenem Plunder, mit allem, was Menschen je gebraucht und gebaut haben: Tische,

Fahrräder, Spiegel, Dampfloks und Stehlampen, Autos und Porzellanvasen, Besteckkästen, Bettgestelle und Pferdewagen, Mühlräder, Kochherde und Tiefziehpressen, Kanonen, Fernseher, Bücherregale und Sonnenschirme, Briefbeschwerer und Ampeln, Schuhcremedosen, Schaukelstühle, Kinderwippen und Füllfederhalter, Scheren und Stiefel mit Absätzen, Skulpturen und Frisierkommoden, Motorsägen und Badewannen und alles, alles, was Menschen zu brauchen glauben. Hier liegt es, auf dem Grund dieses Meeres, von Sand halb verdeckt, von tanzenden Pflanzen umspielt, Großes und Kleines, Spitzes und Stumpfes, Blankes und Raues, Nützliches und Luxuriöses, ein Weltfriedhof der Dinge, die hier von jeglicher Bestimmung entkleidet sind, hat sich vor Marie aufgetan. All diese Gegenstände haben ADI-Kunden ins dunkle Meer geworfen, um wach zu bleiben, um nicht schlafen, nicht träumen zu müssen. Ein seltsames Unbehagen steigt in Marie auf. Sie haben das dunkle Meer verschmutzt. Sie haben es verseucht, verdreckt, zerstört. Nur um wach zu bleiben, etwas zu erleben, zu arbeiten. Unsinn! Dies ist ein Traum. Du musst das schwarze Tor finden und öffnen. Nur dazu bist du hier. Aber wo? Wo kann sie es finden? Sie sieht sich um. Wie soll sie in all diesem Müll das schwarze Tor finden? Ihre Hände? Was ist mit ihren Händen? Sie scheinen zu leuchten. Ein seltsam blasses Licht umgibt sie, als seien sie aus Mondstein. Marie klatscht in die Hände. Eine mächtige Welle rollt aus ihren Fingerspitzen durchs Wasser und wirbelt Gegenstände durcheinander. Was ist das? Woher hat sie so viel Kraft? Sie streckt die Arme und augenblicklich gleitet sie davon, pfeilschnell. Als sie die Arme nach oben streckt, schießt sie aus dem Wasser. Sie rudert Halt suchend mit den Armen und stürzt zurück ins Meer. Kaum aber streckt sie wieder die Arme aus, gleitet sie davon, schneller als ein Delfin. Das dunkle Meer verleiht ihr wunderbare Kräfte. Wie ist das möglich? Marie zieht schnelle Kreise, sie wirbelt umher, bremst, indem sie einfach die Arme ausbreitet und schwimmt in die andere Richtung. Sie genießt es, schneller als ein Fisch zu sein. Nach einer Weile ist sie völlig außer Atem. Sie stoppt, dreht sich so, dass die Oberfläche des dunklen Meeres über ihr ist und spielt toter Mann. Sie bewegt sich nicht. Arme und Beine ausgestreckt, schwebt sie über dem ADI-Müll unter ihr. Es ist herrlich. Zu spät sieht sie den riesigen Schatten, der schnell wie ein Torpedo auf sie zugeschossen kommt. Sie richtet sich auf, aber ehe sie die Arme ausstrecken kann, ist das Ungeheuer da. Sein Maul öffnet sich. Instinktiv zieht Marie die Beine an den Körper und krümmt den Rücken, sodass sie zu einer Kugel wird. Einen kurzen Moment fühlt sie die Lippen des Fisches, die sich anfühlen wie Samt, dann ist alles dunkel. Ein fernes, maschinenartiges Stampfen ist alles, was sie hört. Noch immer zu einer Kugel geformt, die Knie mit den Händen umfasst und den Kopf nach vorn gebeugt, rollt Marie hin und her. Das Innere des Fisches ist nicht glitschig, wie man erwarten könnte, es ist trocken, trocken und weich. Vergeblich versucht sie, die Dunkelheit zu durchdringen: Da ist nichts, kein Licht, kein Glimmen, kein Glühen, nichts. Ob sie die Augen offen oder geschlossen hält, ist egal. Raus, sie muss hier raus, sofort! Sie streckt sich und strampelt mit den Beinen, um dem Fisch wehzutun, aber das hilft nicht viel. Plötzlich hört sie auf damit. Was ist das? Etwas hat sich verändert, etwas kaum Merkbares, etwas, das so klein ist, dass Marie nicht einmal weiß, mit welchem ihrer Sinne sie es wahrnimmt, ob sie es sieht oder schmeckt oder fühlt oder hört oder riecht ... Das ist es ... riechen ... Irgendetwas riecht sie ... etwas fremdes ... Was ist das? Jetzt sieht Marie sogar etwas, oder nicht? Ein Glühen, ein Fünkchen nur, ein schwaches Glimmen, oder ist das Einbildung? Nein, da ist etwas. Es kommt aus der Tasche mit den drei Gegenständen darin. Die Pfeife! Die Pfeife, die sie aus dem Traum der Frau mit dem blauen Kostüm mitgenommen hat. Sie glimmt, sie stinkt, sie hat sich selbst angezündet. Ihr Kopf ist warm, ihr Qualm riecht fremdartig, wie Weihrauch und Myrrhe. Hin und her, hin und her schwenkt Marie die Pfeife und der Pfeifenkopf glüht jedes Mal auf. Dann steckt sie die Pfeife in den Mund und zieht daran, und wie ein paar Ohrfeigen rüttelt das Brennen auf der Zunge sie wach. Jetzt dampft die Pfeife wie eine Lok. Das Innere des Fisches erzittert. Marie hustet, der Fisch zieht sich zusammen und da, da vorn ist kurz ein Licht zu sehen, und wieder zieht sich der Fisch zusammen und wieder kurz ein rundes Licht, durch das der Dampf ausgestoßen wird, aber das nützt nichts, denn die Pfeife qualmt weiter. Da begreift Marie: Sie muss zu dem Licht, zum Maul des Fisches und, wenn er den Qualm ausbläst, mit dem Qualm hinausgeblasen werden, das ist die Rettung. Es wird eng, der Raum zieht sich immer kräftiger zusammen. Der Qualm ist unerträglich, und dann wird sie von einem Strom erfasst, einem Sog, der sie hinausreißt aus dem Fisch, weit hinaus ins Meer. Wie wunderbar kühle Hände streichelt das Wasser über ihren Körper, unzählige Hände, die sie liebkosen. Sie atmet wieder die kühle, saubere Luft, die ihr jetzt, nachdem sie am Qualm der Pfeife zu ersticken drohte, wie Labsal erscheint. Als sie den Kopf aus dem Wasser hebt, sieht sie eine glitschige Felswand vor sich aus den Wellen ragen. Der schmale Küstenstreifen davor bietet kaum Platz, um sich auszustrecken. Wütend schlagen die Wellen gegen den Stein und zerschellen schaumspritzend, wieder und wieder und wieder, als habe jede von ihnen die Hoffnung, den Stein allein zerbrechen zu können. Marie schaut nach links und rechts. So weit sie sehen kann grauer Stein, der wie ein Hochhaus in die Luft ragt. Sie darf nicht umkehren, also muss sie da hinauf, aber wie? Wie soll sie diese Barriere überwinden? Langsam klettert sie an das schmale Ufer, sinkt in den nassen Sand, wischt sich das Wasser aus dem Gesicht und wringt ihre Haare und ihr Kleid aus. Aber das hat wenig Sinn, denn jede dritte Welle schwappt bis an die Felswand und spritzt Marie wieder nass. Sie hat Mühe, sich festzuhalten und nicht zurück ins Meer gezogen zu werden. Also gut, es hat keinen Zweck, an eine Rast ist nicht zu denken. Sie schaut an der glatten, steilen Wand vor ihr empor. Da hinauf? Unmöglich. Sie versucht, mit ihren Händen Halt in der Wand zu finden. Aber was ist das? Ihre Finger können mühelos den Stein eindrücken und ein Stück herausreißen. Nicht brechen, reißen. Die Wand ist nicht aus Stein, sie ist aus Matsch, aus Lehm oder genauer gesagt ... vorsichtig hält Marie das herausgerissene Stück Wand an die Nase. Es riecht wie Brotteig.

Sie beißt hinein. Es schmeckt wie Brotteig, es ist Brotteig. Ein Gebirge aus Brotteig ragt vor ihr aus dem Wasser. Noch einmal beißt Marie ein Stück ab und kaut. Kein Zweifel, es ist Brotteig. Also schön, verhungern muss sie nicht, aber tatsächlich ist die Brotteigwand schlimmer als Stein, denn an Stein hätte Marie, eine günstige Stelle findend, eventuell hinaufklettern können, an Brotteig nicht. Wie um sich diese These zu beweisen, drückt sie einen Fuß in die Wand und versucht, sich festzuhalten und hochzuziehen. Vergebens. Sie ist zu schwer. Der Teig gibt nach, sie rutscht ab und fällt in den Sand. Sofort kommt eine Welle und schwappt über sie hinweg.

„Wunderbar", sagt plötzlich eine piepsige Stimme neben ihr. Marie schaut sich um. Niemand da.

„Ich bin hier in der Tasche", piepst die Stimme.

Die Puppe, die Puppe, die Marie aus Herrn Rinkes Traum mitgenommen hat. Marie nimmt sie aus der Tasche. Die Puppe steht auf ihren winzigen Füßen und wringt ihren kleinen blauen Rock aus.

„Wurde Zeit, dass du uns hierher bringst, viel länger hätte ich es nicht ausgehalten."

„Ich verstehe nicht", sagt Marie verwirrt.

„Was gibt es da nicht zu verstehen? Ich habe Hunger, und du hast uns endlich zur Brotwand gebracht."

„Du willst sie essen?" Marie kann ihr Entsetzen nur mühsam verbergen. Die Puppe ist etwa dreißig Zentimeter groß und die Brotwand hoch wie ein zwanziggeschossiges Haus. Wie lange soll es dauern, bis die Puppe sich einen Weg durch diese Wand gegessen hat?

„Ich esse natürlich nicht die ganze Wand", sagt die Puppe, als wäre das die eigentliche Gefahr, „nur, bis ich satt bin." Mit diesen Worten tippelt sie auf die riesige Wand zu und beißt hinein. Nichts. Ihr Biss hinterlässt keine Spur. Trotzdem kaut sie, als habe sie gerade eine Heldentat vollbracht. Eine Welle kommt und spritzt die Puppe nass.

„Es wäre gut, wenn du mich hoch nehmen würdest", sagt sie, „jedenfalls solange du kannst. Marie gehorcht. Wieder beißt die Puppe in die Wand und kaut, als habe sie die Hälfte der Wand abgebissen.

„Keine Angst, ich brauche nicht lange", sagt sie und lächelt zuversichtlich zu Marie hinauf. Der nächste Bissen und kauen und beißen und kauen und beißen, und auf einmal macht Marie eine erstaunliche Feststellung: Die Puppe ist größer geworden. Und schwerer. Wieder schaut sie Marie an, und wieder lächelt sie. „Verstehst du jetzt?"

Marie nickt. Nach weiteren drei Bissen muss sie die Puppe heruntersetzen, weil sie sie nicht mehr halten kann, denn sie ist bereits so groß wie ein Kind. Ein weiterer Biss und die Puppe ist so groß wie Marie.

„Ganz recht", sagt die Puppe und ihre Stimme klingt jetzt gar nicht mehr piepsig. „Je größer ich werde, umso schneller wachse ich, weil ich ja mehr essen kann, das ist doch klar."

Marie schaut zu der Puppe hoch, die jetzt bereits groß wie ein Erwachsener ist. Noch ist die Brotwand nicht nennenswert verändert, noch sind die Bisse der Puppe vergleichsweise harmlos, aber Marie zweifelt nicht mehr daran, dass die Puppe das bald ändern wird.

Schon nach wenigen Bissen hat die Puppe die Größe eines Dinosauriers, und jeder ihrer Bisse fährt in die Brotwand wie die Zähne eines Baggers. Kurz darauf ragt ihr Kopf schon über die Brotwand hinaus und wenig später donnert eine gewaltige Stimme über Maries Kopf: „Steig auf meine Hand, ich werde dich über die Brotwand heben. Dann geh zu der Tür, die auf der Wiese steht. Ich bleibe hier und esse noch ein bisschen." Die riesige Hand der Puppe legt sich flach vor Marie auf den Boden.

Marie klettert auf einen der Finger und läuft in die Mitte der Handfläche. Dann wird sie sanft emporgehoben, vorbei an dem riesigen Puppenmund, der riesigen Puppennase, den riesigen Puppenaugen. Sie landet auf einer saftigen Wiese. Keine Blume, kein Unkraut, kein Baum, nur kurz geschnittenes, weiches, leuchtend grünes Gras und eine Tür sind zu sehen. Links keine Wand, rechts keine Wand, kein Haus, kein Fenster, nur eine Tür aus hellem Holz, nicht lackiert, nur gewachst, mit starker Maserung und einer altmodischen schwarzen

Klinke. Ist das die Tür? Ist das die Tür, hinter der die große Halle liegt? Hinter der ihr Vater sitzt? Als Marie sich umdreht, sieht sie, dass die Puppe schon hundert Meter hoch gewachsen ist. Mit ihren riesigen Händen reißt sie Stücke, groß wie Sattelschlepper, aus der Brotwand und stopft sie sich in den Mund. „Geh durch die Tür", ruft sie mit Donnerstimme und winkt. Marie nickt, winkt zurück, dreht sich um und geht auf die Tür zu. Sie drückt die Klinke herunter, die Tür schwingt auf, Marie macht einen Schritt und die Tür fällt hinter ihr zu. Ein schwarzer kleiner Raum. Ein Spiegel, ein paar Knöpfe neben der Tür, das ist alles. Es dauert einen Moment, bis Marie erkennt, dass es ein Fahrstuhl ist, in dem sie sich befindet. Sie betrachtet sich im Spiegel. Was ist das? Sie hat auf einmal rote Haare, herbstrote Haare. Und ihre Augen? Ihre Augen sind nicht mehr braun, wie die ihres Vaters, sie sind grün, leuchtend grün. Erschrocken fasst sie sich ins Gesicht. Sie nimmt ihre Haare in die Hand und schaut sie an: Sie sind blond. Im Spiegel aber sind sie rot. Wie ist das möglich? Wie kann ihr Spiegelbild eine andere Haar- und Augenfarbe haben als sie selbst? Vorsichtig drückt sie auf einen der Knöpfe neben der Tür. Der Fahrstuhl setzt sich mit einem leisen Geräusch in Bewegung. Abwärts. Dann stoppt er, die Tür gleitet auf, Marie schaut hinaus: nichts, kein Licht, kein Geräusch, nur ihr Herzschlag, der in ihren Ohren klingt wie dumpfe Trommelschläge. Kurz darauf ein Schnauben. Was ist das? Jetzt ein Wiehern, also ein Pferd. Vorsichtig tastet sich Marie mit ausgestreckter Hand vorwärts, bis sie einen warmen Körper berührt. Sie sucht den Steigbügel und steigt auf. Normalerweise macht sie sich nichts aus Pferden, jetzt aber findet sie es schön, auf diesem samtenen Rücken zu sitzen, die starken Muskeln zu spüren, die sich unter ihr bewegen, den glatten Hals, an dem sie sich festhalten kann. Ihre Sinne erwachen, erste Schatten schälen sich aus der Dunkelheit: Verkohlte, noch qualmende Bäume ragen aus schwarzem Wasser wie riesige Knochenhände. Große Käfer krabbeln auf Ästen, Schlangen und Raben sitzen nebeneinander. Marie schaut nicht so genau hin. Sie legt den Kopf an den Hals des Pferdes, lauscht auf das leise Klopfen seiner Hufe. Nachtvögel! Riesige Schatten, die plötzlich aus der Dunkelheit auftauchen und wieder verschwinden, ohne dass man das kleinste Geräusch hört. Dann wieder kahle Bäume, in denen Raben sitzen. Sie starren Marie mit ihren schwarzen Knopfaugen an, ruhig, ohne sich zu bewegen. Eine Schlange kriecht schnell und lautlos über den Weg. Sie hinterlässt eine fein gezeichnete Spur. Als Marie sich umdreht, sieht sie, dass auch ihr Pferd Spuren hinterlässt. Jeder Hufabdruck ist deutlich zu erkennen, obwohl der Boden hart ist. Marie springt aus dem Sattel: Asche, das ist es. Der Weg, die Bäume, das ganze Tal ist mit Asche bedeckt. Überall fingerdick Asche. Dunkelheit, Fäulnis und Asche. Und da, etwas weiter den Weg hinauf ... da sitzt einer, es ist ... ein Mann, ein nackter Mann mit wildem Bart und langem, grauem, verfilztem Haar. Er sitzt am Wegesrand und steckt sich etwas in den Mund? Asche! Er isst Asche. Er hat sie sich ins Gesicht geschmiert und auf die Arme, und doch schimmert die bleiche Haut seiner knochigen Glieder auf dem schwarzen Ascheboden weithin sichtbar. Als Marie den Blick hebt, sieht sie noch mehr Gestalten, Männer und Frauen, sogar Kinder. Sie hocken auf der Erde und stecken sich Asche in den Mund, langsam und mechanisch. Marie steigt wieder auf ihr Pferd. „Kehr um", flüstert sie, aber das Pferd läuft weiter, ganz dicht an dem nackten Mann vorbei, Marie sieht seinen leeren Blick, seine knochigen Hände, die nach der Asche greifen und sie in seinen zahnlosen Mund stopfen. Kurz darauf dann eine alte Frau und noch eine, es werden immer mehr bleiche Gestalten, alle nackt, alle ausgezehrt, alle beschmiert, alle Asche essend. Keiner von ihnen schaut Marie an. Sie sind benommen, betäubt, sie scheinen sich selbst vergessen zu haben. Langsam und beiläufig stecken sie sich Asche in die Münder und kauen, kauen und schlucken und dann eine neue Handvoll Asche, wieder Kauen und Schlucken, alles gleichmäßig und gleichmütig, als wären sie grasende Kühe. Marie hebt den Blick und da sieht sie das schwarze Tor. Es liegt auf einem Hügel und ist von einem Wandelgang umgeben, in dessen Mitte ein alter Olivenbaum steht. Rings um ihn weiße Säulen, in parallelen Reihen, auf denen ein Dach aus schwarzen Ziegelsteinen ruht. Das Tor selbst sieht genauso aus, wie Mr. Phisto es beschrieben hat. Es ist groß, vier oder fünf Meter hoch und aus schwerem schwarzen Holz. Als das Pferd den Hügel bestiegen hat, erkennt Marie den reich verzierten Rahmen. Oben auf dem Giebel hocken drei affenähnliche schwarze Gestalten und schauen sie an. Aus den Türblättern ragen gequälte Kreaturen heraus. Bis zur Hüfte stecken sie in der Tür, ihren Oberkörper und ihre Arme aber strecken sie Marie entgegen. Es sind nicht nur Menschen, sondern auch Fabelwesen, ein Werwolf und ein Waldschrat und noch andere, Marie wagt nicht, genau hinzuschauen.

Auf einmal zuckt ihr Pferd zusammen. Es macht einen Satz, wirft sie ab und galoppiert davon. Marie rappelt sich auf. Was hat ihr Pferd scheu gemacht? Als sie den Blick hebt, sieht sie es. Überall auf dem Dach sind die kleinen schwarzen Äffchen zu sehen. Es sind Hunderte. Sie starren Marie aus ihren grünen Augen an. Vorsichtig greift sie in die Umhängetasche und zieht die Glocke heraus. Was immer diese Wesen sind, friedlich scheinen sie nicht zu sein. Marie schlägt Alarm. Die kleinen affenähnlichen Kreaturen zucken zusammen, als sie den Glockenton hören und werden unruhig. Ringsum erwachen die Asche mampfenden Gestalten. Sie stehen auf, sie heben die Köpfe, sie drehen sich zu Marie und kommen angelaufen. Sie laufen schnell, viel schneller, als Marie es ihnen zugetraut hätte. Die kleinen schwarzen Kreaturen zögern keinen Augenblick. Mit seltsam tonlosen Lauten stürzen sie sich auf die Angreifer. Marie bleibt nicht viel Zeit zu tun, was sie tun muss. Sie wendet sich dem Tor zu. Sie schließt die Augen, damit sie die Gestalten nicht sieht, die ihr flehentlich die Arme entgegenstrecken, dann packt sie den eisernen Ring in der Mitte des Tores mit beiden Händen und zieht daran mit aller Kraft. Langsam, mit einem dumpfen Ton, öffnet sich das Tor. Die heiseren Schreie der schwarzen Kreaturen. Das ist das Letzte, was Marie hört, dann wacht sie auf.

20. Kapitel

Irgendwo fern in der Stadt heulte eine Sirene. Marie starrte an die Decke. Sie konnte sich an jedes winzige Detail ihres Traumes erinnern. Ohne sagen zu können weshalb, wusste sie plötzlich, dass es falsch gewesen war, das Tor zu öffnen. Sie hatte einen furchtbaren Fehler begangen. Sie hatte irgendetwas befreit, herausgelassen, entfesselt. Sie wagte kaum, sich zu bewegen. Regine lief draußen im Flur entlang, kurz darauf schaute sie zur Tür herein.

„Wie geht es meiner kranken Tochter?"

Marie wusste zuerst nicht genau, was sie damit meinte. Krank? Wieso krank? Dann fiel ihr wieder ein, dass sie gestern Halsschmerzen und Fieber gehabt hatte. Oh Gott, war das wirklich erst gestern gewesen?

„Du kannst gerne zu Hause bleiben", sagte Regine, während sie sich das Haar hochsteckte, „in der Schule ist ja nichts mehr los, hast du gesagt, außerdem ist Freitag. Ich muss allerdings in die Boutique, du musst dich also um dich selber kümmern."

Marie fuhr sofort hoch und setzte sich kerzengerade hin. Allein zu Hause, heute? Auf keinen Fall!

„Es geht mir gut, ich gehe in die Schule."

„Bist du sicher?" Regine kam an Maries Bett und befühlte ihre Stirn. „Fieber hast du nicht, aber du siehst irgendwie noch nicht richtig fit aus."

Marie brauchte all ihre Überredungskünste, um ihre Mutter davon zu überzeugen, dass sie wieder vollkommen gesund war und in die

Schule gehen konnte. Erst nachdem sie zehn Minuten gebettelt hatte, lenkte Regine ein. Marie umarmte und küsste ihre Mutter. Sie hatte das Bedürfnis, in den Arm genommen zu werden. Im Bad gab es nur Zähneputzen, zum Frühstück eine halbe Banane und etwas Müsli. So beiläufig wie möglich erkundigte sich Marie nach Hannes.

Regine hatte ihn gestern besucht. „Es geht ihm gut", sagte sie. „Er wird wieder gesund, daran darfst du nie zweifeln."

Heute, dachte Marie, heute muss er gesund werden. Am besten jetzt gleich. Das Telefon sollte klingeln oder noch besser, die Klingel an der Haustür und ihr Vater sollte davor stehen, dann war alles gut, dann hatte sie das Richtige getan. Sie beobachtete ihre Mutter. Regine hatte wieder geweint, man sah es an ihren Augen. Trotzdem versuchte sie, sich nichts anmerken zu lassen. Sie fuhr beinah jeden Tag zu Hannes in die Klinik, sie sprach mit ihm, sie redete mit den Ärzten, sie arbeitete in der Boutique, sie tat, was getan werden musste. Zweifelte sie wirklich nie daran, dass Hannes wieder gesund wurde? Marie wusste es nicht. Sie wickelte ihr Pausenbrot ein und steckte es in ihren Ranzen, dann lief sie aus dem Haus.

Auf dem Weg zur Schule sah sie aus dem Fenster. So viele Straßen, so viele Autos und Straßenbahnen und S-Bahnen und Taxen, und alle waren voller Menschen, und jeder musste in eine andere Richtung, dringend, eilig, unabwendbar. Und doch, so chaotisch dieses Treiben wirkte, so spürte man doch in allem eine verborgene Ordnung, einen Willen, einen Nutzen, ein Ziel.

Marie musste an das schwarze Tor denken. Was hatte sie befreit? Die Sonne schien, es würde heute wieder heiß werden. Die Leute in der Bahn lasen Zeitung oder unterhielten sich wie immer. Vielleicht war das alles doch nur ein Traum, ein Nichts, ein Hirngespinst? Was konnte sich schon ändern durch einen Traum?

In der Schule angekommen, bestürmten Jelena und Hanna Marie mit der Neuigkeit, dass Karl sich gestern zweimal nach ihr erkundigt hatte. Sie lächelten vielsagend und machten dumme Witze, bis Frau Eisermann hereinkam und der Unterricht begann.

Als es endlich zur großen Pause klingelte, ging Marie, eskortiert von Jelena und Hanna, über den Schulhof zu Karl. Er stand, umgeben von ein paar Jungs, in der Nähe des Eingangs zum Hof. Fränk war auch dabei.

„Du spinnst wohl!“, rief der, als er Marie sah. „Traust dich noch hierher.“

Marie beachtete Fränk nicht. Sie war damit beschäftigt, sich zu wundern, dass Karl sie nicht beachtete. „Kann ich dich kurz sprechen, Karl?“, fragte sie.

Karl schwieg und schaute sie nicht an.

„Er redet nicht gerne mit Leuten, die ihn verpfiffen haben, verstehst du?“ Fränk kam auf Marie zu und baute sich vor ihr auf. „Es wäre wirklich besser, wenn du verschwinden würdest.“

„Ich habe niemanden verpfiffen“, antwortete Marie.

„Ach ja? Und warum müssen Karl und ich dann heute nach der Schule ins Direktorenzimmer? Denkst du, die Leune will mit uns Kaffee trinken und Kuchen essen?“

Ein paar der Jungs lachten matt, aber Karl rührte sich nicht. Er sagte nicht, lass das Fränk, das ist doch Unsinn. Das kann nicht sein, ich kenne Marie, sie würde so etwas nie tun. Er stand einfach nur da und starrte auf die Erde, als gäbe es da etwas ungemein Fesselndes zu beobachten.

„Karl, kann ich dich sprechen, bitte, allein.“ Marie versuchte an Fränk vorbeizukommen, aber der stieß sie zurück.

„Spinnst du? Lass mich in Ruhe!“, rief sie. „Ich habe niemanden verpfiffen, das weißt du ganz genau, Karl!“

„Wer soll es denn sonst gewesen sein?“, fragte Karl, und jetzt sah er Marie an. Ihre Blicke trafen sich und Marie begriff, dass er wirklich so dumm war zu glauben, sie habe ihn verraten.

„Und warum müsst ihr erst heute zu Frau Leune?“, fragte Jelena. „Das Ganze ist doch schon drei Tage her.“

„Das ist doch klar“, sagte Fränk und verschränkte die Arme vor der Brust. „Sie hat sich natürlich mit Rinke abgesprochen, er sollte zwei

Tage warten, ehe er zur Leune geht, damit nicht jeder Idiot merkt, dass sie uns verpfiffen hat".

Marie starrte Fränk an. Wie konnte man nur so bescheuert sein? Sie begriff nicht, dass Karl mit diesem Fränk befreundet war. Ohne ein weiteres Wort drehte sie sich um und rannte über den Schulhof. Dann hörte sie jemanden ihren Namen rufen, ihren Vor- und Zunamen. „Marie Marne! Hallo, Marie Marne!"

Marie hob den Kopf und sah Frau Leune, die Direktorin, auf den Stufen zum Haupteingang des Schulgebäudes stehen. Sie winkte Marie zu sich heran. Marie blieb verdutzt stehen. Was hatte das zu bedeuten? Wieso wollte die Direktorin mit ihr sprechen? Sie drehte sich um und sah, dass Karl und alle anderen sie beobachteten. Na toll, was immer Frau Leune ihr zu sagen hatte, die anderen mussten glauben, dass Fränk mit seiner dummen Behauptung recht hatte. Trotzdem trottete Marie der Direktorin entgegen.

„Deine Mutter hat gerade angerufen", sagte Frau Leune leise, „du sollst sofort in die Klinik kommen, dein Vater ist aufgewacht."

Marie drehte sich sofort um und rannte los. Sie rannte und rannte, am liebsten wäre sie bis in die Klinik zu ihrem Vater gerannt. Es war ihr egal, was Karl und die anderen dachten, sie hatte das Richtige getan. Mr. Phisto hatte sie nicht benutzt, er hatte sie nicht betrogen. Was immer hinter dem Tor verborgen lag, es war nur ein Traum, sie hatte ihren Vater befreit. Hannes, Hannes war aufgewacht. Sie lief ohne anzuhalten bis zur Straßenbahn, die es heute gut mir ihr meinte und genau zum richtigen Zeitpunkt kam.

Los, fahr schneller, Straßenbahn, geht zur Seite, Autos, spring auf Grün, Ampel! So hämmerte es in ihrem Kopf. Wie viele Ampeln hatte diese Stadt, wie viele Schilder, Vorschriften, Regeln, Übergänge? Platz! Marie brauchte Platz! Freie Fahrt wie die Ministerpräsidentin. Los, schneller, schneller, schneller! Karl war ein Idiot, ein Riesenidiot. Sie hatte sich getäuscht in ihm, er war … er war … es gab kein Wort für das, was er war. Wie konnte er nur glauben, Marie habe ihn verraten? Nach allem, was sie zusammen erlebt hatten!? Wie konnte er nur mit diesem dämlichen Fränk rumhängen? Und obwohl er ein solcher Riesenidiot und Hornochse war, tat es Marie trotzdem weh, dass er sie für eine Verräterin hielt. Wieso wollte sie, dass sie sich wieder vertrugen? Was konnte ihr daran liegen, mit einem Riesenidioten zusammenzusein? Aber es lag ihr etwas daran, keine Frage.

Als sie an der Klinik angekommen war, sprang sie aus dem Wagen und lief durch den Park. Es war Vormittag, der Garten noch leer, ein paar Tauben gurrten. Marie lief den Kiesweg hinauf auf das weiße Gebäude zu. Papa, Papa, Papa. Durch die Tür, die breite Treppe hinauf und den Flur entlang. Da, da, die Tür und ... das Zimmer war leer. Auf dem Bett lag ein gepackter Koffer, aber es war niemand da.

„Papa!", rief sie. Keine Antwort. Sie ging zum Fenster und sah in den Garten, da stand er und hielt ihre Mutter im Arm. Marie riss das Fenster auf. „Papa!", rief sie. „Papa, ich bin hier!"

Hannes drehte sich um und sah sie an, dann winkte er, löste sich von Regine und rannte über die Wiese auf das Hauptgebäude zu. Marie lief aus dem Zimmer, den Flur zurück und die Treppe hinunter. Da kam er auch schon durch die Tür der Eingangshalle und breitete die Arme aus, Marie flog ihm entgegen, er drückte sie an sich und sie sich an ihn. Und er hielt sie fest. Sie lachte und fühlte gleichzeitig, dass ihr Tränen über die Wangen liefen, und als sie sich aus seiner Umarmung löste, sah sie, dass auch ihr Vater gleichzeitig lachte und weinte. Sie umarmten sich wieder und wieder und dann noch einmal.

„Ich habe dich so vermisst", flüsterte Marie.

„Ich dich auch", sagte Hannes. „Aber ich habe von dir geträumt, es war ein seltsamer Traum ..." Er brach ab und schaute in die Ferne.

„Was ist?", fragte Marie.

„Nichts, es ist nichts, ich erzähle es dir später."

Er strich ihr über die Haare und sie sah in seine braunen Augen.

„Papa", sagte Marie, „ich möchte, dass du mir genau erzählst, was du geträumt hast, ganz genau."

Er sah sie an und sie bemerkte, dass er einen Moment überlegte, ob er ihren Wunsch ernst nehmen sollte oder nicht.

„Ich meine es ernst, ich will es ganz genau wissen, es ist wichtig für mich.“

„Ja“, sagte er nach einigem Zögern. „Es ist seltsam, alles, was ich geträumt habe, kommt mir so wirklich vor. Wahrscheinlich sagt das jeder, der so lange geschlafen hat, aber es ist schwierig. Jetzt bin ich wach, aber es fühlt sich nicht anders an als in dem Traum, den ich geträumt habe.“

Marie nickte und nahm seine Hand, denn sie wusste genau, was er meinte.

„Ich gehe schnell meinen Koffer holen“, sagte Hannes und löste sich aus Maries Umarmung. Regine kam in die Eingangshalle und küsste Marie auf die Stirn. Marie sah, dass eine Träne über die Wange ihrer Mutter lief.

„Ich wusste es“, flüsterte Regine, „ich habe es die ganze Zeit gewusst.“ Ihre Mutter lächelte und Marie nahm ihre Hand, ihre warme schlanke Hand und hielt sich daran fest. Nach einer Weile sagte Regine: „Das ist vielleicht das Schwierigste, auszuhalten, dass man etwas nicht versteht, die Unsicherheit zu ertragen und trotzdem Vertrauen zu haben.“

Marie umarmte ihre Mutter noch einmal, obwohl sie nicht genau verstanden hatte, was Regine sagen wollte. So standen sie, als Hannes die Treppe herunterkam, seinen schweren Koffer mit beiden Händen haltend. Neben ihm ging einer der Ärzte.

„Wir müssen noch einige Untersuchungen machen, gleich am Montag“, sagte er. „Wir wollen verstehen, was mit Ihnen passiert ist, aber jetzt genießen Sie erst einmal die Zeit mit Ihrer Familie.“ Er reichte ihnen die Hand zum Abschied und ging zurück in seine Klinik.

„Das Taxi kommt gleich“, sagte Regine leise. Sie gingen aus der Eingangshalle der Klinik und durch den Garten zur Straße.

Die Stadt war, als sie nach Hause fuhren, nichts weiter als eine Ansammlung von Häusern, Straßen, Menschen, Autos, Geschäften, Garagen … lauter nützliche Einrichtungen, die die Menschen brauchten oder zu brauchen glaubten. Aber Marie wollte im Moment nicht darüber nachdenken, sie war erschöpft und müde, obwohl sie die ganze Nacht geschlafen hatte.

Eine schwere Last fiel von ihr ab, das spürte sie. Sie hatte es geschafft, ihr Vater war wieder bei ihr, sie hielt seine Hand, die ganze Zeit über. Regine hatte erlaubt, dass Hannes und Marie hinten sitzen durften. Mr. Phisto, wie konnte sie ihm nur danken? Ohne ihn wäre das alles nicht möglich gewesen.

Als sie nach Hause kamen, lief Hannes durch das Haus und berührte vorsichtig verschiedene Möbel und Gegenstände. Regine und Marie folgten ihm in einigem Abstand. Obwohl allen dreien klar war, dass es vor allem darum ging, ihn in sein Tonstudio zu begleiten, liefen sie einmal durch das ganze Haus, ehe ihr Vater endlich die Tür zum Keller öffnete und die Treppen zu seinem Studio hinabstieg. Einen Moment blieb er stehen und knetete seine Hände, ehe er die Klinke herunterdrückte und den Raum mit den Instrumenten betrat. Marie und ihre Mutter beobachteten ihn vom Technikraum aus durch die große Glasscheibe.

Hannes setzte sich vorsichtig an den Flügel, so als könne er jemanden durch ein zu lautes Geräusch stören. Er legte die großen Hände in den Schoß und wartete. Dann öffnete er den Deckel und begann zu spielen, ganz sacht, er streichelte die Tasten, er liebkoste sie.

Marie spürte, wie ihre Mutter sie an der Hand nahm und aus dem Technikraum zog. Leise gingen sie zu Hannes und setzten sich auf den Fußboden neben den Flügel. Wie die Töne sie umspielten, wie warme Hände, von denen sie gestreichelt wurden … Marie schloss die Augen. Die Müdigkeit, die sie jetzt verspürte, fühlte sich ganz anders an als die Müdigkeit, die sie in den letzten Tagen manchmal empfunden hatte. Sie war davon überzeugt, sich diese Müdigkeit verdient zu haben. Anders wusste sie es nicht zu beschreiben.

Später aßen sie Abendbrot. Es war genau wie früher, wenn Hannes wegen eines Films oder anderer Aufträge auf Dienstreise gewesen war und zurückkam: Regine erzählte, was alles passiert war in der Zeit, in der er nicht zu Hause gewesen war. Dass er in einer Klinik hier in der

Stadt gelegen hatte, wurde mit keinem Wort erwähnt. Auch Marie berichtete, als Hannes sie fragte, von der Schule, aber komischerweise fiel ihr das schwer, denn von Mr. Phisto und dem, was sie durch ihn erlebt hatte, konnte sie jetzt, da Hannes wieder gesund war, nichts erzählen. Sie hatte es in Gedanken versucht und festgestellt, dass sich die ganze Geschichte wie ein Märchen anhörte, wie die Geschichte eines Verrückten oder eines kleinen Kindes mit zu viel Einbildungskraft. Hatte sie das alles wirklich erlebt?

Nach dem Abendbrot saß die Familie auf dem Sofa und sah fern. Zuerst Nachrichten und dann einen albernen deutschen Krimi, den Marie nicht zu Ende sehen wollte. Sie küsste Regine und dann Hannes und ging in ihr Zimmer. Es war alles normal, auf eine wundervolle neue Art und Weise normal.

21. Kapitel

Die Bilder kamen mit dem Schlaf: Hannes, hingestreckt auf einer Straße, sein Körper von unzähligen Bisswunden übersät. Auf ihm hockend eine kleine, schwarze, affenähnliche Gestalt mit weißen Zähnen, die seinen Hals umklammert hielt. Marie fuhr in ihrem Bett hoch, kaum dass sie eingeschlafen war. Sie starrte in die Dunkelheit. Als sie sich wieder hinlegte, sah sie, während sie einnickte, wie Regine schreiend in einem Auto saß und gegen die Scheiben klopfte. Es dauerte einen Moment, bis Marie begriff, dass das Auto im Wasser versank und Marie ihm dabei vom Ufer aus zusehen musste. Oh Gott! Sie schaltete das Nachtlicht an und stieg aus dem Bett.

Eine Weile stand sie am Fenster und schaute auf die Straße. Sie versuchte zu lesen, aber sie war müde und die Bilder gingen ihr nicht aus dem Kopf. Als sie sich wieder hingelegt hatte und gerade eingeschlafen war, sah sie einen Gang, einen engen, endlosen Gang, durch den sie rannte, so schnell sie konnte, auf der Flucht vor irgendeinem furchtbaren Wesen. Sie hörte es hinter sich keuchen und grunzen und dann packte es Marie und Marie sprang aus dem Bett und schrie. Was war los? Woher kamen diese Bilder? Es war doch alles gut. Ihr Vater war wieder zu Hause, er lag oben in seinem Bett und schlief. War das die Strafe, weil sie die Träume anderer Leute geträumt hatte? War das der Preis, den sie dafür zahlen musste, dass ihr Vater aufgewacht war? Sie war bereit, diesen Preis zu zahlen, aber wie lange würde dieser Zustand anhalten?

Sie ging in die Küche und trank ein Glas Wasser. Auf dem Sofa im Wohnzimmer sitzend, lauschte sie in die Nacht. Ein paar Katzen jaulten den Mond an, der Himmel war sternenklar, eine Grille zirpte. Den Fernseher anzuschalten, wagte sie nicht, sie fürchtete, ihre Eltern zu wecken. Zurück in ihrem Zimmer, versuchte sie wieder einzuschlafen, aber mit dem Schlaf kamen die Bilder und die schreckten Marie auf. Sie nahm noch einmal ein Buch zur Hand, aber dabei fielen ihr wieder die Augen zu und schon im nächsten Augenblick zuckte sie zusammen und war hellwach. Was war das?! Was sollte das?! Wieso durfte sie nicht schlafen?

Mr. Phisto, er hatte ihr doch gesagt, dass alles vorbei sein würde, wenn Hannes wieder aufgewacht war. Das Tor, das schwarze Tor, kamen die Bilder daher? Aber wie denn, wie sollte das möglich sein? Marie richtete sich auf. Unschlüssig blieb sie auf dem Bettrand sitzen. Vielleicht waren die Bilder nur ein Ausdruck all dessen, was sie in den letzten Wochen empfunden hatte, sich aber nicht hatte eingestehen wollen? Die Angst um ihren Vater, die Sorgen um ihn, die Traurigkeit darüber, dass er sie nicht mehr erkannt hatte. Die Tränen ihrer Mutter, ihre Hilflosigkeit. Jetzt, wo alles überstanden war, wo Marie ihren Vater jederzeit wieder anrufen, in den Arm nehmen, Klavier spielen hören konnte, jetzt kamen diese Bilder. Das war vielleicht normal? Das gehörte vielleicht dazu?

Sie schlich sich in Hannes' Tonstudio, setzte sich an den Flügel und klimperte ein bisschen darauf herum. Hannes war wieder da, er war wieder da, was immer jetzt passierte, Marie würde es überstehen. Schließlich setzte sie sich, eingehüllt in eine Decke, in den Garten. Es war angenehm kühl und das ferne Rauschen der Stadt klang beruhigend. Sie musste heute zum Training gehen, morgen war ein wichtiges Punktspiel und sie hatte zwei Tage nicht trainiert. Die aufgehende Sonne färbte den Himmel im Osten und als die ersten Vögel zu singen begannen, ging Marie ins Bad. Sie duschte ausgiebig und wusch sich diese verkorkste Nacht von ihrer Haut. Dann kochte sie Kaffee, deckte den Tisch und schlenderte an den anderen Einfamilienhäusern vorbei zum Bäcker an der Ecke, um frische Brötchen zu holen. Die Sonne stand noch tief, hatte aber schon Kraft und wärmte Marie den Nacken. Ein paarmal sah sie nach links und rechts, ob Mr. Phisto vielleicht irgendwo auf sie wartete, aber da war niemand außer der Verkäuferin und ein paar müde aussehenden Passanten, die es auch am Samstag eilig irgendwohin trieb. Auf dem Rückweg trödelte Marie. Sie las die Namensschilder an den Briefkästen und zählte die Autos auf der Straße vom Bäcker bis zu ihrem Haus. Sie fühlte sich ein bisschen zerschlagen, war aber nicht müde.

Als sie nach Hause kam, waren ihre Eltern schon aufgestanden. Sie hörte jemanden in der Küche hantieren, es roch nach Kaffee und oben, wo ihre Eltern ihr Schlafzimmer hatten, klappte die Tür.

„Guten Morgen", sagte Marie, als ihre Mutter ihr im Flur entgegenkam.

Regine lächelte matt und strich Marie mit der Hand über den Kopf. „Gibt gleich Frühstück", sagte sie. „Ich geh nur schnell duschen. Schön, dass du frische Brötchen geholt hast."

Hannes kam die Treppe herunter und küsste Marie. Er nahm ihr die Brötchen ab und schlurfte in die Küche. Das Radio lief schon. Marie setzte sich an den Tisch.

„Was machen wir heute?", fragte sie.

„Wir müssen einkaufen, sonst steht noch nichts fest." Er fuhr sich mit der Hand übers Gesicht. „Was für eine Nacht", stöhnte er. „Ich habe kein Auge zugetan und deine Mutter auch nicht. Ich hoffe, wenigstens du hast gut geschlafen?"

Marie erschrak. Sollte sie zugeben, dass sie auch munter gewesen war? Ohne dass sie genau hätte sagen können warum, kam ihr das falsch vor. „Geht so", sagte sie leise. „Warum hast du nicht geschlafen, Papa?"

Hannes zuckte mit den Schultern und stellte den Brotkorb mit den frischen Brötchen auf den Tisch.

„Bilder, schlimme Bilder", sagte er nur. „Gleich, nachdem ich eingeschlafen war. Bei deiner Mutter genauso. Vielleicht die Anspannung der letzten Wochen, die jetzt abfällt."

Ja, dachte Marie, ja, wahrscheinlich ist es nur das. Schließlich waren sie eine Familie und hatten in den letzten Wochen alle das Gleiche erlebt. War es da verwunderlich, dass sie alle in der ersten Nacht nicht schlafen konnten?

Regine kam in die Küche. Sie sah wunderschön aus mit ihren nassen Haaren. Sie küsste Hannes zärtlich und lächelte Marie zu.

Nach dem Frühstück fing Hannes zu telefonieren an und hörte nicht mehr auf damit, auch nicht, als sie in einem der großen Supermärkte einkauften. Sein Handy klingelte ununterbrochen und schon nach dem dritten Telefonat regte er sich das erste Mal auf. Regine fragte, was Marie am Sonntag essen wolle und Marie sagte: „Ich habe ein Punktspiel und muss heute noch trainieren."

Sie fuhren nach Hause, schleppten die Taschen in die Küche und packten alles aus. Dann ging Marie zum Training. Es fiel ihr schwer, sich zu konzentrieren. Herr Ritter hatte das Spiel, das sie gespielt hatten, offenbar vergessen, denn er war genauso schlecht gelaunt wie früher. Sie trainierten mit der Ballmaschine und er meckerte die ganze Zeit herum.

Als Marie nach Hause kam, brannte die rote Lampe über dem Tonstudio schon wieder. Ihre Mutter arbeitete im Garten. Während des Essens stritten Hannes und Regine. Regine wollte den Nachmittag mit der Familie verbringen, Hannes wollte arbeiten. Er sagte, er müsse die verlorene Zeit aufholen. Erst als Regine zu weinen anfing, gab er nach.

Sie packten alles zusammen und fuhren mit dem Auto hinaus aus der Stadt an den alten Baggersee. Hannes war aufgekratzt und telefonierte die meiste Zeit. Dann jagte er Marie im Wasser hin und her, schließlich packte er Regine, hob sie hoch und trug sie in den See. Er erfand für sich den Namen „Hannes, der Somnambulist" und rief: „Hannes, der Somnambulist ist wieder da!"

Marie spürte, dass es ihrer Mutter nicht gelang, alles so leicht zu nehmen, wie ihr Vater dies gerade tat. Es mochte daran liegen, dass sie nicht wusste, was der Grund für seine tagelange Abwesenheit gewesen sein könnte.

Sollte Marie erzählen, was Mr. Phisto ihr gesagt hatte? Sollte sie von ihren Träumen erzählen? Sie hatte ein Verlangen danach, aber sie fürchtete sich vor dem mitleidigen Blick ihrer Mutter. Sie fürchtete sich davor, dass Regine die ganze Geschichte als eine Kummerfantasie abtat. Wieder klingelte Hannes' Handy. Er lief lachend und wild gestikulierend am Ufer entlang und als er aufgelegt hatte, verkündete er freudestrahlend, Onkel Paul werde heute zum Abendbrot kommen. Sie packten alles zusammen und fuhren nach Hause, weil Hannes den Grill im Garten anheizen wollte.

Onkel Paul kam kurz nachdem sie die nassen Sachen ausgepackt und aufgehängt hatten. Er küsste Marie und Regine, dann umarmte er seinen Bruder lange und innig. Marie dachte wieder einmal, dass sie die unterschiedlichsten Brüder der Welt wären. Hannes war schlaksig, während Onkel Paul einen ordentlichen Bauch hatte, und wo ihr Vater braunes, lockiges Haar besaß, leuchtete bei Onkel Paul eine blank polierte Glatze.

„Setz dich", sagte Hannes gerührt. „Der Grill ist gleich heiß. Erzähl, was macht die Welt?"

Onkel Paul ließ sich in einen Gartensessel fallen und brummte: „Himmel, ich sage euch, heute war die verrückteste Nacht, die ich in meinem Leben als Hotelmanager bis jetzt durchgemacht habe! Nicht ein einziger Gast hat geschlafen. Das Telefon stand nicht eine Sekunde still, wir sind die ganze Nacht rotiert und mussten sogar die Schnelle Medizinische Hilfe holen."

„Was, warum denn?" Hannes löschte mit einer Bierflasche die Flammen. Marie setzte sich Onkel Paul gegenüber. „Erzähl", sagte sie leise.

„Einer der Gäste hatte so starke Schlafmittel genommen, dass er sich nicht mehr auf den Beinen halten konnte", sagte Onkel Paul, „aber sowie er eingeschlafen war, hatte er schreckliche Albträume. Es war furchtbar. Er schrie wie verrückt, aber was immer wir auch versuchten, es ist uns nicht gelungen, ihn zu wecken. Es blieb uns nichts weiter übrig, als die Schnelle Medizinische Hilfe zu holen."

„Komisch, Regine und ich, wir haben heute Nacht auch kein Auge zugetan." Hannes zuckte mit den Schultern. „Ich habe es auf die Anspannung der letzten Wochen geschoben, die jetzt abfällt, aber wenn es bei euch auch so war, dann muss es an etwas anderem liegen."

Marie saß wie versteinert auf ihrem Stuhl und hatte den Eindruck, keine Luft zu bekommen. Was hatte das zu bedeuten? Das Tor, es konnte nur mit dem schwarzen Tor zusammenhängen, das sie geöffnet hatte. Die ganze Zeit hatte sie versucht, nicht daran zu denken, jetzt aber, nachdem Onkel Paul von den Ereignissen in seinem Hotel erzählt hatte, gab es für sie keine andere Erklärung. Sie hatte das schwarze Tor geöffnet und deshalb konnte jetzt niemand mehr schlafen. War so etwas denkbar? Was war das für ein Tor? Wie hatte sie es öffnen können, ohne zu wissen, was dahinter lag? Sie hatte gedacht, die große Halle, in der ihr Vater gefangen gehalten worden war, läge dahinter. Was nun, was sollte sie tun? Stimmten ihre Vermutungen oder bildete sie sich das alles nur ein? Wen konnte sie fragen? Mit wem sprechen? Wenn ihre Eltern erfuhren, was sie getan hatte, dass sie in ein Haus eingebrochen war und den Traum der Ministerpräsidentin geträumt hatte, was würden sie dann von ihrer Tochter denken? Aber das war nicht das Entscheidende. Viel entscheidender war, dass ihr niemand glauben würde.

Den ganzen Abend rätselten Onkel Paul und Hannes, wie es möglich war, dass alle Gäste Albträume gehabt hatten. Marie stocherte selbstvergessen auf ihrem Teller herum. Auch Regine war seltsam still. Als es zu dämmern anfing, kuschelte sich Marie an ihre Mutter. Hannes verbrannte ein paar Holzscheite im Feuerkorb und Onkel Paul rauchte eine Zigarre. Der Mond ging auf und Mücken umschwirrten die Lichter, die auf dem Tisch standen. Schließlich verabschiedete sich Onkel Paul. Marie bestand darauf, ihn zur Tür zu bringen.

„Ich wünsche euch eine gute Nacht", sagte er. „Jedenfalls eine bessere als die letzte." Marie sah zu, wie er in sein Auto stieg, die Scheinwerfer einschaltete und davonfuhr. Was würde passieren? Würde sie schlafen können? Regine und Hannes saßen eng umschlugen auf der Bank neben dem Feuerkorb.

„Geh ins Bett, Schatz, es ist spät", sagte Regine. Marie blieb in der Tür stehen.

„Hast du Angst, nicht schlafen zu können?", fragte ihr Vater.

Sie nickte.

„Heute wird alles gut, wir gehen auch gleich schlafen. Der Tag war lang."

22. Kapitel

Marie trottete in ihr Zimmer. Sich hinzulegen, wagte sie nicht, obwohl sie hundemüde war. Also setzte sie sich an ihren Laptop und spielte. Es dauerte diesmal länger, bis sie der alte Ehrgeiz gepackt hatte und sie in dem Spiel versank. Sie hörte nicht, wie ihre Eltern ins Bett gingen. Sie merkte nicht, wie es draußen stiller wurde und der Mond ums Haus wanderte. Erst als ihr zweimal hintereinander der Kopf auf die Brust gesunken war, sah sie, wie spät es schon war. Kaum lag sie aber in ihrem Bett und wollte einschlafen, kamen die Bilder und sie waren genauso schrecklich wie in der Nacht zuvor. Diesmal aber bekam Marie Angst. Sie war müde, hundemüde, und ihr fehlte die Kraft, sich gegen die trüben Gedanken zu wehren. Sie saß in ihrem Bett und starrte in die Dunkelheit. Schlafen, ich will schlafen. Bitte! Schlafen! Nur ein bisschen, nur eine Stunde!

Sobald ihr jedoch die Augen zufielen, schreckten die Albträume sie auf. Was sollte sie tun? Aufstehen? Wieder in der Wohnung umhergehen? Im Garten sitzen? Dazu fühlte sie sich heute Nacht nicht imstande. Schlafen, sie wollte, sie musste schlafen, bitte, endlich schlafen! Die Augen fielen ihr zu: eine Ebene, dunkel, weit und übersät mit den affenähnlichen kleinen Gestalten. Irgendwo ein Geräusch und die Biester fingen an, Marie zu jagen. Sie sprangen ihr auf den Rücken, sie kratzten und bissen sie.

Marie riss die Augen auf. Ihr Zimmer, Nacht, die kleine Lampe neben dem Bett. Schlafen … bitte schlafen … Schlafen! Die Augen fielen ihr zu: Sie träumte von ihrem Zimmer, es war Tag und sonst alles genauso wie gerade eben. Plötzlich donnerte etwas gegen die Tür. Marie erschrak, sprang aus dem Bett und hielt die Türklinke fest. Regine schrie im Flur und dann hörte Marie ein furchtbares Grunzen.

Die Augen auf! Ihr Zimmer, Nacht, die kleine Lampe, Tränen. Sie kletterte aus dem Bett und stieg die Treppe zum Schlafzimmer ihrer Eltern hinauf. Sie öffnete die Tür: Hannes saß auf der Bettkante und rieb sich den Kopf, Regine hatte ein Buch in der Hand. „Komm her, Kleines", sagte sie nur und Marie schlüpfte zu ihr unter die Bettdecke.

„Mama, ich bin an allem schuld, ich habe im Traum ein schwarzes Tor geöffnet und deshalb kann jetzt niemand mehr schlafen."

Regine streichelte ihr über den Kopf. „Psst, ruhig, du bist ja schon völlig durcheinander. Niemand kann etwas für diese Träume und du schon gar nicht."

Ach, wenn es doch so wäre, dachte Marie, wenn es doch so wäre. Hannes legte sich wieder hin und so verbrachten sie die Nacht: nebeneinander liegend. Mal fielen Regine die Augen zu, mal Hannes, mal Marie, mal zuckte oder schrie oder schluchzte ihr Vater, mal ihre Mutter, mal sie selbst. Als es zu dämmern anfing, stand Regine auf und kochte Tee. Hannes streichelte Marie den Kopf, ehe sie beide runter in die Küche gingen. Marie fröstelte, deshalb holte sie sich den Bademantel aus ihrem Zimmer. Als sie zurückkam, hatte Hannes den Fernseher eingeschaltet. Er winkte sie zu sich heran, ohne den Blick vom Bildschirm abzuwenden. Regine kam aus der Küche und sagte: „Fernsehen ist in unserem Zustand Gift."

„Psst!", zischte Hannes und legte den Finger auf die Lippen. „Hör doch mal!"

Ein Sprecher berichtete von rätselhaften Schlafstörungen im ganzen Land, ja wahrscheinlich auf der ganzen Welt. Nachrichtensprecher wurden gezeigt, die in unterschiedlichen Sprachen alle ungefähr das Gleiche sagten: nämlich, dass unerklärliche Schlafstörungen, verursacht durch Albträume, aufgetreten seien. Die Übersetzung ins Deutsche wurde am unteren Bildrand eingeblendet. Es folgte ein Experte von der Weltgesundheitsorganisation WHO. Er sagte, die Gründe für die Schlafstörungen seien noch nicht bekannt. Vor allem die schnelle Ausbreitung verursache den Experten Kopfzerbrechen, denn es sei kein Erreger bekannt, der sich derart schnell ausbreite. Von einer Pandemie könne noch nicht die Rede sein, denn man wisse nicht genau, worum es sich überhaupt handle und welche Länder wirklich betroffen seien.

Nach dem Gespräch wurde jedoch eine Weltkarte gezeigt, auf der die Länder und Kontinente rot gefärbt waren, aus denen es gesicherte Erkenntnisse über Schlafstörungen gab, und das waren die meisten Länder der Erde. Europa, die Türkei und Russland waren vollständig rot, ebenso weite Teile Asiens. China war ausgespart, Indien und der Norden Afrikas waren rot, Australien ebenfalls, weiße Stellen gab es im Nahen Osten, aber der Sprecher ging davon aus, dass das nur an der mangelnden Kommunikation dieser Länder mit der WHO lag. Dass Nord- und Südamerika und Kanada noch nichts gemeldet hatten, begründete der Sprecher mit der Zeitverschiebung.

Marie starrte auf die Weltkarte. Sie konnte nicht glauben, was sie da sah. Hatte sie das angerichtet? Hatte sie der Welt den Schlaf geraubt? Das war doch undenkbar. Nein, das schwarze Tor allein konnte nicht für eine solche Katastrophe verantwortlich sein. Mr. Phisto war rätselhaft, eigenartig oder seltsam, aber so etwas würde er niemals wollen. Oder doch? Was wusste Marie schon über ihn? Und was über das schwarze Tor? Und was über Träume? Die Schlafstörungen wurden durch Träume verursacht, das hatten alle Sprecher gesagt, das konnte kein Zufall sein. Oder doch?

Jetzt wurde ein Schlafexperte interviewt, der die unterschiedlichen Phasen des Schlafes erklärte. Er sagte, es gäbe Leichtschlaf und Tiefschlaf und Traumschlaf. Man wisse heute aber, dass jeder Mensch in jeder Schlafphase träume und genau darin läge das jetzt auftretende Problem. Die Albträume weckten die Schläfer bereits in der Einschlafphase, dadurch käme es zu keinem Tiefschlaf und zu keinem Traumschlaf und das sei sehr gefährlich.

Auf die Frage, wieso das gefährlich sei, gab der Experte ausweichende Antworten. Er sagte, es sei noch zu früh, um wirklich etwas sagen zu können. Man wisse auch nicht, ob es sich überall um das gleiche Phänomen handle oder nicht. Dass die Symptome überall ähnlich seien, hieße nicht, dass auch die Ursachen gleich seien. Ob es so einen Fall in der Vergangenheit schon einmal gegeben habe, wollte der Sprecher wissen. Nein, sagte der Schlafexperte, einen solchen Fall habe es bis jetzt noch nicht gegeben. Es ging so weiter, ein Experte folgte dem nächsten. Man solle keine Schlafmittel nehmen, sagte einer, das führe nur zu Problemen. Vielmehr solle man sich viel an der frischen Luft aufhalten, nichts Schweres essen, keinen Alkohol trinken, baden gehen und dösen. Wenn man dabei einschlafe, sei das nicht so schlimm. Ein anderer appellierte an alle Zuschauer, nur dann mit dem Auto zu fahren, wenn man sich wirklich dazu in der Lage fühle. Es habe schon furchtbare Massenunfälle gegeben.

Irgendwann schaltete Regine den Fernseher einfach ab. „Lasst uns im Garten frühstücken, noch ist es angenehm kühl", sagte sie bestimmt.

Hannes protestierte matt, fügte sich aber. Marie trug mit ihrer Mutter das Geschirr hinaus, sie hatte kaum Appetit, aber Regine zwang sie, wenigstens Obst zu essen und starken Tee zu trinken. Es war noch nicht einmal acht Uhr, als sie mit dem Frühstück fertig waren. An normalen Sonntagen schlief Marie um diese Zeit noch, heute ging sie so früh am Morgen schon duschen. Während ihr das Wasser übers Gesicht lief, formte sich allmählich ein Gedanke in ihr, den sie die ganze Zeit unterdrückt hatte: Professor Monroe, sie musste ihn besuchen, sie musste in sein seltsames Haus fahren und ihm alles erzählen. Er war der Einzige, mit dem sie über das sprechen konnte, was ihr passiert war. Er allein konnte ihr sagen, ob das schwarze Tor etwas mit dem zu tun hatte, was gerade geschah, oder ob sie sich völlig grundlos Sorgen machte. Marie hasste die Vorstellung, den seltsamen Professor wiederzusehen, aber es gab keine andere Möglichkeit. Sie musste etwas unternehmen, sie musste sich Klarheit verschaffen, und zwar so schnell wie möglich. Das Punktspiel heute würde wahrscheinlich ohnehin nicht stattfinden und wenn doch, dann musste jemand anderer für Marie antreten. Diese Sache hier ging vor.

Als sie sich angezogen hatte, überlegte sie, wie sie aus dem Haus kommen sollte. Sie konnte einen Besuch bei Hanna oder Jelena als Grund angeben, sie konnte sich aber auch einfach aus dem Haus schleichen. Der Fernseher lief wieder, als Marie ins Wohnzimmer kam. Hannes starrte gebannt auf den Sprecher, der gerade erklärte, es werde geprüft, ob All Day Industries etwas mit den Schlafstörungen zu tun habe. Dann war ein Firmensprecher zu sehen, der versicherte, All Day Industries habe mit der jetzigen Entwicklung nichts zu tun. Man werde aber eng mit den Untersuchungsbehörden zusammenarbeiten und jedem helfen, der dies wünsche. Am Schluss sagte der Mann in die Kamera schauend, man sei sich der besonderen Verantwortung bewusst, die All Day Industries in dieser schwierigen Situation trage. Dann sprach ein anderer Experte von einer seltenen Krankheit, die unter dem Namen „tödliche, familiäre Schlaflosigkeit" bekannt war und bei der die Betroffenen zunächst zu halluzinieren begannen, dann, ohne zu schlafen, in traumähnliche Zustände verfielen, wobei sich ihr Verhalten nicht mehr nach der Wirklichkeit richtete, sondern nach den Trauminhalten. Später käme es zu Gleichgewichtsstörungen, Muskelzuckungen, Erinnerungslücken und schließlich Herzversagen.

Ob das allen Menschen bevorstünde, wenn es nicht gelänge, die Ursache für die Schlafstörungen zu finden, wollte der Nachrichtensprecher wissen und der Experte antwortete, man könne nur das Beste hoffen, aber wenn es nicht gelänge, ein Mittel gegen die Schlafstörungen zu finden, müsse man mit genau diesem Verlauf der Krankheit rechnen.

Das reichte, Marie beschloss, nicht länger zu warten und sofort zu Professor Monroe zu fahren. Sie sagte, sie habe gerade mit Jelena telefoniert und wolle sie jetzt besuchen. Komischerweise stimmten ihre Eltern nicht sofort zu. Sie warfen sich vielsagende Blicke zu und dann sagte Hannes, er werde Marie mit dem Auto zu Jelena fahren. Marie erschrak.

„Ich kann doch laufen", sagte sie. „Jelena wohnt keine zehn Minuten von hier, warum willst du mich fahren? Ich bin doch kein Baby mehr."

„Natürlich nicht, mein Schatz", Regine strich ihr über den Kopf. „Aber wir wissen nicht, was da draußen los ist im Moment."

„Was soll schon los sein?", fragte Marie schnippisch.

„Dann nimm wenigstens dein Handy mit", sagte Hannes. „Ich will dich jederzeit anrufen können. Ich denke, unsere Fantasie reicht nicht, uns vorzustellen, was da draußen alles in den nächsten Stunden und Tagen passieren kann."

Marie holte ihr Handy aus ihrem Zimmer. Sie hätte so gerne erzählt, was sie quälte, sie wäre so gerne dageblieben, sie wünschte sich, ihr Vater möge nicht solche Sätze sagen, Sätze, die ihr Angst machten. Was denn, was konnte sich unsere Fantasie nicht vorstellen? Am liebsten hätte sie sich jetzt ausgesprochen, aber sie wusste, dass niemand außer Professor Monroe ihr glauben würde. Erzählte sie jetzt, was ihr auf der Seele brannte, würden sich ihre Eltern nur noch mehr Sorgen machen. Und weil das so war, musste sie jetzt gehen. Sie küsste ihre Mutter und ihren Vater und ging langsam zur Tür.

23. Kapitel

Die Kuppel der Staatskanzlei strahlte im Sonnenlicht, ebenso wie der imposante Glasbau links und rechts des Eingangsgebäudes. Jonas setzte seine Sonnenbrille auf und stieg hinter seinem Ausbilder Herrn Reiter die breiten, hellen Stufen zur mittleren der drei Türen hinauf. Der Mann an der Sicherheitsschleuse versuchte nicht einmal ein Lächeln. Sein dicker Bauch hing über dem Gürtel seiner Uniform und auf seiner Stirn glitzerten kleine Schweißperlen.

„Ich habe einen Termin bei der Ministerpräsidentin", sagte Herr Reiter.

„Ihren Ausweis." Der Sicherheitsbeamte steckte die Hand durch die kleine Öffnung in der Glasscheibe, hinter der er saß. Herr Reiter gab ihm seinen Ausweis und wartete. Nachdem der Sicherheitsbeamte in seinem Computer nachgeschaut hatte, nickte er. „Und Sie?", fragte er Jonas.

„Das ist ein Mitarbeiter von uns, der unbedingt an der Besprechung teilnehmen muss." Herr Reiter legte seine Hand freundschaftlich auf Jonas' Schulter.

Langsam und bedächtig, so als müsse er ausgiebig darüber nachdenken, nahm der Sicherheitsbeamte den Telefonhörer ab. Ein kurzer Wortwechsel, dann steckte er wieder die Hand durch die kleine Öffnung in der Glasscheibe. Jonas gab ihm seinen Ausweis.

„Gehen Sie zum Fahrstuhl", sagte der Sicherheitsbeamte, „fahren Sie in die dritte Etage und dann nach links, Zimmer 386, das ist am

Ende des Westflügels." Er nickte noch einmal beiläufig, setzte sich dann wieder auf seinen Stuhl und starrte vor sich hin.

„Du hältst den Mund", sagte Herr Reiter, als sie durch die große Empfangshalle zum Fahrstuhl gingen. „Nur wenn dich jemand direkt anspricht, antwortest du, verstanden?"

Jonas nickte. Das hatte Herr Reiter ihm auf dem Weg hierher schon zweimal gesagt. Jonas war nicht scharf darauf, die Ministerpräsidentin kennenzulernen. Er wäre lieber in der ADI-Filiale geblieben. Dort war seit dem frühen Morgen der Teufel los. An eine vernünftige Terminplanung war nicht mehr zu denken. Die Leute standen auf der Straße. Hunderte! Alle wollten sie ihre Träume loswerden, ihre Müdigkeit. Es hatte auch schon wütende Proteste gegeben. Die Polizei war gekommen und jetzt stand ein Streifenwagen vor der Filiale. Das war weitaus aufregender als jedes Treffen mit der Ministerpräsidentin. Und was sollte Jonas hier tun? Herr Reiter wollte einen Lehrling bei dem Gespräch dabeihaben, um All Day Industries als ein verantwortungsbewusstes Unternehmen darstellen zu können. Er fürchtete unqualifizierte Fragen. Er war nervös und angespannt und in diesem Zustand zu allem fähig. Deshalb hatte Jonas nur matt protestiert.

Die Luft war klimatisiert. Es war still. Nur Herrn Reiters Schuhe klapperten auf dem blank polierten Marmorboden. Sie gingen durch einen der Torbögen, die rings um die Eingangshalle verliefen. Die Tür des Fahrstuhls öffnete sich mit einem dezenten Ton. Sie fuhren in die dritte Etage. Eine weiche Frauenstimme verkündete aus dem Deckenlautsprecher, dass sie angekommen waren. Ein endlos langer, dunkelgrüner Läufer lag in dem Gang, den sie jetzt betraten. Glas überall und Marmorfliesen. Wer saß hinter all diesen Türen? Niemand lief ihnen über den Weg, keine der unzähligen Türen öffnete sich. Als sie dem Ende des Gangs näher kamen, sah Jonas ein paar Männer in Grüppchen zusammenstehen. Sie unterhielten sich leise, alle in Anzügen oder Uniform. Jonas sah an sich herunter. Er trug Jeans und ein hellblaues T-Shirt. Vielleicht nicht ganz die richtigen Klamotten für dieses Treffen. Herr Reiter nickte vage und betrat den Raum 386.

Sofort kam ihnen ein junger Mann entgegen, etwa dreißig, mit einer schicken randlosen Brille und kurz geschnittenen Haaren. Herr Reiter stellte sich und Jonas vor. Jonas begrüßte den Mann mit der schicken, randlosen Brille brav per Handschlag. Es gab ein paar nervöse Blicke und Telefonate mit dem Handy, dann wurde noch ein Stuhl gebracht. Der Referent führte sie zu ihren Plätzen an dem großen runden Tisch, der fast den ganzen Raum ausfüllte. 31 Stühle zählte Jonas und 30 kleine Schildchen, auf denen der Name und die Funktion oder Institution stand, die der Betreffende innehatte oder vertrat. Neben dem Schild standen jeweils eine Kaffeetasse und ein Wasserglas. Kaffeekannen und Wasserflaschen waren alle zwei bis drei Plätze zu kleinen Gruppen zusammengestellt worden.

Herr Reiter und Jonas saßen der Fensterfront gegenüber und konnten auf die Stadt schauen. Nach und nach füllte sich der Raum. Die Männer kamen in Grüppchen herein und verteilten sich, bis jeder hinter seinem Schild Platz genommen hatte. Links neben ihnen saß jemand vom Gesundheitsministerium und rechts der Polizeipräsident der Stadt. Die Anspannung und Erschöpfung der letzten zwei Nächte waren den meisten Männern ins Gesicht geschrieben. Nicht alle waren offenbar in den Genuss eines ADI-Traumes gekommen. Die Tür auf der anderen Seite des Raumes öffnete sich und die Ministerpräsidentin und ein Mann Mitte fünfzig kamen herein.

„Guten Morgen, meine Herren", sagte die Ministerpräsidentin fröhlich und ein vielstimmiges „Guten Morgen!" war die Antwort. Sie setzte sich an die Stirnseite des Tisches und Jonas sah, dass sie ausgeschlafen aussah, geradezu rosig im Vergleich zu ihrem Sekretär oder wer immer der Kerl neben ihr war. Der hatte die gleiche blasse Gesichtsfarbe wie viele andere am Tisch, die gleichen müde glänzenden Augen, die gleichen dunklen Augenringe und jene Anspannung im Gesicht, die verriet, wie schwer es ihm fiel, die Augen offenzuhalten.

„Ich habe Sie hierher gebeten, um Sie zu informieren", sagte die Ministerpräsidentin, „und um von Ihnen informiert zu werden. In einer Stunde werde ich mich mit den anderen Ministerpräsidenten in einer

Videokonferenz abstimmen, danach tritt noch einmal das Kabinett zusammen. Bitte trinken Sie, trinken ist in Ihrem Zustand wichtig, das sage ich als Medizinerin."

Jonas erinnerte sich, dass die Ministerpräsidentin früher als Ärztin praktiziert hatte. Wo hatte er das gelesen? Er wusste es nicht mehr. Am Tisch entstand Unruhe. Kaffee wurde eingegossen, Wasserflaschen wurden geöffnet, das alles begleitete Gemurmel und gelegentliches Lachen. Herr Reiter goss sich Kaffee ein, vergaß aber, Jonas zu fragen, ob er auch welchen wolle. Der Polizeipräsident gab Jonas schließlich eine Flasche Mineralwasser. Die Ministerpräsidentin klopfte mit ihrem Kaffeelöffel an ein Wasserglas, sofort war es still.

„Zunächst möchte ich Sie darüber informieren, dass in zwei Stunden ein weltweites Flugverbot in Kraft treten wird. Die Gründe dafür sind naheliegend. Übermüdete Fluglotsen und Flugzeugkapitäne sind eine Gefahr für uns alle. Nicht überall auf der Welt ist das Filialnetz der Firma All Day Industries so gut ausgebaut wie in Amerika und Europa. Ich heiße in diesem Zusammenhang einen Vertreter …"

Der Mann, der sie begrüßt hatte, meldete sich kurz, ging um den Tisch und flüsterte der Ministerpräsidentin etwas ins Ohr. Die Ministerpräsidentin nickte. „Ich heiße in diesem Zusammenhang zwei Vertreter der Firma All Day Industries in unserem Kreis willkommen. Ich habe sie eingeladen, um mit ihnen die Gründe für die entstandene Situation zu besprechen und um nach Lösungen zu suchen. Dazu später mehr." Die Ministerpräsidentin trank einen Schluck Wasser. „Von dem Moment an, in dem das Flugverbot in Kraft tritt, werden wir mehr oder weniger dort festsitzen, wo wir uns gerade befinden. Ich sage mehr oder weniger, weil Flüge, die der Bewältigung der entstandenen Situation dienen, von dem Flugverbot ausgenommen sind. Ich möchte die einzelnen Ressortleiter nun bitten, einen kurzen Bericht über die Lage in ihren Zuständigkeitsbereichen abzugeben. Bitte fassen Sie sich kurz, wir sind alle müde."

Jonas fand die Ministerpräsidentin okay. Sie war gefasst, sie versuchte nicht, die Stimmung aufzuheitern und gab trotzdem allen den

Eindruck, die Lage im Griff zu haben. Sie hatte einen ADI-Traum geträumt, daran bestand kein Zweifel. Der Polizeipräsident fing an davon zu sprechen, wie schwierig es wäre, die Lage auf den Straßen zu beherrschen, weil auch seine Polizisten nicht schliefen. ADI-Träume konnten sich nur die wenigsten leisten. Eine Weile wurde darüber diskutiert, ob man ein generelles Fahrverbot erlassen sollte. Der Polizeipräsident war dagegen. Er sagte, er wisse nicht, wie man ein solches Verbot durchsetzen könne. Ein Vertreter des Verkehrsministeriums war dafür und antwortete, es ginge nicht darum, das Verbot durchzusetzen, es würde seine Wirkung entfalten, einfach dadurch, dass man es erlasse. Die meisten Menschen würden sich von Verboten beeindrucken lassen, sagte er.

Die Diskussion ging eine Weile hin und her, bis die Ministerpräsidentin sie beendete. Danach sprach kurz ein Vertreter des Innenministeriums über die Versorgungslage im Land. Er sagte, noch sei die Versorgung kein Problem, aber es gäbe die Befürchtung, dass durch die schwierigen Verhältnisse auf den Straßen bald Lieferengpässe entstehen könnten.

Dann flammte eine erneute Diskussion auf, in deren Ergebnis beschlossen wurde, alle Veranstaltungen, die viele Menschen anzogen, abzusagen, um der Polizei keine zusätzlichen Aufgaben aufzubürden. Anschließend wurde darüber gesprochen, dass vor allem die Kommunikation aufrechterhalten werden müsse und wie das zu bewerkstelligen sei. Telefon, Internet, vor allem die Handynetze dürften nicht zusammenbrechen. Danach ging es um die medizinische Versorgung. Man müsse in den nächsten Tagen mit sprunghaft ansteigenden Patientenzahlen rechnen, sagte der Mann vom Gesundheitsministerium. Nicht nur Unfälle und der Anstieg unbegründeter Gewaltausbrüche wären dafür verantwortlich, sondern auch Kreislaufzusammenbrüche und Herzversagen. Man müsse darüber nachdenken, wie man das medizinische Personal bevorzugt mit Wachheit versorgen könne, ebenso Polizei und Mitarbeiter der Nahverkehrsbetriebe. Daraufhin entflammte eine Diskussion um die Kosten einer solchen Entscheidung und wer noch alles in eine solche Lösung einbezogen werden müsste. Das Kabinett? Alle Mitglieder der Regierung?

Jonas fing an, sich zu langweilen. Würden sie überhaupt noch zu Wort kommen? Er sah, dass einige der Männer und Frauen bereits auf die Uhr schauten und dann stand jemand auf und öffnete ein Fenster. Vielleicht war die Sitzung gleich vorbei? Gerade aber, als er schon anfing, sich darüber zu freuen, richtete die Ministerpräsidentin das Wort an Herrn Reiter. „Lieber Herr Reiter, Sie sind hier für die Firma All Day Industries. Ich nehme an, Sie kennen die Gerüchte und Vorwürfe, die im Zusammenhang mit der jetzt entstandenen Situation im Umlauf sind? Es heißt, Ihre Firma habe die Schlafstörung verursacht."

Herr Reiter nickte und räusperte sich. „Frau Ministerpräsidentin, ich möchte Ihnen meinen Kollegen vorstellen, einen jungen Mann aus dieser Stadt, der bei uns seine Ausbildung macht und an unser Unternehmen glaubt. An unser Unternehmen und an das, was es vertritt. Er hat sich bei uns beworben, weil ihm die Idee und die Art und Weise, wie wir sie vertreten, gefällt. Wir sind kein skrupelloses Unternehmen aus dem fernen Amerika. Wir sind hier verwurzelt, hier in diesem Land und in jedem Land der Welt, in dem wir verwurzelt sein dürfen."

Jonas fand, dass Herr Reiter seine Sache ziemlich gut machte. Die Ministerpräsidentin lächelte. „Niemand zweifelt hier an Ihren Motiven", sagte sie. „Wir fragen uns nur, ob die jetzt entstandene Situation nicht vielleicht eine Folge des Verfahrens ist, mit dem sie in den letzten Jahren so erfolgreich waren. Fehler sind menschlich, Herr Reiter, und es liegt auch in der Natur des Menschen, sie zunächst einmal zu leugnen."

Herr Reiter fing an zu schwitzen. „Ich versichere Ihnen, Frau Ministerpräsidentin, wir sind nicht die Ursache des Problems. Wir wollen aber sehr wohl Teil der Lösung sein."

„Tja, sehen Sie, Herr Reiter", sagte die Ministerpräsidentin und lächelte noch immer. „Sie sind kein Teil der Lösung, Sie sind die Lösung, und zwar die einzige, die es im Moment gibt. Das einzige Mittel gegen diese Krise besteht darin, sich Wachheit zu kaufen. Und eben dieser

Umstand ist es, der die Skeptiker auf den Plan ruft. Diese Krise passt so wunderbar zu Ihrem Unternehmen, dass sich einem der Gedanke geradezu aufdrängt, Sie hätten sie erfunden."

„Das haben wir nicht!" Herrn Reiters Stimme hatte sich schon leicht erhoben und an einigen Enden des Tisches gab es Geflüster. Jonas ging in Deckung. „Aber vielleicht wollen Sie diese Fragen nicht mit mir besprechen, sondern mit dem Gründer und Geschäftsführer von All Day Industries, Dr. Puck selbst."

Nach dem Satz herrschte verblüfftes Schweigen am Tisch. Vielsagende Blicke wurden getauscht. Jonas starrte seinen Ausbilder an. Was redete der denn da? Dr. Puck kam doch nicht hierher? Nicht in dieser Situation, oder doch? Das war, das wäre eine Sensation. Am Ende würde Jonas ihn sogar persönlich treffen. Dr. Puck! Den mächtigsten Mann der Welt.

„Wollen Sie damit sagen, dass Dr. Puck nach Deutschland kommt?", fragte ein Vertreter aus dem Gesundheitsministerium.

„Er ist bereits auf dem Weg und wird heute Abend hier in der Stadt eintreffen." Herr Reiter lächelte jetzt und Jonas merkte, dass er sich entspannte. Konnte das wahr sein?

„Und warum?", fragte die Ministerpräsidentin unbeeindruckt. „Warum kommt er in dieser Situation ausgerechnet hierher?"

„Das möchte er Ihnen persönlich sagen", antwortete Herr Reiter. „Ich bin gekommen, Ihnen schon für heute Abend ein Treffen in Aussicht zu stellen."

„Gut", sagte die Ministerpräsidentin und klappte die Mappe zu, die vor ihr lag. „Dann warten wir ab, was das Gespräch bringt. Ich danke Ihnen allen, meine Herren, wir werden uns in dieser Runde wiedersehen, sobald ich Neuigkeiten habe." Sie stand auf, nickte Herrn Reiter und Jonas zu und verschwand. Jonas schwitze, obwohl der Raum klimatisiert war. Dr. Puck war hierher unterwegs, eine solche Gelegenheit kam vielleicht nicht wieder. Jonas musste ihn treffen.

24. Kapitel

Die Stadt war eigenartig still. Niemand kam Marie entgegen, als sie an den Einfamilienhäusern vorbei zur Straßenbahnhaltestelle ging. Selbst der Bäcker hatte heute geschlossen, obwohl er sonst an Sonntagen immer geöffnet hatte. Marie setzte sich auf die Bank im Wartehäuschen. Sie spürte die Müdigkeit in jeder Faser ihres Körpers. Schlafen! Unter allem, was sie dachte, lag dieser Wunsch: schlafen, bitte schlafen, schlafen, schlafen.

Auf der gegenüberliegenden Straßenseite torkelte ein Mann vorbei. Er hatte Mühe, sich auf den Beinen zu halten. Er blieb stehen und wankte, dann sah er Marie an und musterte sie. Sie schaute in eine andere Richtung, aus den Augenwinkeln beobachtete sie den Mann aber genau. Er war ihr nicht geheuer. Jetzt pfiff er auch noch. Wenn er die Straße überquert, renne ich weg, dachte sie, aber der Mann torkelte weiter, nachdem er noch zweimal gepfiffen hatte. Endlich kam die Straßenbahn. Etwa zehn müde Fahrgäste hockten in dem Wagen und starrten aus dem Fenster. Marie setzte sich auf einen Einzelsitz und lehnte während der Fahrt die Stirn an die kühle Scheibe. Sie sah ein paar Tauben und fragte sich, ob die Tauben wenigstens schlafen konnten oder ob sie auch Albträume hatten. Gab es das, hatten Tiere Albträume? Warum war Karl so ein Idiot? Warum war Fränk sein bester Freund? Wie es wohl Jelena und Hanna ging? Marie hielt ihr Handy umklammert. Ob sie anrufen sollte? Sie schaute hinaus auf die leeren Straßen, es war kaum jemand unterwegs. War das jeden Sonntagmorgen so? Komischerweise wirkte die Stadt, als ob sie die Luft anhielt. So jedenfalls kam es Marie vor: als ob sie sich auf irgendetwas vorbereitete. Die Ruhe vor dem Sturm, so fühlte es sich an, wie die Ruhe vor dem Sturm, und als wolle ihr jemand diesen Eindruck bestätigen, ließ plötzlich eine Windböe ein paar Blätter tanzen.

Marie stieg aus und ging zur S-Bahn-Haltestelle. Eine alte Frau wartete mit ihr zusammen auf dem schmalen Bahnsteig. Ein Hubschrauber überflog die Stadt und schreckte ein paar Tauben auf. Die S-Bahn kam pünktlich. Marie betrat den fast leeren Wagen. An der zweiten Haltestelle stieg sie aus und ging die Straße zum Turmhaus entlang. Links und rechts standen vornehme Bürgerhäuser mit hübschen, gepflegten Vorgärten. Durch ein offenes Fenster drang klassische Musik. In einem kleinen Café saßen ein paar Leute und starrten auf einen großen Fernseher. Marie überquerte eine kleine Kreuzung, dahinter fingen die Villen an. Einen Moment lang blieb sie vor dem hohen schmiedeeisernen Tor stehen, dann öffnete sie es und ging durch den Garten auf das Turmhaus zu. Die Tür war offen.

Als sie die Eingangshalle betrat, hörte sie die schwarz gekleidete Frau mit dem blassen Gesicht summen. Sie lag wieder auf dem Sofa und strickte, genau wie beim letzten Mal. Marie holte tief Luft und sagte: „Ich möchte zu Professor Monroe."

Die Frau fuhr aus dem Sofa hoch und starrte Marie an. Mit ihrem kleinen spitzen Gesicht, umrahmt von den streng zusammengebundenen schwarzen Haaren, und dem schlanken Körper erinnerte sie an eine aufgeschreckte Maus. „Wie bitte?", fragte sie irritiert.

„Zu Professor Monroe, ich möchte bitte zu Professor Monroe", sagte Marie gefasst.

„Ach so", die Frau nickte. „Natürlich, hier entlang", sie zeigte mechanisch auf die Tür, durch die sie auch beim letzten Mal gegangen waren. Es war nicht klar, ob sie Marie wiedererkannt hatte oder nicht.

„Hier ist das Mädchen!", rief die schwarz gekleidete Frau, als sie in dem Bücherzimmer angekommen waren. Danach drehte sie sich sofort um und ging, als sei Maries Besuch ein tägliches Ritual, dessen weiterer Verlauf bekannt war.

Professor Monroe tauchte hinter einem Bücherstapel auf. „Marie Marne?“, fragte er und zog die Augenbrauen hoch. „Dass ich dich nochmal wiedersehe, hätte ich nicht gedacht.“ Er lief auf Marie zu, legte eine Hand auf ihre Schulter und zog sie zu einem Stuhl.

„Möchtest du etwas? Tee, Kaffee?“

Marie schüttelte den Kopf. Obwohl sie erleichtert war, dass Professor Monroe sie so freundlich empfing, blieb sie angespannt. Er wusste noch nicht, was sie ihm zu sagen hatte. Ihr Herz schlug heftig und dann sprudelten die Worte aus ihr heraus: „Ich habe ein schwarzes Tor geöffnet, im Traum. Das Problem ist, dass Mr. Phisto mir gesagt hat, dass ich es öffnen soll. Ich dachte, ich würde meinen Vater befreien und das habe ich auch, aber ich glaube, das schwarze Tor hatte nichts damit zu tun …“

Marie brach ab, denn Professor Monroe hatte die Hände gehoben und abgewunken.

„Stopp“, sagte er. „Ich möchte, dass du mir alles von Anfang an erzählst, aber nicht hier. Hier ist nicht der richtige Ort dafür. Folge mir, ich möchte dir etwas zeigen.“ Mit diesen Worten drehte er sich um und ging auf eine Tür zu, die zwischen zwei Bücherregalen lag und so niedrig war, dass selbst er sich bücken musste, um durch sie hindurchzugehen.

Marie sah ihm nach. Verdammt, dieser komische Professor schaffte es jedes Mal, etwas zu tun, das sie wütend machte. Wieso konnten sie nicht hier reden? „Wohin müssen wir denn?“, rief sie und beeilte sich, ihm zu folgen. „Die Schlaflosigkeit, ich bin daran schuld!“

Professor Monroe nickte. Wie konnte er nur so gelassen sein? Verstand er nicht, was sie sagte? Sie gingen durch ein rundes Zimmer, von dessen Wänden stark duftende Pflanzen herabhingen. In der Mitte lag eine einfache Matratze.

„Hören Sie, niemand kann mehr schlafen! Haben Sie hier keinen Fernseher?“ Marie war sich nicht sicher, ob Professor Monroe sie überhaupt verstand. Er zeigte keinerlei Reaktion. Vielleicht war er gar kein richtiger Professor, sondern nannte sich nur so? Vielleicht war er ein Spinner oder noch schlimmer, ein Idiot. Im nächsten Zimmer stand ein schwarzes Himmelbett und daneben ein riesiger, dunkler Schrank. Nur ein kleines, schmales Fenster ließ etwas Licht herein.

„Haben Sie überhaupt mitgekriegt, was da draußen los ist?!" Marie merkte, dass sie immer wütender wurde. Dieses Haus war völlig verrückt. Sie hatte ihre ganze Hoffnung auf einen Verrückten gesetzt. Im nächsten Zimmer dämpften schwere Teppiche ihre Schritte. Eine silberne Ottomane auf ungewöhnlich dünnen Beinen, zwei Kerzenleuchter links und rechts und ein silberner Stuhl mit einer hohen Lehne: Das war die ganze Einrichtung.

„Sie haben gesagt, ich soll zu Ihnen kommen, jetzt bin ich hier, also hören Sie mir zu!" Professor Monroe nickte und eilte weiter. Das nächste Zimmer war wieder rund, die Decke aus buntem Glas. In der Mitte prangte eine wundervoll geschwungene Wanne, links und rechts davon standen zwei schwere Sessel. Marie fragte sich, wer diese seltsamen Zimmer benutzte, ob die Frau in dem schwarzen Kleid oder Professor Monroe? Und was taten sie in diesen Räumen? Sie hatte allerdings nicht viel Zeit, Antworten auf diese Fragen zu finden, denn Professor Monroe eilte durch alle Zimmer, als ginge es um Leben und Tod, und weil die Vorstellung, sich hier zu verlaufen, Marie nicht gefiel, achtete sie die ganze Zeit darauf, den Anschluss nicht zu verpassen. Und der Weg war lang. In einem Raum hingen unzählige Schwarz-Weiß-Fotos an den Wänden, dicht an dicht, nur die Türen waren ausgespart, in einem Zimmer wuchs sogar ein Baum. Er schien wirklich aus dem Fußboden zu wachsen und seine Krone reichte bis zur Decke. Eines jedoch hatten alle Zimmer gemeinsam: In jedem gab es einen Schlafplatz. Am Schluss stiegen sie die lange Wendeltreppe hinauf, die in das Zimmer führte, das unter dem Dach des höchsten Turmes lag.

Marie hatte Mühe, Professor Monroe zu folgen. „Was ist denn so wichtig hier oben?", fragte sie, als sie endlich oben angekommen waren.

Als Professor Monroe jedoch die Tür öffnete, verschlug es ihr die Sprache. Auch wenn es sehr seltsame Zimmer in dem Turmhaus gab, war dieses Zimmer unter dem Dach des höchsten Turmes doch am seltsamsten. Es war rund und gefüllt mit einer Landschaft aus Kissen, Kerzenständern, Statuen und Gefäßen. Ringsherum waren Fenster, durch die man den Himmel sehen konnte. Auf dem Fußboden aber war ein buntes Mosaik aus kleinen Steinchen eingelassen: Kreise, zu einer Art Sonnenblume verbunden. In jedem Blütenblatt befand sich ein anderes Ornament und in der Mitte leuchtete ein sonnenähnlicher gelber Stern.

Die meisten Kissen waren rund, die Leuchter silbern und schwarz mit heruntergetropften Kerzen, auf die immer wieder neue Kerzen aufgepflanzt worden waren, sodass sich wahre Wachsgebirge gebildet hatten. Die Statuen standen auf kleinen, steinernen Säulen, es gab aber auch welche, die groß wie Kinder waren: Affen und Drachen und Teufel und vielarmige Göttinnen und geflügelte Schlangen und seltsame doppelgesichtige Wesen, Menschen mit Vogel- und Hundeköpfen, Nachtmahre und Elfen und eine Sphinx und Fischwesen und vieles, was Marie noch nie gesehen hatte.

„Setz dich", sagte Professor Monroe und machte eine unbestimmte Handbewegung. Marie zögerte. Wohin denn, wollte sie fragen, aber der Professor schien sich gar nicht dafür zu interessieren. Er kehrte ihr den Rücken zu. Als Marie sich gesetzt hatte, drehte er sich um und ließ sich vor ihr auf einem goldgelben Kissen nieder. „Also gut, was willst du mir sagen."

„Das habe ich doch schon", sagte Marie bockig. Das seltsame Zimmer lenkte sie ab, sie wusste nicht, warum Professor Monroe sie hierher geführt hatte.

„Du hast im Traum ein schwarzes Tor geöffnet", sagte Professor Monroe gefasst, „und glaubst, dadurch die Albträume verursacht zu haben, die im Moment alle Menschen am Schlafen hindern."

Marie nickte. Sie hatte nicht damit gerechnet, dass der Professor ihr zugehört hatte.

„Es wäre für mich von großem Nutzen, wenn du mir alles erzählen könntest, von Anfang an, jede Kleinigkeit, so wie du dich daran erinnerst."

„Aber wozu?" Marie war müde und die Vorstellung, jetzt die ganze Geschichte erzählen zu müssen, bereitete ihr schlechte Laune.

„Weil ich auch glaube, dass durch das Öffnen des schwarzen Tores die Albträume verursacht werden", sagte Professor Monroe, ohne den Blick von Marie zu wenden. „Um aber genau entscheiden zu können, was zu tun ist, musst du mir alles erzählen."

Marie zögerte einen Moment. Also doch, Professor Monroe hielt sie für schuldig. Er kam ihr plötzlich nicht mehr wie ein Idiot vor. Aber etwas stimmte nicht mit ihm. Das Haus war sehr, sehr seltsam und niemand wusste, dass sie hier war. Sie kannte diesen Professor genauso schlecht, wie sie Mr. Phisto kannte. Was sollte sie tun? Also gut, sie nickte. Es gab keine andere Möglichkeit, sie fing an zu erzählen: von ihrem Besuch in der ADI-Filiale mit ihrem Vater, ihrem hohen ADI-Wert, von Hannes' Geburtstag und seiner Krankheit, von der Begegnung mit Mr. Phisto im Bäckerladen und dann in der Klinik, von dem Traum ihres Vaters, von der Frau im blauen Kostüm und ihrem Traum, Herrn Rinke und seinem Traum, Karl, dem Onkel von Karl, Fränk, der Stadt am Morgen und der Stadt, wenn man zur Schule fuhr, der Ministerpräsidentin und ihrem Traum und allem, was Marie gedacht und was sie sich vorgestellt hatte. Professor Monroe hörte ihr aufmerksam zu und nickte manchmal unmerklich, so als erzähle sie eine Geschichte, die er schon kannte. Als Marie fertig war, fühlte sie sich erschöpft und noch müder als vorher. Professor Monroe schwieg.

„Was ist mit dem schwarzen Tor?", fragte sie.

„Das ist nicht ganz einfach zu erklären." Er kratzte sich am Kopf. Marie wollte ihn gerade bedrängen, als ihr Blick zufällig auf den Boden fiel. Anfangs war es nur ein vager Eindruck, den sie für eine Sinnestäuschung hielt, dann aber gab es keinen Zweifel: Die kleinen Steinchen auf dem Fußboden bewegten sich. Es war, als ob sie in einem dickflüssigen Brei schwammen, von unsichtbaren Strudeln getrieben. Der ganze Fußboden des runden Zimmers bewegte sich wie eine Galaxie, wie ein Spiralnebel. Und ohne dass sie hätte sagen können warum, wurde Marie auf einmal traurig. Tränen liefen ihr übers Gesicht.

„Das ist das Zeichen, von dem ich gesprochen habe, der Indikator“, sagte Professor Monroe und zeigte auf den Fußboden. „Als die Steine anfingen, sich zu bewegen, wusste ich, dass etwas nicht stimmt.“

„Ich bin traurig“, schluchzte Marie.

„Das kommt vor“, sagte Professor Monroe.

„Aber warum? Man weint doch nicht einfach so.“ Sie versuchte, die Tränen zurückzuhalten.

„Nicht?“, fragte Professor Monroe leise.

„Nein! Wenn man weint, muss man einen Grund haben“, sagte Marie trotzig.

„Und du hast keinen?“ Professor Monroe schien verwundert.

„Doch natürlich, ich bin müde und will schlafen und ich schäme mich, weil ich alles falsch gemacht habe.“ Als sie den Satz gesagt hatte, konnte sie sich nicht mehr beherrschen und fing hemmungslos zu weinen an. Professor Monroe nahm ihre Hand und so saßen sie eine Weile voreinander, bis Marie sich ausgeweint hatte.

„Was ist das für ein komisches Haus?“, fragte sie schniefend, als sie wieder sprechen konnte.

„Ja, es ist komisch, nicht wahr?“ Professor Monroe lachte leise. „Ich habe es von meinem Vater geerbt und der hat es von seinem Vater geerbt und der wieder von seinem und so fort. Und weil für jedes neue Familienmitglied ein neuer Turm angebaut wurde, hat es so viele Türme. Ich bin hier aufgewachsen.“

„Und warum ist es so komisch eingerichtet?“, fragte Marie und wischte sich die Tränen vom Gesicht.

„Ganz einfach“, sagte Professor Monroe. Er stand auf und fing an, im Zimmer umherzugehen. „Manchmal lade ich ein paar Freunde ein und sie schlafen jeder in einem der Türme, und dann treffen sie sich im Traum.“

Marie ließ den Blick durch das Zimmer schweifen. „Wie, sie treffen sich im Traum?“

„Das ist eine lange Geschichte.“ Professor Monroe machte eine ausladende Handbewegung. „Es ist im Moment nicht die Zeit, sie zu erzählen.“ Jetzt ging er im Kreis und fing an, die Figuren zu untersuchen. „Nur so viel sei gesagt: Unsere Träume haben mit unserer Realität mehr zu tun, als die meisten Menschen glauben. Sie sind mächtig. Das sieht man ja besonders gut im Moment.“

Marie wartete, dass er noch etwas sagen würde, aber er hatte sich am Docht einer großen alten Kerze zu schaffen gemacht und schien von dieser Aufgabe ganz abgelenkt zu sein. „Hat das was mit Mr. Phisto und dem schwarzen Tor zu tun?“, fragte sie. Marie stand jetzt ebenfalls auf, sie musste sich bewegen, es fiel ihr schwer, sich zu konzentrieren.

„Ja und nein“, sagte Professor Monroe, ohne aufzusehen. „Mr. Phisto, wie er sich selber nennt, ist der Mensch mit dem höchsten ADI-Wert der Welt, das heißt, er war es, bis du aufgetaucht bist.“

„Was?!“, rief Marie. Professor Monroe nickte.

„Es steht fest, dass er es war, der mit deinem Vater in der Lobby des Hotels gesprochen hat. Ich nehme an, er hat deinen Vater in einem Traum gefangen gehalten. Das ist sehr schwierig, aber nicht unmöglich.“

Marie blieb abrupt stehen. „Aber warum, warum hat er das getan?“

„Damit du tust, was er verlangt“, antwortete Professor Monroe, „damit du die Gegenstände einsammelst. Damit du das schwarze Tor öffnest und nicht fragst, warum du das alles machen sollst.“

„Oh Gott!“ Marie sank auf einem der Kissen zusammen. Sie war müde, sie wollte schlafen und die Erklärungen Professor Monroes machten alles noch schlimmer. „Aber was ist das schwarze Tor?“, fragte sie leise.

Professor Monroe zündete eine Kerze an und suchte einen Platz, wohin er das abgebrannte Streichholz legen konnte. „Das schwarze Tor ist ein Übergang“, sagte er.

„Ein Übergang? Was meinen Sie damit?“

„Auf dieser Seite des schwarzen Tores ist das dunkle Meer, auf der anderen Seite ist der glühende See.“ Er öffnete das Fenster und warf das Streichholz hinaus.

„Aber als ich das Tor geöffnet habe, war da kein glühender See, da war nur Asche, überall Asche.“

Professor Monroe nickte. „Der glühende See erlischt, solange das schwarze Tor geschlossen ist.“

„Und jetzt?“ Marie fing an, ihre Haare um ihren Finger zu wickeln. Das tat sie oft, wenn sie müde war und versuchte, sich zu konzentrieren.

„Die Gegenstände, die die ADI-Kunden ins dunkle Meer geworfen haben, enthalten ungeträumte Träume. Solange sie da einfach nur auf dem Meeresgrund herumlagen, war das nicht schlimm. Jetzt aber, wo der Übergang offen ist, kommen zwei Elemente zusammen, die nicht zusammengehören: Feuer und Wasser, der glühende See und das dunkle Meer. Die Gegenstände verbrennen im Wasser und geben frei, was sie enthalten: Albträume. Davon wird das dunkle Meer verseucht und solange es verseucht ist, haben alle Menschen Albträume.“

„Aber warum?!“, rief Marie. „Warum das alles? Warum kann jemand wollen, dass alle Menschen Albträume haben?“

Professor Monroe blieb stehen und sah sie an. „Nehmen wir zunächst das Offensichtliche: Niemand schläft, alle sind müde und sehnen sich danach zu schlafen.“

„Stimmt. Ich kann an nichts anderes mehr denken“, bestätigte Marie.

„Und wie dir geht es allen“, Professor Monroe sah aus dem Fenster. „Schlafentzug ist eine alte Foltermethode. Wenn wir nicht schlafen, sterben wir. Es sei denn, wir könnten immer wach sein, ohne müde zu werden.“

„Aber natürlich!“ Marie tippte sich mit dem Finger an die Stirn. „All Day Industries! Jetzt müssen alle Menschen ADI-Kunden werden! Nur so können sie ihrer Müdigkeit und ihren Albträumen entkommen.“

Professor Monroe nickte. „Alle Kritiker von All Day Industries müssen jetzt ihre Dienste in Anspruch nehmen. Alle, die es falsch fanden, immer wach zu sein, vierundzwanzig Stunden am Tag, müssen ADI-Kunden werden. Die Firma wird in kürzester Zeit die mächtigste Organisation der Welt sein."

„Und das nur, weil ich ihnen geholfen habe." Marie vergrub ihr Gesicht in den Händen.

„Du solltest dir nicht zu viele Vorwürfe machen", sagte Professor Monroe. „Wenn du es nicht getan hättest, was wäre dann aus deinem Vater geworden? Es ist doch verständlich, dass eine Tochter versucht, ihren Vater zu retten, wenn sie es kann."

Obwohl Marie wusste, dass Professor Monroe sie nur trösten wollte, fühlte sie sich besser.

„Ich werde es wieder schließen", sagt sie. „Ich muss einfach, ich muss meinen Fehler wiedergutmachen und Sie müssen mir helfen. Irgendwie müssen Sie mir die Albträume verscheuchen. Können Sie das?"

Professor Monroe nickte. „Hier, in diesem Zimmer wirst du keinen Albtraum haben", antwortete er. „Dieser Turm hier ist der älteste Teil des Hauses. Mit ihm hat alles angefangen", er legte eine Hand an die Wand und streichelte sie. „Es ging dabei ausschließlich um dieses Zimmer, in dem wir uns jetzt befinden. Solange die Steine sich drehen, träumt jeder, der hier schläft, von dem, was er sich wünscht." Professor Monroe lächelte und tausend kleine Fältchen bildeten sich um seine Augen.

Marie betrachtete das Zimmer, als sähe sie es zum ersten Mal. War das möglich? Konnte es so ein Zimmer geben? Schlafen! Rief eine Stimme in ihr, endlich schlafen! Aber sie würde dorthin müssen, in das Aschetal, dorthin, wo die seltsamen nackten Kreaturen waren. Egal, es gab keine andere Möglichkeit. Sie musste ihren Fehler korrigieren. Sie musste diesem Mr. Phisto zeigen, dass sie kein dummes kleines Mädchen war. Ein Match, das hier war ein Match und jetzt war sie am Ball. Jetzt musste sie Mr. Phistos Aufschlag zurückspielen.

Sie setzte sich auf eines der Kissen und legte noch einmal die Hand auf die kleinen Steine. Das beruhigte sie.

„Ich werde hier bei dir bleiben und auf dich aufpassen“, sagte Professor Monroe. Marie nickte. Sie legte sich auf den Rücken und schaute an die dunkelblau bemalte Decke. Schlafen, endlich! Sie schloss die Augen.

25. Kapitel

Marie schaut auf das dunkle Meer. Es herrscht eine ganz andere Atmosphäre als bei ihren früheren Besuchen. Mannshohe Wellen schlagen an den Strand. Der bleiche Mond überm Horizont erscheint größer als sonst. Männer und Frauen stehen dicht gedrängt am Ufer und werfen Gegenstände in die aufgewühlte See. Stühle, Autoreifen, Kochtöpfe, Fahrräder, Stehlampen, Gabeln, Bojen, Autos, Kofferradios, Fensterrahmen, Goldbarren ... Was immer sich denken lässt, fliegt im hohen Bogen ins dunkle Meer. Kaum haben sie ihre Fracht entsorgt, drehen sich die ADI-Träumer um und verschwinden in der Dämmerung. Andere erscheinen und nehmen die frei gewordenen Plätze ein. Ein nicht versiegender Menschenstrom entsorgt Träume im dunklen Meer. Marie steht und schaut wie benommen auf das stille Treiben. Es gibt kein Geschubse. Wer noch nicht dran ist, wartet geduldig, bis ein Platz am Strand frei wird. Außer dem Getöse der Wellen ist nichts zu hören. Ein paar Nachtvögel kreisen über dem Strand, sonst nur Menschen und Meer.

„Hallo Marie!", sagt plötzlich jemand dicht hinter ihr.

Sie fährt herum und da steht er: Mr. Phisto. Er lächelt. „Niemand will mehr schlafen, niemand mehr träumen, wir werden bald ganz unter uns sein."

Marie taumelt zwei, drei Schritte in Richtung Strand.

„Sie haben mich betrogen", sagt sie und hört, dass das erbärmlich klingt. Aber sie kann nicht anders.

„Ja, ich habe dich betrogen", sagt Mr. Phisto und sieht kurz zu Boden. Marie hat den Eindruck, dass er sich das Lachen verkneifen muss. „Das war nicht besonders schwer. Man hätte den Eindruck gewinnen können, du wolltest betrogen werden."

„Sie haben meinen Vater krank gemacht", sagt Marie und möchte sich am liebsten auf Mr. Phisto stürzen, „nur damit ich mache, was sie verlangen."

„Und wie schön dieser Plan funktioniert hat."

„Ich werde das Tor wieder schließen!"

„Das wirst du nicht", sagt Mr. Phisto gelassen. Er macht einen Schritt auf Marie zu, packt sie mit einer Hand am Arm und wirft sie im hohen Bogen ins dunkle Meer, so wie man einen Stein oder ein Stück Holz wegwirft.

Sie schreit und versucht, mit den Armen rudernd, Halt zu finden. Unter ihr die tosenden Wellen, dann der Aufprall und der kurze Moment der Panik, keine Luft zu bekommen, ehe sie unter Wasser zu atmen anfängt. Als die Luftblasen verschwinden und Marie den ersten Schock überwunden hat, sieht sie es: Der Meeresboden ist leer. Kein einziger Gegenstand liegt mehr zwischen den Steinen. Wie ist das möglich? Wo ist all der ADI-Müll hin? All das Zeug, das bei ihrem letzten Besuch hier gelegen hat? Sie schaut nach oben. Gerade landen ein Fahrrad, ein Sessel, ein Kerzenleuchter, eine Kaffeekanne, ein Regenschirm im dunklen Wasser. Aber all diese Gegenstände sinken nicht bis auf den Meeresgrund. Kaum haben sie das Wasser berührt, werden sie von einer unsichtbaren Kraft angezogen. Aber wovon? Marie streckt die Arme aus und gleitet pfeilschnell durchs dunkle Meer, den Gegenständen hinterher. Es werden immer mehr. Von überall kommen sie hier zusammen, ein ungeheurer Plunderstrom treibt durchs Wasser, angezogen von einer geheimnisvollen Kraft. Und dann färbt sich das Wasser des dunklen Meeres auf einmal rot. Blassrot zunächst, aber je weiter Marie schwimmt, um so mehr scheint es zu glühen. Es ist das schwarze Tor. Es steht auf dem dunklen Grund auf einem Hügel. Aus seinen offenen Toren schießt ein nicht versiegender, gewaltiger Feuerstrahl hervor. Zwanzig, fünfundzwanzig Meter weit frisst er sich ins Wasser und lässt es erglühen. Alle Gegenstände, die mit diesem Feuerstrahl in Berührung kommen, gehen sofort in Flammen auf. Sie verglühen, und da, wo sie eben noch waren, erscheinen für einen Moment schreckliche Bilder. Marie sieht schreiende Gesichter, grässliche Missgestalten, die ihre Opfer furchtbar quälen. Ertrinkende, erschlagene, gemarterte Menschen, Kinder, Greise, Mädchen, so alt wie sie selbst, winden sich vor Schmerzen. Seltsam zusammengesetzte Kreaturen, wie sie sie schon in dem runden Turmzimmer des Professors gesehen hat, zucken rings um den Feuerstrahl auf und verlöschen dann im dunklen Meer. Der Strom aus ADI-Müll wird hier zu Albtraumbildern verbrannt. Es ist ein gruseliges, gewaltiges Schauspiel. Wie soll Marie das schwarze Tor jetzt schließen? Der Feuerstrahl wird sie verbrennen, wenn sie sich ihm nähert. Als sie sich umdreht, sieht sie Mr. Phisto. Er scheint im Wasser zu stehen. Mit verschränkten Armen schaut er sie an.

„Was hast du vor?", fragt er. Marie ist nicht sicher, ob er die Lippen bewegt hat. Hat sie ihn wirklich gehört oder ist er nur in ihrem Kopf? „Du willst das schwarze Tor schließen, dann tu es."

„Aber wie denn, das Feuer würde mich verbrennen", sagt Marie. Sie sagt es einfach, so als wäre sie nicht unter Wasser.

„Vielleicht, vielleicht aber auch nicht." Mr. Phisto nähert sich ihr. Wie er das macht, ist nicht zu erkennen, denn er bewegt sich nicht. Er schwebt an Marie vorbei und streckt die Hand aus. Seine Finger berühren das Feuer, aber es scheint ihm nicht wehzutun. „Mir tut das Feuer nichts, und weil mein ADI-Wert viel niedriger als deiner ist, wird es dir auch nichts tun. Du kannst das Tor also schließen."

Marie streckt die Arme aus, um zum schwarzen Tor zu schwimmen, kommt aber nicht vom Fleck. Wie ist das möglich? Mr. Phisto schwebt vor ihr und lächelt sie an.

„Geht es nicht?", fragt er mit gespielter Verwunderung. „Wie kann das sein, wie kann es sein, dass du dich meinem Willen beugen musst?"

Ja, wie? Marie versucht sich zu konzentrieren. Sie streckt die Arme aus und will schwimmen. Sie schließt die Augen und versucht sich vorzustellen, wie sie das schwarze Tor schließt, aber nichts passiert. Sie kommt nicht vom Fleck. Plötzlich packt Mr. Phisto sie am Hals. Blitzschnell fährt er mit ihr in die Höhe. Er schießt, Marie am ausgestreckten Arm haltend, aus dem Wasser und schwebt mit ihr über den tosenden Wellen.

„Du kannst mich nicht besiegen", sagt er ruhig, aber laut. „Du wirst es nie können. Egal, was der kleine Professor und seine Freunde dir erzählen. Du bist zu gut, zu wohlerzogen. Dir fehlt der Hass, der durch Entbehrung entsteht, durch Mangel, durch fortwährendes Zurückgesetztwerden. Du hast einen liebenden Papa und eine liebende Mama und einen Onkel und ein Einfamilienhaus und liebe Freundinnen und vielleicht bald einen Freund. Dir fehlt nichts. Du bist ein westeuropäisches Wohlstandskind. Was will eine wie du mit so viel dunkler Energie? Das ist Verschwendung, ein Irrtum, eine dumme Laune der Natur, ein Fehler im Plan. Ich rate dir, halt dich raus. Geh nach Hause. Besuch eine ADI-Filiale, dann hast du keine Albträume mehr. Sei wie alle anderen, dann wird dir nichts passieren. Vor allem: Halt dich vom Professor fern. Du kennst ihn nicht. Er sagt dir ebenso wenig die Wahrheit, wie ich sie dir gesagt habe. Mach nicht zweimal den gleichen Fehler. Ich meine es gut. Und jetzt, Marie Marne, verschwinde, ehe ich es mir anders überlege ...

26. Kapitel

Als Marie die Augen öffnete, hockte Professor Monroe neben ihr. „Aufwachen, du musst aufwachen!"

Sie setzte sich auf. Es war dunkel geworden. Kerzen brannten und die kleinen und großen Statuen warfen bizarre Schatten. Die Steinchen, auf denen sie saß, vibrierten noch immer. Marie befühlte ihren Hals, da wo Mr. Phisto sie gerade gepackt hatte. Es kam ihr so vor, als könne sie seinen Griff noch spüren. Was für eine ungeheure Macht er hatte.

„Wir müssen fort", sagte Professor Monroe. „Sie kommen früher als ich es erwartet habe."

„Wer?", fragte Marie noch etwas benommen.

„Die Leute von All Day Industries. Sie sind hier." Professor Monroe stand auf und trat ans Fenster.

Marie tat es ihm gleich. Der Garten war dämmrig und zunächst konnte sie niemanden erkennen. Dann aber sah sie einen großen Mann in einem schwarzen Anzug. Er stand neben einem Baum und hielt etwas in der Hand. Marie traute ihren Augen nicht. „Was hat er da in der Hand?"

„Eine Pistole", sagte Professor Monroe.

„Aber wozu?"

„Entweder wollen sie dich erschießen oder sie wollen dich entführen. Egal, wir müssen fort."

Marie sackte zu Boden. Erschießen?! Was sollte sie tun? Wem vertrauen? Stimmte es, was Mr. Phisto gesagt hatte? War Professor Monroe ihr Feind? Oder wollte er ihr helfen?

„Marie, wir müssen fort!“ Professor Monroe wandte sich zur Tür.

„Mr. Phisto hat gesagt, ich soll mich vor Ihnen in Acht nehmen.“ Sie atmete schnell und die Worte kamen stoßweise.

„Mr. Phisto versucht, dich zu manipulieren, damit du ihm nicht gefährlich wirst.“ Schon an der Tür, drehte sich Professor Monroe noch einmal um.

„Aber ich kann ihm nicht gefährlich werden!“, rief Marie. „Er ist viel stärker als ich. Ich bin zu nett, zu jung, zu wohlerzogen.“

Professor Monroe schüttelte den Kopf. „Mr. Phisto versucht, dir Angst zu machen. Wenn du ihm nicht gefährlich werden könntest, würde er wohl kaum seine Leute hierher schicken. Komm, wir müssen fort.“ Er kam zurück und reichte Marie die Hand. „Na los!“, sagte er.

Sie rappelte sich auf. Noch einmal sah sie sich in dem herrlichen Turmzimmer um, dann stieg sie hinter ihm die endlose Wendeltreppe hinunter. Sie war noch immer nicht überzeugt, aber der Mann im Garten machte ihr mehr Angst als die Vorstellung, dass auch Professor Monroe sie betrügen könnte. Unten angekommen, legte Professor Monroe den Finger an den Mund. Vorsichtig öffnete er die Tür und lauschte. Alles still. Sie schlichen durch die seltsamen Turmzimmer zurück bis in die Empfangshalle. Wo war die seltsame Empfangsdame? Das komische Sofa war leer, die Tür zum Garten stand halb offen.

„Hier entlang“, flüsterte Professor Monroe und zeigte nach links.

Marie folgte ihm. Vor zwei großen alten Holztüren blieben sie stehen. Professor Monroe öffnete eine davon und Marie sah, das sich dahinter ein großer Schrank befand, der in die Wand eingelassen war. Der Professor schob ein paar muffige Mäntel beiseite und an der Rückwand des Schrankes wurde eine weitere Tür sichtbar. Als Marie durch beide Türen gegangen war, wehte ihr milde Abendluft entgegen. Sie standen auf einmal im Garten, das Turmhaus im Rücken. Fern aus der Stadt waren Sirenen zu hören. Vor ihnen zirpten ein paar Grillen und irgendwo sang eine Nachtigall. Die Nacht schien nichts von dem Wahnsinn zu wissen, den sie verbarg.

„Wir müssen es bis zur Straße schaffen, da wartet Priscilla“, flüsterte Professor Monroe.

„Wer ist Priscilla?“, fragte Marie, ebenfalls flüsternd.

„Das ist die Frau, die dich zu mir gebracht hat.“ Marie nickte. Der Schweiß lief ihr die Schläfen herunter. Sie versuchte, sich zur Ruhe zu zwingen, aber es gelang ihr einfach nicht. Nach allen Seiten Ausschau haltend, folgte sie Professor Monroe durch den Garten. Kurz vor dem Tor zur Straße endeten die Sträucher.

„Wir rennen“, sagte Professor Monroe und lief los.

„Da! Da sind sie!“, hörte Marie gleich darauf jemanden rufen. Der Schreck fuhr ihr in die Glieder. Sie lief so schnell sie konnte. Nicht schießen, bloß nicht schießen, hämmerte es in ihrem Kopf. Auf der Straße stand ein alter, schwarzer Mercedes. Auf den lief Professor Monroe zu, riss die Tür auf und drehte sich zu Marie um. Sie sprang auf den Rücksitz und gleich darauf fuhren sie mit quietschenden Reifen davon. Als Marie sich aufrappelte, sah sie die seltsame Frau in ihrem schwarzen Kleid hinterm Steuer sitzen. Sie saß kerzengerade und ließ den Blick nicht von der Straße.

„Wir werden verfolgt“, sagte sie knapp. Marie drehte sich um. Ein schwarzer Jeep folgte ihnen. Priscilla riss das Lenkrad herum. Marie flog gegen die Tür.

„Anschnallen!“, rief Professor Monroe, aber Marie hatte keine Chance sich anzuschnallen, denn schon im nächsten Moment riss Priscilla das Lenkrad in die andere Richtung. Die Reifen quietschten, das Heck des Mercedes schleuderte bedenklich hin und her, aber Priscilla schien all das nicht zu stören. Sie saß noch immer so gerade hinter dem Lenkrad, als habe sie einen Stock verschluckt, und verzog keine Miene. Ihre Fahrweise zeigte Wirkung, der Jeep hatte Mühe, ihnen zu folgen. Schließlich überfuhren sie eine rote Ampel und bogen auf die Schnellstraße ab.

Das war ein Fehler. Kaum hatten sie beschleunigt, sahen sie die Blaulichter. Die Leitplanke vor ihnen war eingebeult, auf der anderen Seite stand ein demolierter PKW, der offenbar gegen die Lärmschutzwand geknallt war. Dahinter ein umgekippter Kleintransporter und mehrere verbeulte Pkws. Zwei Streifenwagen hatten sich quer über beide Spuren der Schnellstraße gestellt: Vollsperrung.

„Verdammt!“, fluchte Professor Monroe. Priscilla fackelte nicht lange. Sie riss am Schalthebel, trat aufs Gas und fuhr mit einem Affenzahn rückwärts, direkt auf den Jeep zu. Dann zog sie die Handbremse an, kurbelte am Lenkrad, der Mercedes drehte sich, der Jeep erwischte sie am Heck, aber nur leicht, und sie fuhren auf der Schnellstraße in die Richtung, aus der sie gekommen waren. Professor Monroe schaltete das Radio an.

„Bitte bleiben Sie zu Hause“, sagte ein Sprecher. „In Notfällen nutzen sie die öffentlichen Verkehrsmittel. Die meisten Straßen sind verstopft, auch die Ausfahrtstraßen können infolge von Unfällen nicht genutzt werden. Die Polizei bittet alle Autofahrer: Lassen Sie ihr Fahrzeug stehen, seien Sie vernünftig! Auf den Autobahnen rollt der Verkehr seit den frühen Abendstunden nicht mehr. Sämtliche Autobahnzubringer sind gesperrt worden …“

„Wir müssen hier raus“, sagte Professor Monroe. Priscilla nickte.

„Aber wo fahren wir denn hin?!“, rief Marie.

„Wir müssen sie loswerden, das ist die Hauptsache“, knurrte Professor Monroe, ohne sich umzudrehen. Priscilla überfuhr die dritte rote Ampel und hielt mit quietschenden Reifen vor einer S-Bahn-Haltestelle.

„Schnell, Marie!“ Sie stiegen aus und rannten die Treppen zum Bahnsteig hinauf. Hinter ihnen quietschten die Reifen des Jeeps. Der Bahnsteig war voll, obwohl es schon auf elf Uhr zuging. Gerade fuhr eine Bahn ein. Priscilla packte Maries Handgelenk, sie war erstaunlich kräftig. Überhaupt schien sie voller Überraschungen zu stecken. Wo hatte sie so Autofahren gelernt? Obwohl Professor Monroe klein war, bahnte er ihnen eine Schneise durch die ein- und aussteigenden Fahrgäste. Die drei schwarz gekleideten ADI-Männer folgten ihnen unerbittlich, auch wenn sie Mühe hatten, sich durch die Menschenmenge zu zwängen. Als die eben angekommene Bahn zur Abfahrt klingelte, packte Professor Monroe Marie, stieß sie und Priscilla in den Wagen und lief selbst weiter den Bahnsteig entlang.

Der Plan funktionierte. Die ADI-Mitarbeiter hatten nicht gemerkt, dass Marie und Priscilla eingestiegen waren. Sie verfolgten weiter Professor Monroe. Marie merkte, dass eine Panikwelle sie überflutete. Sie hatten Professor Monroe verloren. Wie sollten sie ihn wiederfinden? Schon möglich, dass Priscilla voller Überraschungen steckte, aber Marie wünschte sich, nicht mit ihr allein gegen die mächtigste Firma der Welt kämpfen zu müssen.

Der Waggon war überfüllt, man konnte kaum atmen. Priscilla kämpfte sich an ein aufgeklapptes Fenster heran. Da standen sie nun, eingezwängt zwischen einer jungen Frau mit Kind auf dem Arm und einem jungen Mann, der offenbar so viel Aufputschmittel genommen hatte, dass er nicht stillstehen konnte. Die ganze Zeit wippte er auf und ab und sang dazu leise irgendein Lied. Maries Herz klopfte wie wild. Wohin? Wo konnten sie jetzt hin? Plötzlich fielen ihr ihre Eltern ein. Mein Gott, wie spät war es? Ihre Eltern vergingen sicher vor Angst. Marie zog ihr Handy aus der Hosentasche. „31 Anrufe" stand auf dem Display.

„Ich muss nach Hause", flüsterte sie. Priscilla schüttelte energisch den Kopf.

„Auf keinen Fall, dort warten sie mit Sicherheit auf dich."

„Aber meine Eltern!"

„Werden wir benachrichtigen", sagte Priscilla.

Dem kleinen Mädchen vor ihnen sank langsam der Kopf auf die Brust. Kurz darauf zuckte es zusammen und fing an zu schreien. Seine Mutter drückte es an sich und versuchte es zu beruhigen. Marie schloss die Augen. Das war ihre Schuld. All das war ihre Schuld. Sie hatte sich benutzen lassen. Wie hatte sie nur so dumm sein können? Sie musste etwas tun.

Dieser Punkt ging eindeutig an Mr. Phisto. Was konnte sie gegen ihn unternehmen? Als sie die Augen wieder öffnete, sah sie auf der Straße, die jetzt parallel zu den S-Bahn-Gleisen verlief, einen Polizeiwagen, einen Krankenwagen und sogar einen Löschzug der Feuerwehr stehen, alle mit eingeschalteten Blaulichtern. Kurz darauf ein zweiter Polizeiwagen und dann noch einer. Überall in der Stadt heulten ununterbrochen Sirenen. Dazu die Hitze. Die Nacht versprach kaum Abkühlung. Die Häuser und Straßen waren wie Öfen, sie hatten die Sonnenenergie gespeichert und jetzt, wo es hätte kühler werden können, heizten sie die Stadt. Kurz bevor die Bahn hielt, fuhren sie an einer ADI-Filiale vorbei. Hunderte Menschen standen dicht gedrängt davor. Polizisten mit Maschinengewehren hatten einen Halbkreis um den Eingang gebildet und bewachten ihn. Wie ein Bild aus einem Kriegsfilm, dachte Marie.

Die Bahn hielt, kaum jemand stieg aus, aber viele versuchten einzusteigen. Das kleine Mädchen fing wieder an zu weinen und die Mutter, die selbst Mühe hatte, die Augen offen zu halten, drückte es an sich. Dabei stieß ihr Ellenbogen einem bulligen Mann, der hinter ihr stand, in die Rippen.

„Verdammt, pass auf du", zischte der und schob ihren Ellenbogen zur Seite. Die Frau entschuldigte sich drei oder vier Mal, dabei liefen ihr Tränen über die Wangen.

Die Bahn fuhr wieder an. Der junge Mann, der neben ihnen stand, summte immer noch vor sich hin, jetzt aber fing er zusätzlich an, mit dem Kopf zu wackeln. Der bullige Mann schlug ihm mit der flachen Hand auf den Hinterkopf.

„Hey! Spinnst du?", schrie der junge Mann sofort.

„Halt den Kopf still, du Penner", sagte der bullige Mann und zeigte ihm seine gewaltige Faust. Marie schnappte nach Luft.

„Bitte bewahren Sie Ruhe!", rief irgendjemand weiter hinten. „Wir sind alle gereizt." Daraufhin sagte niemand mehr etwas. Als Marie aus dem Fenster schaute und den Fluss sah, durchzuckte sie ein Gedanke: Onkel Paul! Sie mussten zu Onkel Paul. In seinem Hotel würde sie sich verstecken können. Warum war sie nicht schon früher darauf gekommen?

„An der nächsten Station steigen wir aus", sagte sie leise zu Priscilla, „ich weiß, wo wir hinkönnen."

Priscilla nickte. Sie stellte keine Frage, sie protestierte nicht. Sie nickte mit ihrem spitzen Gesichtchen und bahnte ihnen einen Weg ins Freie, als der Zug endlich hielt.

27. Kapitel

Irgendwo schrie eine Frau. Marie drehte sich nach der Seite, aus der die Schreie kamen, konnte aber nichts erkennen. Priscilla hielt ihre Hand umklammert und das war Marie recht. Die Vorstellung, jetzt allein sein zu müssen, war unerträglich. Aus den Augenwinkeln sah sie in einer Seitenstraße zwei Männer, die sich prügelten. Der eine schlug brutal auf den anderen ein.

Priscilla zog sie weiter. „Schau nicht hin!", sagte sie leise. „Die Müdigkeit macht die Leute aggressiv."

Marie hörte noch, dass jemand um Hilfe rief. Fort, nur fort. Da war der hell erleuchtete Eingang des Hotels. Vor den chromgefassten Glastüren standen heute vier Portiers in Uniform mit weißen Handschuhen und bewachten die Tür. Der Größte von ihnen war Alfred. Marie winkte ihm zu und für einen kurzen Moment zeigte sich ein Lächeln auf seinem Gesicht.

„Willst du jetzt zu deinem Onkel?", fragte Alfred verwundert, „der wird nicht viel Zeit für dich haben, hier ist die Hölle los."

„Ich muss aber mit ihm reden, ein Notfall", antwortete Marie.

„Versuch dein Glück an der Rezeption." Alfred trat beiseite und nickte seinen Kollegen zu, die ebenfalls Platz machten.

Gerettet! Wir sind gerettet, dachte Marie und betrat die Lobby. Marmor, Glas, Chrom und Stille. Was für eine herrliche, majestätische Stille! Es war ihr nie in den Sinn gekommen, dass auch Stille ein Privileg sein könnte. Sie ging zur Rezeption, vor der etwa zehn oder zwölf Leute standen. Herr Holberg hatte gerade Dienst. Marie mochte ihn nicht besonders. Er war immer sehr reserviert.

„Sieh an, Fräulein Marne", sagte er süßlich, während er in seinen Computer schaute. „Was verschafft uns die Ehre?"

„Ist mein Onkel da?", fragte Marie.

„Natürlich ist er da", sagte Herr Holberg, „aber er ist im Moment sehr beschäftigt."

„Können Sie ihn bitte trotzdem anrufen, es ist dringend." Marie beugte sich über den Tisch der Rezeption.

„Ich werde versuchen, ihn zu erreichen. Nimm doch bitte solange Platz." Herr Holberg zeigte ohne aufzuschauen auf die Sitzgruppen in der Lobby, auf der schon einige Leute saßen.

Die Umstehenden warfen Marie wütende Blicke zu. Marie stöhnte. Dieser Idiot. Leider mochte Onkel Paul Herrn Holberg, es hatte also keinen Sinn, sich über ihn zu beschweren. Sie schleppte sich zu den Sitzgruppen und ließ sich in einen Sessel fallen. Priscilla folgte ihr. Einen Moment konnten sie durchatmen. Gleich würde Onkel Paul kommen. Marie merkte erst jetzt, wie sehr sie geschwitzt hatte. Ihr T-Shirt klebte an ihrem Rücken. Sie schaute in einen der großen Spiegel, die an den Eingangssäulen hingen. Oh Gott, ihr Gesicht sah entsetzlich aus, rot und verschwitzt und ihre Haare …

Sie stand auf und zog sich den Gummi aus dem Zopf. Mit den Fingern versuchte sie ihr Haar zu kämmen, dann flocht sie schnell einen neuen Zopf. „Hat Professor Monroe ein Handy, können wir ihn anrufen?", fragte sie.

Priscilla schüttelte den Kopf. „Kein Handy", sagte sie. „Auf welchen Onkel warten wir?"

„Auf meinen Onkel Paul, er ist hier der Chef", sagte Marie.

„Kann er uns ein Zimmer besorgen?" Priscilla sah sich in der Lobby um. Sie schien kein bisschen beeindruckt zu sein, so als verkehre sie jeden Tag in Hotels dieser Kategorie.

„Vor allem kann er uns vor den ADI-Mitarbeitern schützen." Marie zog ein Papiertaschentuch aus der Hosentasche und wischte sich übers

Gesicht. Wasser, sie brauchte Wasser.

„Das bezweifle ich", sagte Priscilla, ohne Marie anzusehen. „Niemand kann uns vor All Day Industries schützen. Es gibt nur eine Möglichkeit: Du musst das schwarze Tor wieder schließen."

Marie fuhr herum. „Ja, aber wie? Mr. Phisto bewacht es. Ich komme nicht an ihm vorbei, ich habe es schon versucht."

Priscilla winkte ab. „Reg dich nicht auf, das führt zu nichts", sagte sie. „Niemand denkt, dass du Mr. Phisto besiegen kannst, wir müssen einen anderen Weg finden."

„Woher wusste er eigentlich, welche Gegenstände mich zum schwarzen Tor führen?", fragte Marie.

„Er wusste nicht nur, welche Gegenstände dich zum schwarzen Tor führen", sagte Priscilla. „Er wusste auch, in welchen Träumen sie zu finden waren. Hättest du nur einen dieser Träume verpasst, hättest du das schwarze Tor niemals gefunden."

„Aber wieso nicht, steht es nicht immer an derselben Stelle?"

„Nichts in der Traumwelt steht immer an derselben Stelle", sagte Priscilla. „Sie ändert sich ständig, sie ist nie gleich. Ohne Orakel hätte Mr. Phisto niemals sagen können, in welchem Traum du deine Wegweiser findest."

„Orakel?", fragte Marie.

„Orakel", antwortete Priscilla. „Die Traumwelt ist voll davon. Sehen aus wie kleine schwarze Äffchen. Komplizierte und nervige Biester. Jedes Orakel kennt nur auf eine einzige Frage die Antwort. Hat es diese Antwort gegeben, vergeht es. Deshalb will es meistens nicht sagen, was es weiß. Gleichzeitig platzt es vor Stolz darüber. Das richtige Orakel zu finden, ist sehr kompliziert und gelingt oft nicht. Dass Mr. Phisto es geschafft hat, die drei richtigen Orakel in so kurzer Zeit zu finden, grenzt an ein Wunder."

„Ein Wunder?" Marie hatte den Eindruck, dass Priscilla Mr. Phisto ein bisschen bewunderte und das passte ihr ganz und gar nicht. „Also so ein großes Wunder ist es nun auch wieder nicht", sagte sie. „Ich habe am Ende des ersten Traumes Herrn Rinke gesehen und am Ende von Herren Rinkes Traum die Ministerpräsidentin. Ich hätte kein Orakel gebraucht, um zu wissen, wessen Traum ich als Nächstes träumen muss."

Priscilla starrte Marie an. Der Mund stand ihr offen und sie sah dadurch ein bisschen blöde aus. „Du hast sie gesehen?", fragte sie fassungslos. „Du hast gesehen, wessen Traum du als Nächstes träumen musst?"

„Ja", sagte Marie. Sie hatte nicht damit gerechnet, dass Priscilla von dieser Nachricht so überrascht sein würde. „Anfangs wusste ich es natürlich nicht, aber dann …"

„Und hast du Mr. Phisto davon erzählt?"

Marie schüttelte den Kopf.

„Das ist unglaublich, unmöglich, unbegreiflich", murmelte Priscilla und versank in Schweigen.

„Wenn mein Onkel kommt, sagen Sie ihm bitte, dass ich gleich wieder da bin." Marie lief durch die Lobby zur Damentoilette. Marmor und große Spiegel über den Waschbecken. In der Decke kleine Strahler, die Kabinen mit verchromten Klinken und davor ein mit braunem Leder bezogenes Ecksofa, auf dem man herumlümmeln konnte, während man seiner Freundin beim Schminken zusah.

Marie wusch sich das Gesicht, trank ein bisschen Wasser und ging auf die Toilette. Einen Moment stand sie einfach da und wartete. Gerade als sie gehen wollte, kam Priscilla herein. „Er ist da", sagte sie.

„Na endlich." Marie wollte in die Lobby gehen, aber Priscilla hielt sie zurück. „Nicht dein Onkel, Mr. Phisto ist hier." Sie öffnete die Tür einen Spalt. Marie sah ihn, sein schlanker, dürrer Körper in dem ewig schwarzen Anzug, der Hut, die weißen Haare. Er füllte gerade ein Formular aus und der doofe Herr Holberg sah ihm zufrieden dabei zu.

„Verdammt?!" Marie ballte die Fäuste.

„Er hat die ganze obere Etage gemietet", sagte Priscilla, „alle Zimmer, die er kriegen konnte."

„Wo ist Onkel Paul?", fragte Marie.

„Nicht da", antwortete Priscilla. „Es hat keinen Zweck, auf ihn zu warten, er kann uns nicht wirklich helfen. Vielleicht verschafft er uns ein bisschen Zeit, aber mehr kann er nicht für uns tun. Wir müssen uns selbst helfen."

„Oh Gott!", stöhnte Marie.

„Ich glaube, ich weiß ganz gut, wie du dich fühlst", sagte Priscilla unbeeindruckt. „Als ich ein Mädchen war, jünger als du, hat man auch bei mir einen hohen ADI-Wert festgestellt. Damals konnte man ihn noch nicht messen, aber es gab andere Möglichkeiten, herauszufinden, wie viel Potenzial jemand hat. Ich hatte sehr viel Potenzial, also setzte man große Hoffnungen in mich. Das hat mich so angestrengt, dass ich mich schließlich verweigerte. Ich habe versagt auf der ganzen Linie. Sowohl in dieser Welt als auch in der anderen. Ich habe nichts zustande gebracht, gar nichts, und zwar solange, bis niemand mehr etwas von mir erwartete. Dann habe ich Professor Monroe kennengelernt. Er hat mich bei sich aufgenommen. Und er war es, der mir geraten hat, die Nächtige zu besuchen. Und genau das rate ich dir jetzt auch."

„Die Nächtige? Wer soll das sein?", fragte Marie schnippisch.

„Nur Menschen mit einem hohen ADI-Wert können sie besuchen, alle anderen würden eine Begegnung mit ihr nicht überleben." Priscilla setzte sich auf das Sofa und schlug die dünnen Beine übereinander. „Du musst ihr mit ausgesuchter Höflichkeit begegnen, sonst wird sie dich töten oder wahnsinnig machen. Keine dummen Bemerkungen, kein Selbstmitleid, keine Eitelkeiten. Ihr Humor ist sehr eigen, nicht jeder versteht ihn. Du musst nicht lachen, aber du solltest auch nicht versuchen, witzig zu sein. Gib dir keine Mühe, die Nächtige zu beeindrucken. Tu, was sie verlangt, widersprich ihr nicht. Hör aufmerksam zu, wenn sie etwas sagt. Wenn du dir unsicher bist, schau mich an. Ich werde dir ein Zeichen geben."

„Sie kommen mit?", fragte Marie.

„Ja, ich werde die Albträume von dir fernhalten. Außerdem findest du die Nächtige nicht allein."

„Aber wie? Wie soll das gehen?"

„Wir legen uns hierhin", Priscilla klopfte mit der Hand auf das Ecksofa. „Wir schlafen zusammen ein und wir träumen von der Nächtigen. Einen besseren Ort als diesen werden wir nicht finden."

„Aber wozu das alles?“ Marie lief vor den Waschbecken hin und her.

„Die Nächtige muss dir sagen, wie du das schwarze Tor wieder schließen kannst.“

Marie blieb stehen. „Woher wissen Sie das alles?“, fragte sie. „Und Professor Monroe, woher weiß er so viel über Mr. Phisto? Wie viele gibt es von Ihnen?“

„Nicht viele. Ein paar Tausend auf der ganzen Welt und wir könnten jemanden wie dich gut gebrauchen“, sagte Priscilla nach einer längeren Pause. „Lass uns später darüber reden. Jetzt müssen wir zur Nächtigen. Du hast gesehen, was da draußen los ist.“ Sie legte sich hin. „Gib mir den kleinen Finger deiner linken Hand!“

Marie legte sich ebenfalls hin und reichte Priscilla den ausgestreckten kleinen Finger der linken Hand. Priscilla hakelte ihn mit dem kleinen Finger ihrer linken Hand ein. „Schließ die Augen“, sagte sie und Marie gehorchte.

Priscilla läuft vor Marie. Sie geht schnell. Autos rasen vorbei, Lkws, Motorräder. Die Sonne steht hoch. Heiße Luft flimmert überm Asphalt. Eine vierspurige Schnellstraße. Sie führt in eine Landschaft aus Hochhäusern und Industriebauten. Rapsfelder rechts, links Wiesen. Dann ein staubiger Parkplatz vor ihnen. Zwei überfüllte Mülleimer, Fliegenschwärme und Kothaufen um die wenigen kümmerlichen Bäume. Nirgends Schatten, kein Auto. Am Rande des Parkplatzes ein kleiner Bauwagen: Die Reifen platt, die grüne Farbe blättert schon überall ab. Davor sitzt eine massige Frau, breitbeinig auf einem umgedrehten Eimer. Trotz der Hitze trägt sie Stiefel. Den derben Jeansrock hat sie zusammengerafft, sodass man ihre braun gebrannten Schenkel sieht. Das weiße Leinenhemd ist über ihrem üppigen Bauch zusammengebunden. Ihr Gesicht wettergegerbt wie das eines Seemanns. Die Augen, von unzähligen Falten gerahmt, strahlen blau, das widerspenstige Haar grauweiß und imposant wie eine Löwenmähne. Sie raucht. Vor ihr liegen auf einer Decke ein paar Habseligkeiten, die sie offenbar verkauft: kleine Fläschchen und Döschen und Anhänger und Armreifen. Soll das die Nächtige sein? Marie sieht sich nach Priscilla um. Die ist stehen geblieben und schaut zu Boden.

„Wer ist das?", fragt die Nächtige. Ihre Stimme ist dunkel und tief wie die Nacht.

„Ich heiße Marie", antwortet Marie.

„Dich hat keiner gefragt." Die Nächtige schaut Priscilla an.

„Sie hat das schwarze Tor geöffnet", sagt Priscilla, ohne den Blick vom Boden zu heben.

„Verstehe." Die Nächtige mustert Marie. „Ich kann dir nicht helfen", sagt sie nach einer Weile. „Du stehst noch so sehr am Anfang, dass es unmöglich ist, die Richtung zu erkennen."

„Ich muss das schwarze Tor wieder schließen", sagt Marie.

„Du willst es wieder schließen?" Die Nächtige lässt ihre Zigarette fallen und zertritt die Glut. „Du hast es doch gerade erst geöffnet."

„Ich bin betrogen worden", sagt Marie, „ich wusste nicht, was passiert, wenn ich es öffne."

„Nun weißt du es."

„Ja, und deshalb möchte ich, dass es wieder geschlossen wird."

Die Nächtige nickt. „Du denkst, dann wird alles wie früher sein?"

„Ich will, dass alle wieder schlafen können." Marie wischt sich den Schweiß von der Stirn.

„Du wolltest auch, dass dein Vater wieder gesund wird." Mit ihren kräftigen, kurzen Fingern dreht sich die Nächtige eine neue Zigarette. „Wer weiß, was passiert, wenn du das schwarze Tor wieder schließt."

„Mr. Phisto will nicht, dass ich es wieder schließe", sagt Marie, weil ihr nichts anderes einfällt.

Die Nächtige lacht und zeigt eine Reihe großer, strahlend weißer Zähne. „Mr. Phisto ist ein Idiot. Ein talentierter Idiot, aber ein Idiot." Sie steht auf. Erst jetzt sieht man, dass sie eine breite Machete im Gürtel trägt. „Also gut, kommt rein."

Priscilla gibt Marie ein Zeichen, der Nächtigen zu folgen. Aus der Tür des Bauwagens dringt ein undefinierbarer Gestank. Es ist dunkel, kaum etwas ist zu erkennen. Als sich ihre Augen an die Dunkelheit gewöhnt haben, sieht Marie eine große Küche. Dies kann unmöglich das Innere des Bauwagens sein. Dieser Raum ist viel, viel größer. Hinten brennt ein offenes Feuer, über dem ein schwarzer Kessel hängt. An der Decke eine Landschaft aus getrockneten Kräutern, Töpfen, Tierfellen, Federn und Knochen. An den Wänden Regale mit großen und kleinen Gläsern, seltsamen Gerätschaften, Gewürzen und Flaschen verschiedener Größe. Der Fußboden ist mit Blättern übersät, mit Essensresten, wahrscheinlich auch mit Kot und Eingeweiden von Tieren. Marie bleibt am Eingang stehen und versucht mit nichts von all dem in Berührung zu kommen. Die Nächtige winkt sie zu sich heran. Priscilla schiebt Marie sanft vorwärts.

„Hier", sagt die Nächtige und füllt ein Glas mit einer übel riechenden, dickflüssigen Suppe, in der undefinierbare Stücke schwimmen. „Trink das!"

Marie nimmt das Glas. Der Gestank ist unerträglich. Jauche, ist das Jauche? Sie schaut zu Priscilla. Die nickt unmerklich und flüstert: „Trink!" Unmöglich, Marie kann das unmöglich trinken.

„Trink!", sagt die Nächtige noch einmal und nickt freundlich, so als habe sie ein Glas heiße Schokolade eingegossen. Marie setzt das Glas an die Lippen. Das Zeug schmeckt noch grässlicher als es riecht. Trotzdem trinkt sie es mit zugekniffenen Augen. Den Brechreiz, der dem ersten Schluck folgt, spült sie mit einem zweiten hinunter, den darauf folgenden mit einem dritten und so fort. Als sie fertig ist, füllt die Nächtige das Glas sofort wieder voll. Marie reißt die Augen auf. Priscilla macht einen Schritt auf sie zu und nickt wieder. Marie trinkt. Diesmal versucht sie das Glas schnell auszutrinken. Sie verschluckt sich und hustet. Es ist furchtbar. Sie glaubt zu ersticken. Die Nächtige macht das Glas sofort wieder voll. Fünf Gläser quält sich Marie hinunter. Beim letzten ist ihr so übel, dass sie fast ohnmächtig wird.

„Du bist die Erste, die von diesem Zeug fünf Gläser getrunken hat", sagt die Nächtige anerkennend. „Nicht immer hilft viel viel, aber in diesem Fall schon. Komm!" Sie öffnet eine Tür. Jetzt riecht es wie in einem Kuh- oder Pferdestall.

Und wirklich, Marie sieht Kühe, Pferde, Schweine und ein Hühnergatter, in dem etwa zehn Hühner herumlaufen. Über ihnen hängen Öllampen. Auf dem Fußboden dreckiges Stroh und Kot. In der Ecke steht ein riesiges Fass, an das eine kleine Holzleiter gelehnt ist.

„Such dir eins aus!", sagt die Nächtige und zeigt auf die Hühner.

„Wozu?", fragt Marie.

„Tu es!", antwortet die Nächtige barsch.

Marie geht zu dem Stall. Aussuchen? Wozu soll sie ein Huhn aussuchen? Will die Nächtige es ihr schenken? Das fehlte noch. Sie zeigt auf ein mageres schwarzes Huhn. „Das hier", sagt sie.

„Zieh dich aus!", sagt die Nächtige. „Und schau nicht jedes Mal Priscilla an. Du bist zu mir gekommen, also tu, was ich dir sage, oder verschwinde."

Marie gehorcht widerwillig. Wohin soll sie ihre Sachen legen? Alles hier ist eklig und dreckig. Schlimm genug, dass sie hier stehen muss, jetzt auch noch nackt! Sie schaut Priscilla wütend an. Die Nächtige öffnet den Hühnerstall und hockt sich hin. Marie sieht es, während sie sich auszieht. Dann geht alles ganz schnell. Die linke Hand der Nächtigen greift das magere schwarze Huhn an den Beinen. Die rechte zieht die Machete aus dem Gürtel. Noch ehe Marie begreift, was vor sich geht, schlägt die Nächtige dem Huhn den Kopf ab. Dann lässt sie die Machete fallen, hält das kopflose Huhn nach unten und fängt mit der rechten Hand das Blut auf. Man sieht, dass sie das schon oft gemacht hat.

„Komm her", befiehlt sie. Als Marie zögert, packt die Nächtige sie am Arm und zerrt sie zu sich heran. Unverständliche Worte murmelnd, malt sie mit dem Hühnerblut Zeichen auf Maries Rücken. Das Blut ist eklig und wunderbar warm. Marie schreit. Die Nächtige schlägt ihr mit der flachen Hand auf den Po. Dann lacht sie lautstark. „So", sagt sie. „Jetzt steig in das Fass."

Marie schüttelt den Kopf.

„Tu es, sonst ist alles umsonst!", befiehlt die Nächtige. Priscilla führt Marie am Arm zu dem Fass und hilft ihr, die Leiter hinaufzusteigen. Was ist das? Die Flüssigkeit in dem Fass ist goldfarben. Es sieht aus, als sei eine Sonne darin versunken. So etwas Wunderbares hat Marie an diesem Ort nicht vermutet.

„Schnell!", sagt die Nächtige. Sie steigt die Leiter hinauf, packt Marie unter den Armen, hebt sie mühelos hoch und taucht sie in das Fass. Die Flüssigkeit ist kalt und erfrischend. Hunderte goldener Bläschen perlen auf Maries Haut. Ein warmes Licht tanzt vor ihren Augen. Sie umfasst ihre Beine und treibt zusammengekauert in dieser rätselhaften, wunderbaren Flüssigkeit, bis die Nächtige sie packt und aus dem Fass zerrt. Priscilla hält ihr eine Art Kartoffelsack hin. Marie nimmt ihn und beginnt sich abzuwischen. Es kratzt furchtbar. Unfähig zu denken, stolpert sie der Nächtigen hinterher zurück in die Küche.

„Ich denke, es wird wirken", sagt die Nächtige zu Priscilla. Sie zündet sich eine neue Zigarette an und nimmt selbstzufrieden ein paar Züge.

„Wie schließe ich das schwarze Tor?", fragt Marie mit zitternder Stimme.

„Ich bin kein Orakel", sagt die Nächtige.

„Wie schließe ich das schwarze Tor?" Marie schlottert am ganzen Körper.

„Wenn du mir dein Haar gibst, sage ich es dir." Die Nächtige schaut sie nicht an.

„Mein Haar?"

„Ja, dein Haar", sagt die Nächtige. „Es ist schön, ich will es haben. Wenn du es mir gibst, sage ich dir, wie du das schwarze Tor wieder schließen kannst."

„Niemals!", flüstert Marie. „Niemals werde ich Ihnen mein Haar geben! Sie werden es nicht kriegen."

Die Nächtige springt auf und packt Marie an den Haaren. Ihr Griff ist fest. „Wenn ich dein Haar will, nehme ich es mir. Ich reiße es dir aus der Kopfhaut, hast du verstanden?"

„Wenn sie es wollen, werden sie es sich auf diese Art nehmen müssen. Ich jedenfalls gebe es Ihnen nicht", antwortet Marie mit schmerzverzerrtem Gesicht. Die Nächtige lacht daraufhin und lässt sie los.

„Es wirkt schon", sagt sie. „Die Kleine ist zehn Mal so schnell wie jeder andere Mensch. Verschwinde jetzt! Und lass dich hier nicht so bald wieder blicken!"

„Wie schließe ich das schwarze Tor?"

Die Nächtige schaut Marie an.

„Jeder Mensch hat in der Traumwelt einen Doppelgänger", sagt sie. „Jetzt, wo du getauft bist, musst du deine Doppelgängerin finden und dich mit ihr verbinden. Sie wird dir sagen, wie du das schwarze Tor schließen kannst."

28. Kapitel

„Aufstehen!“ Marie öffnete die Augen. Sie sah das Gesicht eines Mannes. Ein kantiges Gesicht mit wässrigen blauen Augen und buschigen Augenbrauen. „Na los, mach schon! Hoch mit dir!“ Er packte Marie am Arm und zog sie hoch.

Ein Schreck durchfuhr sie. War sie nackt? Mit Blut bemalt? Nein. Sie hatte ihre Jeans an und ihr T-Shirt. Die Damentoilette, Onkel Paul, und Priscilla! Wo war Priscilla? Marie sah sich um. Priscilla stand vor den Waschbecken, eingeklemmt zwischen zwei Männern mit schwarzen Anzügen. Die Sonnenbrillen hatten sie sich auf die Stirn geschoben. Waren das die, die sie verfolgt hatten? Mitarbeiter von All Day Industries?

„Keine Angst, Marie“, sagte Priscilla. „Sie werden dir nichts tun, sie brauchen dich.“ Der mit dem kantigen Gesicht grinste. „Die Kleine schon, dich aber nicht.“

Priscilla ließ sich nicht einschüchtern. Sie schaute nur Marie an, so als wären die drei Kerle nicht da. „Wir sehen uns auf der anderen Seite“, sagte sie. „Ich weiß, dass du es schaffst.“ Sie zwinkerte Marie zu, dann schloss sie die Augen. Kurz darauf sackte sie in sich zusammen. Die beiden Männer neben ihr konnten sie gerade noch auffangen, sonst wäre sie auf die Marmorfliesen geknallt.

„Verdammt, was ist mit ihr?“, sagte der eine und sah den Typ mit dem kantigen Gesicht an.

„Keine Ahnung, wahrscheinlich ist sie eine von denen. Bringt sie weg und schließt sie irgendwo ein. Und du kommst mit mir.“ Der mit dem kantigen Gesicht packte Marie am Arm und führte sie zur Tür. „Hör zu, Kleine, mach keine Mätzchen“, zischte er. „Dein Onkel soll hier der Chef sein, habe ich gehört. Wenn du tust, was ich sage, wird er das auch bleiben. Wenn nicht, könnte es sein, dass du ihn bald jeden Sonntag besuchen musst, mit Blumen, auf dem Friedhof, kapiert?“

Maries Herz klopfte wie wild. Onkel Paul! Hoffentlich begegnete sie ihm jetzt nicht. Was sollte sie dann tun? Er würde sicher mit ihr reden wollen. Der Typ mit dem kantigen Gesicht schob Marie zum Fahrstuhl. Herr Holberg telefonierte gerade. Er schaute kurz auf und sah Marie an. Sie versuchte, so normal wie möglich zu gehen. Los komm, du verdammter Fahrstuhl, komm endlich! Bitte bleib weg, Onkel Paul, bleib in deinem Büro, telefoniere! Telefoniere mit wem du willst!

Da kam der Fahrstuhl. Die Tür glitt auf. Er war leer, Gott sei Dank! Der Kerl mit dem kantigen Gesicht und Marie stiegen ein. Mr. Phisto! Was würde er mit Marie machen? Er hatte sie am dunklen Meer gehen lassen. Warum verfolgte er sie dann jetzt? Was wollte er? Die Nächtige schien keine Angst vor ihm zu haben. Und Professor Monroe? Er hatte gesagt, wenn Mr. Phisto keine Angst vor dir hätte, würde er dich nicht verfolgen lassen. Sollte sie sich also geschmeichelt fühlen, weil sie hier mit diesem Kerl im Fahrstuhl stand? War das der Beweis dafür, dass sie Mr. Phisto doch gefährlich werden konnte? Aber sicher nicht in dieser Welt. Hier war sie nur ein dreizehnjähriges Mädchen.

Der Fahrstuhl hielt in der obersten Etage. Der Kerl mit dem kantigen Gesicht und Marie liefen schweigend den Gang entlang, bis sie an der Tür zu der großen Dachterrasse angekommen waren. Hier hatte Hannes seinen Geburtstag gefeiert. Wie lange war das her? Zwei Wochen? Es kam Marie wie eine Ewigkeit vor. Der Mann mit dem kantigen Gesicht öffnete die Tür.

„Warte da, er kommt gleich!“, sagte er und schob Marie auf die Dachterrasse. „Ach ja, dein Handy, gib es mir!“ Er streckte die Hand aus.

Einen Moment überlegte Marie, ob sie sich dumm stellen sollte. Aber sie war nicht scharf darauf, von diesem Typen durchsucht zu werden, also gab sie ihm das Handy. Er nahm es wortlos und knallte die Tür zu. Marie sah sich um. In der Mitte der Terrasse waren mehrere Tische zu einem großen Karree zusammengeschoben worden. Darum standen etwa dreißig bis vierzig Stühle. Kerzen brannten, es war eingedeckt. Weiter hinten, an der Seite zum Fluss, waren viele kleinere Sitzecken gestellt worden. Couchtische mit jeweils zwei oder drei Sesseln darum. Von dort aus konnte man auf die Stadt blicken. Die Begrenzung der Terrasse war aus dickem Glas, man konnte die Stadt also auch sehen, wenn man in einem der Sessel saß.

Marie ging dorthin und sah auf die Uferpromenade. Der Mond stand überm Fluss. Es war kühler geworden. Sie rieb sich mit den Händen über die Oberarme. Das Konzert der Sirenen, das aus der Stadt heraufdrang, war erschreckend. Irgendwo links knallte es, dahinjagende Blaulichter auf der Brücke, Pfiffe, jemand grölte laut, eine Megafonstimme in der Ferne sagte etwas, aber Marie verstand nicht, was. Dann Schreie und etwas, das sich wie ein Schuss anhörte. Das hier war nicht das planvolle Chaos des Berufsverkehrs, das hier war die Raserei einer außer Kontrolle geratenden Millionenstadt. Das hier waren Krankheit, Fieber, beginnender Wahnsinn. Und so wie hier war es jetzt überall auf der Welt, schlimmer wahrscheinlich, viel schlimmer in manchen Gegenden.

Marie stöhnte. Sie musste etwas tun, sie musste handeln, sie konnte hier nicht einfach herumstehen und warten.

Die Tür ging auf und ein Mann betrat die Terrasse. Auch wenn sie nur seine Silhouette sehen konnte, erkannte sie sofort, dass es nicht Mr. Phisto war. Er war viel kleiner und nicht so schlank und er trug keinen Hut.

„Guten Abend, Marie Marne, entschuldige, ich bin aufgehalten worden." Er hielt ihr die Hand hin. Sie war so verblüfft, dass sie sie ergriff.

„Ich bin Dr. Puck, der Gründer von All Day Industries", sagte er und lächelte. Um seine braunen Augen bildeten sich viele kleine Fältchen wie bei Professor Monroe. Sein Kopf wirkte durch die Glatze sehr rund und der graue Bart gab ihm etwas von einem Seemann.

„Entschuldige die Missverständnisse im Vorfeld unserer Begegnung. Es tut mir sehr leid, was dir passiert ist. Ich bin extra aus Amerika herübergekommen, um die Dinge jetzt selbst in die Hand zu nehmen."

„Sie sprechen deutsch“, sagte Marie. Sie war noch immer so verblüfft, dass ihr nichts Besseres einfiel.

„Meine Mutter kommt aus Deutschland“, sagte Dr. Puck. „Ich bin zwar in Amerika geboren und aufgewachsen, aber bei uns zu Hause wurde auch immer deutsch gesprochen. Wollen wir uns setzen?“ Er zeigte auf eine der Sitzgruppen.

„Ich stehe lieber“, antwortete Marie, noch immer nicht sicher, was sie von dieser Begegnung halten sollte.

„Wie du willst.“ Er lächelte. „Ich wollte dich kennenlernen, das außergewöhnlichste Mädchen der Welt. Ein ADI-Wert von 113 Tagen, das ist eine Sensation.“

Die Tür ging auf und ein Kellner kam auf die Terrasse. Marie kannte ihn nicht.

„Möchtest du etwas essen? Hast du Durst?“, fragte Dr. Puck. Zuerst wollte sie den Kopf schütteln, dann aber merkte sie, dass sie tatsächlich Hunger und Durst hatte.

„Ein Glas Wasser vielleicht und einen Salat“, sagte sie leise. Sofort hatte sie ein schlechtes Gewissen: Die Welt ging zum Teufel und das war ihre Schuld, doch was tat sie? Sie ließ sich einen Salat bringen! Toll! Aber es half nichts, sie hatte Hunger.

„Haben Sie verstanden?“, fragte Dr. Puck den Kellner. Der nickte und ging.

„Leider haben wir nicht so viel Zeit, wie ich mir wünsche. Die Ministerpräsidentin und ihr halbes Kabinett kommen gleich.“ Dr. Puck zeigte auf die zusammengeschobenen Tische. „Deshalb will ich gleich zur Sache kommen. Zunächst möchte ich dir sagen, dass mir das mit deinem Vater sehr leidtut. Ich habe nichts von dieser Vorgehensweise gewusst. Mr. Phisto ist allein für diese abscheuliche Tat verantwortlich. Leider sind er und ich in letzter Zeit oft unterschiedlicher Auffassung. Ich habe ihn gebeten, alles vorzubereiten, damit wir uns kennenlernen können, du und ich, und was macht er?“ Dr. Puck zeigte auf die Stadt. „Du weißt sicher, dass Mr. Phisto bis jetzt der Mensch mit dem höchsten ADI-Wert der Welt war.“

„Wie hoch ist sein ADI-Wert?“, fragte Marie.

„81 Tage“, antworte Dr. Puck. „Ich fürchte, er hat die Nachricht, dass es jemanden mit einem noch höheren ADI-Wert gibt, nicht gut aufgenommen. Hätte ich das gewusst, hätte ich ihm nie von dir erzählt. Ich fühle mich schuldig in dieser Sache.“ Dr. Puck zog ein silbernes Zigarettenetui aus seiner Jacketttasche. Er klappte es auf. Es waren keine Zigaretten, sondern schwarz glänzende Lakritzstückchen darin. Er hielt es Marie hin. Sie schüttelte den Kopf. Er steckte sich ein Stück Lakritze in den Mund.

„Fakt ist, seit er weiß, dass es dich gibt, ist er völlig außer Kontrolle. Wir könnten ihn stoppen, aber wer soll dann seinen Platz bei All Day Industries einnehmen, besonders jetzt, wo wir so große Probleme haben?“

„Heißt das, Sie wollten nicht, dass ich das schwarze Tor öffne? Das war allein Mr. Phistos Idee?“, fragte Marie.

„Ich wollte nicht, dass du es öffnest, ohne dass du selbst es willst.“

Marie konnte nicht glauben, was sie da hörte. „Aber warum sollte ich das schwarze Tor öffnen wollen?! Es ist schrecklich, was gerade da draußen geschieht.“ Sie zeigte auf die Stadt. „Viele Menschen können nicht schlafen und nicht jeder kann sich einen ADI-Traum leisten. Was ist mit den Kindern und was mit denen, die nicht immer wach sein wollen?“

Dr. Puck nickte. „Ich verstehe, dass du verärgert bist“, sagte er. Die Tür ging auf und der Kellner kam mit einer Karaffe Wasser und einem köstlichen Salat herein. Dr. Puck winkte ihn heran. Es gab eine Kerze und eine weiße Serviette für den Salat und ein feines Glas fürs Wasser.

„Guten Appetit“, sagte er und legte seine Hand auf Maries Schulter. Sie setzte sich und fing an zu essen. Sie hatte riesigen Hunger.

„Ich bedaure, dass wir im Vorfeld keine Gelegenheit hatten, das Für und Wider einer solchen Entwicklung zu diskutieren“, sagte er.

„Sie denken, es gibt ein Für?“, fragte Marie mit vollem Mund.

„Naja, nicht überall auf der Welt sind die Verhältnisse so wie hier“, sagte Dr. Puck. „Es gibt beispielsweise Länder, in denen wenige Menschen über viele herrschen. Es gibt grausame Diktatoren, Regierungen, die nach Macht streben und Atombomben bauen wollen, ohne auf die internationale Staatengemeinschaft zu hören. Will man auf diese Regierungen Einfluss nehmen, muss man Krieg führen."

„Und?" Marie schob sich ein Stück warmes Weißbrot in den Mund. Es schmeckte herrlich.

„Naja, wenn man ein anderes Druckmittel hätte, diese Leute zur Vernunft zu bringen, dann wäre das ein großer Fortschritt für die Welt."

„Und dieses Druckmittel wäre?", fragte Marie, die noch immer ganz mit dem Salat beschäftigt war.

„Ihnen so lange die ADI-Träume entziehen, bis sie bereit sind zu kooperieren. Auf diese Weise könnte man übrigens auch Mörder und Diebe fangen, die auf der Flucht sind. Da sie sich irgendwann in einer ADI-Filiale melden müssten, könnte man sie fangen." Dr. Puck nahm noch ein Stück Lakritze.

Marie merkte, dass er sich Mühe gab, seine Gedanken in möglichst einfache Worte zu kleiden und das ärgerte sie. „Sie können ruhig Fremdworte benutzen. Wenn ich etwas nicht verstehe, kann ich ja fragen."

Ein feines Lächeln huschte über sein Gesicht. „Die Welt ist ein globales Dorf geworden", sagte er und steckte eine Hand in die Hosentasche seines schicken Anzuges. „Die politischen Strukturen haben mit dieser Entwicklung aber nicht Schritt gehalten. Mit nationalen Interessen kann man den globalen Problemen nicht beikommen. Die UNO ist ein zahnloser Tiger, solange die Vetomächte existieren. Wir können das Schicksal der Welt nicht länger der politischen Klasse allein überlassen. Das haben wir lange genug getan."

Marie verstand nicht viel von dem, was Dr. Puck da sagte, aber sie war froh, dass er aufgehört hatte, mit ihr wie mit einem Kind zu reden.

„Ich weiß, im Moment ist all das schwer vorstellbar", fuhr er fort, auf einem neuen Stück Lakritze kauend. „Aber in ein paar Wochen werden wir dieses Chaos im Griff haben. Vielleicht nicht gleich überall auf der Welt, aber hier in dieser Stadt auf jeden Fall. Für die Kinder haben wir eine Lösung gefunden. Sie können mit ihren Eltern oder einem anderen Erwachsenen einen Tandemtraum haben. Der Erwachsene kann dann für das Kind einen Gegenstand ins dunkle Meer werfen. Wir haben mobile ADI-Filialen entwickelt, die in die entlegensten Orte der Erde fahren können. Ich will nicht behaupten, dass wir die Situation im Griff haben, aber wir arbeiten mit Hochdruck daran. Und wenn Mr. Phisto nicht auf eigene Faust gehandelt hätte, dann wären wir besser auf diese Situation vorbereitet gewesen."

„Sie meinen, dass jeder Mensch ADI-Kunde werden muss, ist ein Fortschritt?", fragte Marie.

„Ja, davon bin ich überzeugt." Dr. Puck setzte sich vor sie hin und sah ihr direkt ins Gesicht. „Im Laufe der Evolution haben wir vieles überwunden, was nicht mehr nützlich für uns war. Jetzt müssen wir unsere Müdigkeit überwinden. Sie ist nicht mehr zeitgemäß. Die Dunkelheit stellt kein unüberwindbares Hindernis mehr für uns dar. Und es gibt so viele Aufgaben, die von uns erledigt werden wollen, Probleme, die wir angehen sollten. Wer eine bessere Welt will, kann sich nicht ins Bett legen und schlafen. Er sollte in die Hände spucken und anpacken."

Marie wusste nicht, was sie sagen sollte. Ohne dass sie es wollte, war sie von Dr. Puck beeindruckt. Er war klug, er schien sich viele Gedanken zu machen, große Gedanken, die um das Schicksal der ganzen Welt kreisten. Dieser Mann war kein fieser, raffgieriger Geschäftemacher, er war ein Anführer.

Sie trank einen Schluck Wasser. „Was haben Sie über Mr. Phisto gesagt und seinen Platz bei All Day Industries?"

„Ich habe gesagt, wir könnten Mr. Phisto stoppen, wenn jemand seinen Platz einnimmt und uns hilft. Du zum Beispiel?" Dr. Puck lehnte sich zurück und lächelte.

„Ich?"

„Aber ja, du hast schon jetzt mehr getan, als Mr. Phisto je erreicht hat. Wir brauchen Menschen mit einem hohen ADI-Wert, die für uns arbeiten. Nur so können wir besser werden. Und du hast nun mal den höchsten ADI-Wert der Welt."

„Aber ich … ich bin … Mr. Phisto hat gesagt, dass ich ihn nie werde besiegen können, weil ich zu gut erzogen bin."

Dr. Puck lachte. „Ja, das sieht ihm ähnlich. Wir schätzen gut erzogene Mitarbeiter, denn wir wollen selbst als gut erzogen gelten. Und natürlich könntest du Mr. Phisto besiegen, wenn du dazu gezwungen wärst. Aber das wirst du nicht, denn darum würden wir uns kümmern."

„Aber wie denn?" Marie stand auf und schaute auf die Stadt, ohne sie zu sehen.

„Schon möglich, dass Mr. Phisto in der anderen Welt schwer zu schlagen ist", sagte Dr. Puck leise, „in dieser hier ist er verwundbar wie du und ich."

Marie fuhr herum. Bedeutete es das, was sie dachte, dass es bedeutet? An Dr. Pucks Gesicht war nichts abzulesen. Er lächelte zwar nicht mehr, aber er schien auch nicht feindselig zu sein. „Heißt das, Sie wollen ihn …" Marie stockte. Sie brachte es nicht fertig, den Satz zu Ende zu sprechen.

„Das heißt, Mr. Phisto würde dir keine Schwierigkeiten mehr machen, weder in dieser noch in der anderen Welt", sagte Dr. Puck und stand ebenfalls auf. Maries Herzschlag beschleunigte sich. War das die Lösung, der Matchball sozusagen? Musste sie nur einen Vertrag mit All Day Industries unterschreiben und dann konnte sie schlafend das schwarze Tor wieder schließen? Spiel, Satz und Sieg Marie Marne? Aber was bedeutete das? Würden die Männer in den schwarzen Anzügen, die sie verfolgt hatten, Mr. Phisto ermorden? Ihn erschießen? Erdrosseln? Ertränken? Die gleichen Männer, die im Garten des Turmhauses gestanden hatten, um sie einzufangen? Und wieso war sie hier? Wer hatte sie verfolgen lassen? Mr. Phisto doch wohl nicht? Marie schaute Dr. Puck aus den Augenwinkeln an. Er sah scheinbar versonnen auf die Stadt. Wusste er, dass man ihr das Handy weggenommen hatte? Wer war dieser Mann?

Die Tür ging auf und der Kerl mit dem kantigen Gesicht kam herein. Hinter ihm drängten zwei andere Männer in schwarzen Anzügen durch die Tür, dann die Ministerpräsidentin und ihr folgten andere

Männer und Frauen, die sich unterhielten und lachten. Der Kerl mit dem kantigen Gesicht zuckte mit den Schultern und hob die Arme. Dr. Puck sah irritiert die Ministerpräsidentin an, dann Marie, dann den Kerl mit dem kantigen Gesicht. Aber ehe er etwas sagen konnte, kam die Ministerpräsidentin schon auf ihn zu und schüttelte ihm die Hand. Marie begriff, dass das ihre Chance war.

Sie ging langsam zur Tür und drängte sich mit Nachdruck, aber ohne Hast zwischen den noch immer auf die Terrasse strömenden Kabinettsmitgliedern hindurch. Sie nahm nicht den Fahrstuhl, sondern rannte durch das Treppenhaus nach unten. Der Kerl mit dem kantigen Gesicht kannte sich hier nicht aus, sie dagegen schon, das war ihr Vorteil. In der Tür zur Lobby wartete sie keuchend, bis die Luft rein war, dann lief sie durch das Restaurant zu einem versteckten Seiteneingang, der auf eine Nebenstraße führte. Mit rasendem Herzen blieb sie stehen. Was jetzt? Wohin sollte sie gehen? Nach Hause konnte sie nicht. Dort warteten die ADI-Kerle. Für das Turmhaus galt das ebenfalls. Sie hatte kein Handy, sie konnte niemanden anrufen. Wohin also? Jelena! Sie musste zu Jelena gehen, das war ihre einzige Möglichkeit. Aber wie sollte sie dahin kommen? Fuhren die Straßenbahnen noch? Die S-Bahn war vielleicht sicherer. Langsam ging sie bis zur Hauptstraße. Sie sah sich unablässig nach allen Seiten um. Und doch hatte sie ihn nicht bemerkt: Professor Monroe. Er stand plötzlich neben ihr, als sei er aus dem Nichts aufgetaucht.

„Wie hast du es geschafft, da rauszukommen?", fragte er.

Marie zuckte zusammen und fasste sich instinktiv an den Hals. Als sie Professor Monroe erkannte, atmete sie geräuschvoll aus. „Mein Gott, Professor, haben Sie mich erschreckt." Sie lachte und merkte, dass ihr eine Träne über die Wange lief. Am liebsten hätte sie ihn umarmt, aber das wagte sie nicht. „Wie haben Sie mich gefunden?"

„Erzähl ich dir alles unterwegs. Wir müssen von hier verschwinden. Das ist jetzt die ADI-Zentrale. Komm!" Er fasste Marie sachte am Oberarm und zog sie zurück in die Seitenstraße, aus der sie gekommen war. Eilig lief er vor ihr her. „Ich dachte, dass du wahrscheinlich hierher kommen würdest. Dein Onkel ist dir nach deinen Eltern am nächsten. Deshalb bin ich einfach hergefahren und habe gewartet. Nennen wir es den sicheren Instinkt eines alten Hasen." Er lachte. „Wo ist Priscilla?"

Marie erzählte, was sie in der Toilette gesehen hatte.

„Gut, gut", sagte Professor Monroe und nickte im Gehen.

„Was meinte der Kerl damit, dass Priscilla eine von denen ist? Wen meinte er mit denen?", fragte Marie.

„Er meinte, dass Priscilla eine Benandanti ist, eine Wohlfahrende", antwortete Professor Monroe.

„Was heißt das?" Marie versuchte, neben ihn zu kommen, um sein Gesicht zu sehen. Aber er ging schnell, er rannte geradezu.

„Sie gehört zu einer Gruppe von Menschen, die so eine Art Traumwächter sind", sagte er, „sie achten seit sehr langer Zeit darauf, dass die andere Welt mit dieser im Einklang bleibt. Das ist sehr kompliziert, Marie, und mehr kann ich dir dazu nicht sagen. Du müsstest erst eine Benandanti werden, wenn du mehr erfahren willst."

„Und Mr. Phisto? Ist er auch ein Benandanti?", fragte Marie.

„Er war einer, und zwar einer der Besten, bis er uns an Dr. Puck verraten hat." Professor Monroe blieb plötzlich stehen. „Wo gehen wir eigentlich hin?", fragte er.

„Keine Ahnung, ich dachte, Sie wüssten es?", antwortete Marie. „Sind Sie auch ein Benandanti?"

Professor Monroe schüttelte den Kopf. „Nein, ich bin ein Hafenmeister. Aber leider weiß ich jetzt auch nicht, wo ein sicherer Hafen für dich ist."

„Ein Hafenmeister?"

„Ja", flüsterte Professor Monroe. Er zog Marie in einen Hauseingang. Kurz darauf lief ein Mann schnell an ihnen vorbei.

„War der von ADI?", fragte Marie flüsternd.

„Keine Ahnung, aber sicher ist sicher." Irgendwo in der Ferne grölte jemand ein Lied. Aus einem offenen Fenster hörte man kurz darauf Hundegebell.

„Was macht ein Hafenmeister?“, fragte Marie. Sie war entschlossen, diesmal nicht lockerzulassen.

„Eigentlich besitzt er einen Hafen, von dem aus die Benandanti reisen, das heißt träumen können. Leider ist mein Hafen gerade unzugänglich, also müssen wir einen anderen Hafen für dich finden. Warst du bei der Nächtigen?“

Marie erzählte Professor Monroe von der Begegnung mit der Nächtigen und von der mit Dr. Puck.

„Dieser Dr. Puck ist ein gefährlicher Mann“, sagte Professor Monroe und rieb sich übers Kinn. „Er hat mächtige Freunde in der Wirtschaft. Diese Leute sind klug und zu allem entschlossen. Wenn es uns nicht gelingt, das schwarze Tor wieder zu schließen, werden sie sehr bald alles an sich reißen. Die Welt, wie wir sie kennen, mag fehlerhaft sein, aber die Welt, die diese Leute wollen, wird vor allem eins sein: effizient. Effizient, effizient, effizient.“

Professor Monroe setzte sich auf den Bordstein. Er sah auf einmal müde aus, müde und alt. Marie hockte sich neben ihn.

„Deine Begegnung mit der Nächtigen ist sensationell verlaufen“, sagte er. „Ich glaube, noch nie hatte jemand eine solche erste Begegnung mit ihr wie du. Das bedeutet in dieser Situation viel. Wir müssen einen Hafen finden, du musst reisen. Jetzt, wo du getauft bist, wird alles anders sein. Priscilla wird dir helfen, wenn sie kann. Aber das wird nicht entscheidend sein. Die Nächtige hat recht, du musst deine Doppelgängerin finden.“

„Aber wie soll ich das machen?“, fragte Marie.

„Du musst einen Übergang finden, einen Spiegel zum Beispiel. Alles Weitere wirst du dann sehen.“ Professor Monroe stand auf. „Wir brauchen einen Hafen. Wohin können wir gehen? Wen kennst du? Die Leute, die ich kenne, sind im Moment nicht sicher.“

„Wir können zu meiner besten Freundin Jelena gehen.“

Professor Monroe nickte. „Sehr gut, gehen wir.“

29. Kapitel

Wie heißen Sie eigentlich?", fragte Dr. Puck.

„Heinrich", sagte der Kerl mit dem kantigen Gesicht.

„Ich werde Sie Henry nennen. Also gut, Henry, wo ist sie, die Kleine? So sagen Sie doch zu ihr, Kleine?"

Heinrich mit dem kantigen Gesicht starrte auf den dunkelroten Läufer, der in dem Gang zur Terrasse lag. „Sie ist weg", sagte er kleinlaut. „Wir wissen nicht genau wohin. Aber wir haben ihr Handy."

„Und?"

„Naja", Er hob den Kopf und las die Namen von einem Zettel ab. „Wir haben die zuletzt angerufenen Nummern überprüft. Das waren ihre Eltern, ihr Onkel, ein Mädchen namens Jelena Sajevic und eines namens Hanna Albrecht. Wir haben die Adressen, wir können dort überall unsere Leute postieren."

Dr.Puck nickte. „Hören Sie, Henry, diese Kleine, wie Sie sie nennen, ist das größte Kapital, das unsere Firma hat. Verstehen Sie das? Sie ist das Wertvollste, das wir haben. Und wir haben viel. In einer Woche werden wir vielleicht alles haben, und dann wird sie immer noch das Wertvollste für uns sein. Das bedeutet, dass wir diejenigen bestrafen, die diese Kleine, wie Sie sie nennen, entwischen lassen. Hart bestrafen. Nicht einfach nur umlegen, sondern quälen, lange, lange quälen. Also finden Sie sie, und wenn Sie sie gefunden haben, dann unternehmen Sie nichts. Informieren Sie mich nur, verstanden?"

Henry mit dem kantigen Gesicht schaute wieder auf den dunkelroten Läufer. Er war anderthalb Köpfe größer als Dr. Puck und doch wirkte er in diesem Moment sehr viel kleiner als der Gründer von All Day Industries.

„Wir werden sie finden, Sir“, sagte er leise.

Die Tür zur Terrasse ging auf und eine junge Frau in einem blauen Kostüm kam herein. Sie ging zu Dr. Puck und flüsterte ihm etwas ins Ohr. Er nickte. „Ich komme sofort“, sagte er. Sie warf einen abschätzigen Blick auf Henry mit dem kantigen Gesicht, dann drehte sie sich um und stöckelte wieder hinaus auf die Terrasse. Als sie die Tür öffnete, hörte man für einen kurzen Moment aufgeregt miteinander diskutierende Leute, dann war es wieder still. Dr. Puck sah versonnen vor sich hin. „Dieser Junge, dieser Lehrling, der für uns arbeitet. Der Kerl, der ihren ADI-Wert gemessen hat, wie heißt der?“

Henry mit dem kantigen Gesicht zuckte mit den Schultern. „Keine Ahnung, wen Sie meinen, Sir“, sagte er.

Dr. Puck nickte. „Ja, ja, schon gut, finden Sie die Kleine, wie Sie sie nennen, und zwar schnell.“ Er drehte sich um und ging langsam auf die Terrassentür zu.

30. Kapitel

Sie hatten Glück, die Straßenbahn fuhr gerade ohne Unterbrechung. Es dauerte keine zwanzig Minuten, dann stiegen sie aus und gingen zu Fuß. Hier, in den teureren Gegenden der Stadt war es sehr viel ruhiger. Ein Streifenwagen fuhr langsam an ihnen vorbei. Ein paar Katzen jaulten aus den Gärten. Der Mond stand käsegelb über der Einfamilienhaussiedlung.

„Ich muss meine Eltern anrufen", sagte Marie. Während der Fahrt hatte sie die ganze Zeit daran gedacht.

„Das habe ich schon getan", antwortete Professor Monroe.

Marie blieb stehen. „Was?! Warum sagen Sie das erst jetzt? Ich hatte die ganze Zeit ein schlechtes Gewissen. Was haben Sie ihnen gesagt?"

Professor Monroe ließ sich nicht beeindrucken und ging einfach weiter. Marie lief ihm nach. „Ich habe ihnen gesagt, dass du in Sicherheit bist und sie sich keine Sorgen machen sollen. Du hilfst bei der Bewältigung der Krise, habe ich gesagt."

„Und?"

„Sie waren sauer und verängstigt und haben darauf bestanden, dass du sofort nach Hause kommst."

Marie stöhnte. Das würde Ärger geben. Was für ein Gedanke, schoss es ihr im nächsten Moment durch den Kopf. Als ob der Ärger, der sie erwartete, wenn sie nach Hause kam, jetzt irgendeine Rolle spielte. Nach Hause, ihr Zimmer, ihr Bett. Sie hätte nie gedacht, dass sie sich einmal nach all dem so sehr sehnen würde. Es kam ihr so vor, als sei sie wochenlang nicht zu Hause gewesen. Sie überquerten die Straße. Da war Jelenas Haus, ein Reihenendhaus mit kleinem Garten davor. Im Wohnzimmer brannte Licht, es war also jemand zu Hause. Professor Monroe schaute die Straße entlang, die sie gekommen waren, ehe er das Gartentor öffnete. Marie klingelte. Sofort ging das Licht im Wohnzimmer aus. Hinter der Haustür hörte man Stimmen flüstern.

„Jelena, ich bin's, Marie, mach bitte die Tür auf!"

„Marie? Marie Marne?" Noch einmal wurde geflüstert, dann klapperte ein Schlüsselbund und die Tür wurde aufgeschlossen. Jelena und Hanna standen nebeneinander und schauten Marie verwundert an. Sie sahen müde aus. Jelenas Haare standen in alle Richtungen ab und Hanna trug aus irgendeinem Grund eine Mütze. Beide lächelten, als sie Marie sahen.

„Du bist es wirklich", sagte Jelena verwundert. Hanna ergriff Maries Hand und zog sie in den Hausflur.

„Wer ist das?", fragte sie und zeigte auf Professor Monroe.

„Das ist Professor Monroe", erklärte Marie. „Er hilft mir …" Sie stockte. „Das ist eine lange Geschichte, können wir erst einmal reinkommen?"

Hanna und Jelena nickten und zogen Marie ins Wohnzimmer. Auf dem großen Flachbildschirm lief ein Film, der Ton war stumm geschaltet. Das riesige Sofa davor war mit Decken und Kissen überhäuft, eine kleine Stehlampe tauchte diese Kuschelecke in ein warmes Licht. Schlafen, dachte Marie. Sich einfach hinlegen und schlafen.

„Warum trägst du eigentlich eine Mütze?", fragte sie und drehte sich zu Hanna um.

„Der Kopf kühlt am schnellsten aus, wenn man müde ist, sagt mein Vater." Hanna zupfte verlegen an ihrer Mütze.

„Seid ihr allein?", fragte Marie.

„Unsere Eltern sind in einer ADI-Filiale", antwortete Jelena. „Hannas Vater hat Beziehungen. Er hat erst uns mitgenommen und jetzt meine Eltern."

„Ihr habt einen ADI-Traum geträumt?"

Hanna nickte. „Mein ADI-Wert ist sechs Tage, Jelenas neun.“

„Du musst Dich sofort bei deinen Eltern melden“, rief Jelena und lief zu einem kleinen Glastischchen, auf dem das Telefon stand. „Sie haben schon zehn Mal hier angerufen. Sie machen sich Sorgen.“ Sie hielt Marie den Telefonhörer entgegen.

Professor Monroe schüttelte den Kopf. „Das wäre jetzt nicht sehr hilfreich“, sagte er, nahm Jelena den Hörer aus der Hand und legte ihn zurück auf den Glastisch. „Setzt euch, wir müssen euch etwas erzählen.“ Er sprach ruhig, aber so ernst, dass sich die Mädchen sofort auf das Sofa setzten und ihn ansahen wie einen Lehrer in der Schule. Mit wenigen Sätzen beschrieb er die Situation, in der sich Marie befand, danach sahen Hanna und Jelena sie an, als sähen sie sie zum ersten Mal.

„Hundertdreizehn Tage“, murmelte Hanna und schüttelte den Kopf. Es klingelte an der Wohnungstür. Jelena erschrak und starrte Marie an.

„Wer kann das sein?“, fragte Professor Monroe.

Jelena zuckte mit den Schultern. Sie lief in den Flur und alle anderen folgten ihr. Auf Zehenspitzen stehend sah sie durch den Türspion.

„Es sind zwei Männer, ziemlich groß.“ Es klingelte noch einmal. Professor Monroe schaute ebenfalls durch den Türspion.

„Das sind die Gorillas von All Day Industries“, flüsterte er.

Marie riss die Augen auf. Es klopfte jetzt an der Tür.

„Hallo!“, rief eine tiefe Männerstimme, „wir suchen Marie Marne, ist sie hier bei Ihnen?“

Marie duckte sich instinktiv.

„Marie Marne ist nicht hier“, rief Hanna geistesgegenwärtig. „Hier sind nur Jelena und Hanna, ihre Freundinnen. Wir sind allein und machen nicht auf und wenn Sie nicht gehen, dann rufen wir die Polizei.“

„Wir sind die Polizei“, sagte die Männerstimme. „Machen Sie auf!“

Professor Monroe schüttelte energisch den Kopf.

„Ich rufe jetzt die 110 an“, sagte Hanna laut. Kurz darauf waren Schritte auf der Treppe zu hören. Dann klappten zwei Autotüren. Professor Monroe schlich ins Wohnzimmer und sah durchs Fenster. Die Mädchen folgten ihm.

„Sie sitzen im Auto und telefonieren", berichtete er flüsternd, „wahrscheinlich holen sie sich neue Instruktionen. Wir müssen verschwinden. Gibt es einen anderen Ausgang?"

„Ja, durch den Garten hinterm Haus", flüsterte Jelena.

„Aber wo sollen wir hin?", fragte Marie. Sie kämpfte gegen die aufsteigende Verzweiflung.

„Und wie haben sie euch gefunden?", fragte Hanna.

„Sie haben uns nicht gefunden", sagte Professor Monroe, „sie bewachen jetzt einfach alle Leute, die Marie kennen."

„Aber woher wissen sie, wer sie kennt?", fragte Jelena.

Professor Monroe zuckte mit den Achseln.

„Mein Handy", rief Marie. „Sie haben mir mein Handy abgenommen."

„Daher werden sie die Adressen haben", sagte Professor Monroe. „Gibt es jemanden, den du kennst, der nicht in deinem Handy gespeichert ist und den du nicht angerufen hast?"

Marie schüttelte den Kopf.

„Doch den gibt es", widersprach Hanna, „Karl."

„Karl ist ein Idiot!", sagte Marie. „Außerdem weiß ich nicht, wo er wohnt.

„Und wenn du es wüsstest?", fragte Professor Monroe, ohne den Blick von der Straße abzuwenden.

Dann würde ich niemals dorthin gehen, rief eine Stimme in Marie und eine andere sagte: Das wäre toll, dann hätte ich jetzt einen Grund, ihn wiederzusehen. Weil sich die Stimmen derart widersprachen, zuckte sie nur mit den Schultern.

„Ich weiß, wo dieser Karl wohnt", sagte Professor Monroe. „Während ich auf dich gewartet habe, hatte ich ein bisschen Zeit zum Nachdenken. Ich bin alles noch einmal durchgegangen, was du mir erzählt hast. Und da ist mir dieser Karl eingefallen. Ich habe ein paar Leute angerufen und die haben die Schülerlisten deiner Schule durchstöbert. Deshalb weiß ich, dass Karl mit Nachnamen Kirchner heißt und in der Carl-Gustav-Jung-Straße 49 wohnt."

Marie stand der Mund offen. Sie starrte Professor Monroe an. „Warum … warum haben Sie das nicht gleich gesagt?", stammelte sie.

„Es gab keinen Grund."

Mit verschränkten Armen setzte sie sich auf das Sofa. „Ich habe es satt", sagte sie. „Ich habe es satt, die Wahrheit immer scheibchenweise zu erfahren. Wenn Sie etwas wissen, warum können Sie es dann nicht einfach sagen? Sie rufen meine Eltern an, Sie informieren sich über Karl, Sie warten vor dem Hotel. Und alles immer scheibchenweise. Ein bisschen Information hier, ein bisschen da. Das finde ich zum Kotzen. Sie behandeln mich wie ein Kleinkind und wollen, dass ich die Welt rette. Das ist doch Blödsinn!" Sie starrte den Fernseher an. Hanna setzte sich neben sie und strich ihr über den Arm.

„Ich habe all das getan, weil ich ein Hafenmeister bin", sagte Professor Monroe. „Ich bin für dich verantwortlich, ich muss dir eine Reise ermöglichen. Ich stehe genauso unter Druck wie du. Nur bin ich schon lange dabei. Du bist ein Mädchen, ich ein alter Mann. Wenn du es nicht schaffst, wird das jeder verstehen. Wenn ich versage, wird niemand dafür Verständnis aufbringen. Außerdem habe ich noch nie eine so junge Reisende betreut. Ich weiß nicht, was du erwartest. Die erfahrenen Benandanti wollen nicht wissen, wie ich es mache, dass sie reisen können. Sie wollen reisen. Sie sind die Künstler, die Magier, sie fliegen in fremde Welten. Ich bin nur Fußvolk, ich bleibe immer hier. Ich kenne diese Welten nur aus Erzählungen."

Marie schaute Professor Monroe an. Jetzt sah er wieder klein aus, klein und liebenswert. Ein alter Mann, ein Opa.

„Egal, ob Karl ein Idiot ist oder nicht", sagte Hanna. „Er ist jetzt deine einzige Chance. Geh zu ihm und bitte ihn, dir zu helfen. Dort werden sie dich nicht finden."

„Wieso kann ich mich nicht einfach hier in einen Garten legen und schlafen? Müde genug bin ich", flüsterte Marie.

„Wir wissen aber nicht, wie lange der Traum dauert, den du jetzt haben wirst", antwortete Professor Monroe. „Wenn du dich mit deiner Doppelgängerin vereinst, kann es sein, dass du ein oder zwei Tage und Nächte träumst. Wenn dich in dieser Zeit jemand weckt, ist alles verloren. Nein, wir brauchen einen sicheren Hafen. Ich fürchte, dieser Karl ist unsere einzige Chance." Er stand auf.

Jelena setzte sich auf die andere Seite neben Marie. „Ich glaube der Professor hat recht“, sagte sie leise.

Marie nickte. „Also gut“, sagte sie, „gehen wir.“ Sofort fing es an, in ihrem Bauch zu kribbeln. Karl, rief die eine innere Stimme: Karl ich komme!

31. Kapitel

Die Ministerpräsidentin war gegangen. Die Kerzen auf dem Tisch brannten noch. Teller, Besteck und benutzte Servietten lagen herum. Dr. Puck stand allein auf der Terrasse und schaute auf die Stadt. Das Konzert der Sirenen hielt unvermindert an. Die Stadt kam nicht zur Ruhe, schon gar nicht hier im Zentrum. Was für ein wundervoller Wahnsinn, dachte er. Alle, alle Menschen auf der ganzen Welt hofften in diesen Stunden auf All Day Industries. Sie streckten die Arme flehentlich aus: Rette uns, riefen sie, rette uns! Es war egal, wohin er jetzt fuhr, in jedem Land, in jeder Stadt, an jedem Ort, an dem Menschen lebten, dachte man an All Day Industries. Er hatte es geschafft, er war der mächtigste Mann der Welt geworden.

Diese lustige Ministerpräsidentin hatte gerade versucht, ihn einzuschüchtern und ihm gedroht, man werde nötigenfalls All Day Industries verstaatlichen. Er hatte gelacht und ihr geantwortet, das wäre das Ende Deutschlands in der Völkergemeinschaft. Wie lange dauerte es? Ein paar Wochen, dann hatte sich die Situation in den meisten Teilen der Welt normalisiert. Kein Schlaf mehr. Es würde in den meisten Ländern wahrscheinlich eine ADI-Steuer geben. Aber Geld, was war schon Geld? Davon hatte All Day Industries schon jetzt mehr als genug. Kontrolle, Einfluss, das war es, was jetzt zählte. Da standen interessante Verhandlungen bevor. Dr. Puck lächelte. Er freute sich darauf. Wenn nur dieses Mädchen endlich wieder hier wäre. Nicht, dass sie am Ende noch alles verdarb? Aber wie denn? Schlimmstenfalls konnte

Mr. Phisto sie zur Strecke bringen. Diese Lösung blieb immer noch. Obwohl es schade wäre, schade um die Möglichkeit, Mr. Phisto loszuwerden. Vielleicht kam so eine Gelegenheit nie wieder. Und ewig an diesen dürren Kerl mit seinem albernen Hut gebunden zu sein, das war keine heitere Vorstellung.

Die Tür öffnete sich geräuschlos und langsam kam Mr. Phisto hereingeschlichen. Dr. Puck stöhnte. „Haben Sie sie?", fragte er, ohne den Kopf zu wenden.

„Nein."

„Wieso dauert das so lange?"

Mr. Phisto ging wortlos zum Tisch und goss sich ein Glas Rotwein ein. Oh Gott, diese ewige Theatralik, immer dieser leichte Widerstand, immer diese Gewissheit, wichtig zu sein.

„Sie hat Hilfe", sagte Mr. Phisto und trank einen Schluck, „das habe ich Ihnen gesagt. Die Benandanti, Professor Monroe. Ich weiß nicht, wer noch."

„Ich denke, die Benandanti sind eine Verbindung, die zum Untergang verurteilt ist?", sagte Dr. Puck spöttisch. Er drehte sich um und lief über die Terrasse. „Ewig gestrige Leute, die den Zug der Zeit verpasst haben. Und dieser Professor, wir haben ihn aus seinem Haus vertrieben, was kann er da schon noch ausrichten?"

„Er ist eine Legende, der beste Hafenmeister der Welt", sagte Mr. Phisto mit seiner heiseren Stimme, „ob mit oder ohne Haus, er wird einen Weg finden, sie auf die Reise zu schicken."

„Was stehen Sie dann hier herum?", rief Dr. Puck. „Tun Sie etwas, bewachen Sie das Tor, halten Sie sie auf."

„Ich kann hier stehen und das Tor trotzdem bewachen", antwortete Mr. Phisto unbeeindruckt. „Ich fürchte nur, Marie wird nicht kommen. Irgendetwas ist geschehen. Wahrscheinlich war sie bei der Nächtigen. Priscilla wird sie dorthin geführt haben. Und was die Nächtige ihr geraten hat, kann ich nicht sagen."

„Verdammt, sie ist ein Mädchen", schrie Dr. Puck außer sich vor Wut. Er nahm ein Glas und warf es auf den Steinfußboden. Es zersprang geräuschvoll in tausend Teile. „Bis gestern wusste sie nicht, dass sie überhaupt einen ADI-Wert hat. Was kann sie schon ausrichten?“

„Ihr ADI-Wert ist ein Drittel höher als meiner. Wenn sie will, kann sie alles ausrichten.“ Mr. Phisto trank sein Glas leer.

Dr. Puck ging zum Tisch, goss sich ebenfalls ein Glas Rotwein ein und leerte es in einem Zug. „Sie müssen sie stoppen“, sagte er, „koste es, was es wolle. Sie darf das Tor auf keinen Fall wieder schließen.“

„Es kann aber sein, dass es nur einen Weg für mich gibt, sie zu stoppen“, sagte Mr. Phisto.

Dr. Puck nickte. „Ja, ich weiß“, sagte er leise. „Es wäre Verschwendung, aber wenn es nicht anders geht, dann töten Sie sie.“

Nach diesem Satz schwiegen beide. Der Kellner kam herein und blieb respektvoll in der Tür stehen. Dr. Puck gab ihm ein Zeichen, dass er abräumen konnte.

„Sie werden nie erfahren“, sagte Mr. Phisto, „ob ich sie getötet habe, damit ich wieder der Mensch mit dem höchsten ADI-Wert der Welt bin, oder ob es wirklich keine andere Möglichkeit gab.“ Er zündete sich ein schwarzes Zigarillo an. Als das Feuerzeug aufleuchtete, sah man seine grünen Augen aufblitzen.

Dr. Puck öffnete, sozusagen als Antwort, sein Zigarettenetui und nahm ein Stück Lakritze heraus. Er steckte es in den Mund und lutschte darauf herum. Dann sagte er: „Und Sie werden nie erfahren, wann ich die Nase voll von Ihnen habe und den Befehl gebe, Sie hinterrücks zu erschießen.“

Nach diesem Satz waren nur das Geklapper des Geschirrs zu hören, das der Kellner auf sein Tablett stellte, und die ferne Raserei der Stadt. Ehe Mr. Phisto ging, sagte er noch. „Es gibt da einen Jungen, er heißt Karl. Der geht in ihre Schule. Er hat sie zum Professor gebracht. Kriegen Sie raus, wie er heißt und wo er wohnt. Ich nehme an, dort werden Sie das Mädchen finden.“

32. Kapitel

Es dauerte lange, bis sie in der Carl-Gustav-Jung-Straße angekommen waren. In der S-Bahn, auf die sie schließlich hatten ausweichen müssen, weil die Straßenbahn nicht weiterkam, war ein alter Mann plötzlich aufgesprungen. Er hatte angefangen, um sich zu schlagen. Dabei hatte er immer wieder „Weg! Weg!“ gerufen.

„Er halluziniert“, hatte Professor Monroe geflüstert. „Er träumt quasi ohne zu schlafen.“ Marie hatte der alte Mann unendlich leidgetan. Er hatte so hilflos gewirkt.

Sie war froh, als sie endlich aussteigen konnten. Aber die Carl-Gustav-Jung-Straße lag in einer üblen Gegend. Als sie aus dem S-Bahnhof kamen, sahen sie ein brennendes Auto am Straßenrand. Ein kleiner Laden etwas weiter war geplündert worden. Jemand hatte die Tür eingetreten. Leere Kisten lagen auf dem Fußweg. Grölende Männer kamen ihnen entgegen, liefen aber weiter, ohne Notiz von ihnen zu nehmen. Die Nummer 49 war ein großes altes Wohnhaus, von dem der Putz schon abblätterte. Um die Eingangstür waren Graffitis gesprayt. Marie war ein bisschen unheimlich zumute. Hier also wohnte Karl. Sie wusste nicht, was sie sich vorgestellt hatte, aber das hier sicher nicht. Vielleicht war er nicht da. Und wenn doch? Würde er sie überhaupt hereinlassen? Oder dachte er immer noch, dass sie ihn verpfiffen hatte. Zuzutrauen war es ihm. Was dann?

Professor Monroe las die Namensschilder. „Hier ist es“, sagte er.

„Kommen Sie mit rein?“, fragte Marie.

„Möchtest du?"

„Ich will, dass Sie mitkommen", antwortete Marie nach einer kleinen Pause. Professor Monroe drückte auf den Klingelknopf. Marie wusste nicht, was sie sich wünschte. Einerseits hoffte sie, die Tür möge sich öffnen, andererseits hatte sie genau davor Angst. Als der Türsummer schnarrte, zuckte sie zusammen.

„Es ist jemand zu Hause", flüsterte Professor Monroe erleichtert. Sie gingen die breiten Treppen hinauf. Die Stufen waren abgetreten, das kunstvoll gedrechselte Geländer war an manchen Stellen lieblos ausgebessert. Auf einer Etage funktionierte das Licht nicht.

Karl stand in der Tür. Er sah müde aus, müde und abgekämpft. Sein Gesicht war bleich, dunkle Ringe zeichneten sich unter seinen Augen ab. Und doch huschte ein kleines Lächeln über sein Gesicht, als er Marie sah. Maries Herz machte einen Freudensprung.

„Entschuldige, dass wir dich so unangekündigt überfallen, ich bin Professor Monroe, und wer das hier ist, weißt du ja. Wir brauchen deine Hilfe, dürfen wir reinkommen?" Karl nickte und machte Platz.

Die Diele war groß und überall lagen Schuhe herum. An mehreren Haken hingen unzählige Jacken und Regenschirme. Ein großer alter Schrank stand gegenüber der Eingangstür und daneben hing ein runder Spiegel. Karl schien zu überlegen, wohin er seine Gäste führen sollte. „Hier lang!", sagte er schließlich.

Sie gingen in die Küche. Um das Waschbecken stapelte sich ungewaschenes Geschirr, ein großes altes Buffet stand neben dem Fenster. Den meisten Platz aber nahm ein riesiger Tisch ein mit acht Stühlen darum. In der Ecke stapelten sich Bierkisten und Kisten mit Wasserflaschen. Es gab zwei Kühlschränke und eine große Kühltruhe. Überhaupt schien es von allem sehr viel zu geben: viele Schuhe, viele Jacken, viele Stühle, viele Kühlschränke.

„Ich habe vier Geschwister", sagte Karl und zeigte auf die vielen Stühle. „Aber sie sind alle unterwegs. Sie versuchen ADI-Träume zu kriegen. Ich passe auf die Wohnung auf. Wenn der Erste zurückkommt, kann ich gehen." Marie stand noch immer unschlüssig neben dem Herd, weil sie nicht wusste, ob sie sich hinsetzen sollte. Karl hatte ihnen noch keinen Platz angeboten.

„Hast du ein Glas Wasser für mich?“, fragte Professor Monroe. Er setzte sich an den großen Tisch und wischte sich mit einem Taschentuch die Stirn. Karl gab ihm ein großes Glas Wasser.

„Danke.“ Professor Monroe trank es ohne abzusetzen zur Hälfte aus. „Hör zu, Karl“, sagte er dann, „Marie braucht einen sicheren Ort, an dem sie schlafen kann.“

„Schlafen?“, fragte Karl und sah Marie ungläubig an.

„Ja, schlafen. Weißt du, was ein ADI-Wert ist?“, fragte Professor Monroe.

„Ja, klar“, antwortete Karl.

„Maries ADI-Wert ist der höchste der Welt. Er liegt bei 113 Tagen. Sie kann die jetzt entstandene Situation ändern, wenn sie die Möglichkeit zu schlafen und zu träumen hat. Aber sie darf dabei nicht gestört werden, unter keinen Umständen, davon hängt alles ab. Wenn sie zu früh aufwacht, ist alles verloren.“

Marie fing bei diesen Worten zu schwitzen an. Hatte sie wirklich die Möglichkeit, die Situation zu ändern? Karl schien zu spüren, dass hier etwas nicht stimmte, denn er sah sehr misstrauisch aus.

„Warum schläft sie nicht zu Hause?“, fragte er.

„Weil es ein paar Leute gibt, mächtige Leute, die nicht wollen, dass sich an der entstandenen Situation etwas ändert“, antwortete Professor Monroe.

„Wer soll das sein?“, fragte Karl.

„ADI“, sagte Professor Monroe, mehr nicht, nur diese drei Buchstaben.

Einen Moment arbeitete es in Karl, das konnte Marie sehen. Dann nickte er. „Verstehe“, sagte er. „Wenn alles so bleibt, wie es ist, dann muss jeder Mensch auf der Welt ADI-Kunde werden.“

„Genau“, sagte Professor Monroe. Marie war verblüfft, dass diese Feststellung für Karl keine große Überraschung zu sein schien.

„Ich habe im Internet ein bisschen recherchiert“, sagte er. „Und da heißt es, dass All Day Industries für die Albträume verantwortlich ist.“

Leider ist das nicht die ganze Wahrheit, dachte Marie. Ich bin für die Albträume verantwortlich. Aber sie brachte es nicht fertig, das laut zu sagen. Sie warf einen kurzen Blick auf Professor Monroe. Der trank gerade noch einmal Wasser und schien keine Notwendigkeit zu sehen, Karl in alle Geheimnisse einzuweihen.

„Wir waren schon überall“, sagte Marie leise, „bei meinem Onkel und bei Jelena, aber immer haben sie uns gefunden.“

Karl nickte. Er wurde jetzt munterer. „Möchtest du auch etwas trinken“, fragte er Marie. Sie nickte.

„Habt ihr ein Telefon?“, fragte Professor Monroe.

Karl zog sein Handy aus der Hosentasche. „Hier“, sagte er.

„Ich muss die Abwehr organisieren.“ Professor Monroe nahm das Handy und wählte eine lange Nummer. „Wenn wir dich gefunden haben“, sagte er, „dann werden die ADI-Leute es wahrscheinlich auch irgendwann tun. Wir müssen das Haus schützen.“

„Schützen? Aber wie denn?“, fragte Marie.

„Eine Schlafbarriere“, antwortete Professor Monroe. Dann drehte er sich weg. „Hallo, Cornelius“, sagte er. „Ja, wir sind sicher, der Junge ist da, wir können hier bleiben. Ihr müsst so schnell wie möglich herkommen. Wir brauchen sieben Leute für eine wirksame Schlafbarriere.“ Pause. „Verdammt, wo ist Priscilla, ich dachte, sie hätte die Kerle längst abgeschüttelt. Beten wir, dass sie rechtzeitig hier ist. Ich werde draußen warten und die besten Punkte auskundschaften, die ihr einnehmen müsst, damit die Schlafbarriere optimal funktioniert. Bis dann.“ Er gab Karl das Handy zurück.

„Was ist eine Schlafbarriere?“, fragte Marie.

„Wir können uns nicht mit den ADI-Schlägern anlegen“, antwortete Professor Monroe. „Aber wir können einen bestimmten Bereich abschirmen. Wer immer in diesen Bereich hineinläuft, schläft sofort ein.“

„Kann ich auch in diese Barriere laufen?“, fragte Karl. Professor Monroe lächelte. „Ich verstehe, dass du unbedingt schlafen willst. Aber du musst Marie bewachen. Du bist die letzte Bastion. Wenn irgendetwas schiefgeht, musst du sie beschützen. Koste es, was es wolle. Wenn jemand von ADI hier hereinkommt, dann musst du ihn unschädlich machen. Egal wie. Schlag ihn, wenn es sein muss, denn wenn du es nicht tust, tut er es."

Nach diesen Worten war Karl hellwach. Er stellte Marie ein Glas Wasser hin und ging in der Küche auf und ab. „Okay", sagte er, „ich werde mich vorbereiten."

Marie trank das Wasser aus, ohne abzusetzen. Sie war aufgeregt. Karl sollte sie beschützen. Er war ihre letzte Bastion. Sie fing seinen Blick auf. Er lächelte ihr zu und nickte. Das fühlte sich wunderbar an. Er schien stolz darauf zu sein, sie beschützen zu dürfen. Es schien ihm zu gefallen. Das war einfach großartig!

„Wenn wir keine sieben Benandanti zusammenbekommen, wird die Schlafbarriere nicht sehr wirkungsvoll sein", sagte Professor Monroe. „Niemand weiß, wo Priscilla ist. Hoffentlich kommt sie rechtzeitig. Ich muss jetzt gehen, Marie, ich wünsche dir Glück. Vertrau auf deine Kräfte, du wirst sehen, alles geht ganz leicht."

Er reichte ihr die Hand. Sie nahm sie und umarmte den kleinen Professor, dem sie so oft unrecht getan hatte.

„Ich danke dir, Karl", sagte Professor Monroe und schüttelte ihm die Hand. Dann drehte er sich um und ging. Die Tür fiel ins Schloss. Karl und Marie waren allein.

„Glaubst du immer noch, dass ich dich verpfiffen habe?", fragte Marie. Karl schüttelte den Kopf. „Nein, ich weiß, dass es ein Mädchen aus unserer Klasse war. Sie wollte uns eins auswischen, ist eine lange Geschichte und nicht sehr spannend. Ich entschuldige mich bei dir."

„Fränk ist ein Idiot", sagte Marie und biss sich auf die Lippen. Das hätte sie sich verkneifen können, das war unnötig.

Karl zuckte mit den Schultern. „Er ist manchmal ein bisschen übereifrig, aber sonst ist er okay."

Sie schwiegen einen Moment. „Wie ist es, einen so hohen ADI-Wert zu haben?", fragte Karl, darum bemüht, das Thema zu wechseln. „Ich meine, merkst du das, jetzt zum Beispiel, in diesem Moment?"

„Nein", sagte Marie, „jetzt merke ich es nicht. Und im Ganzen ist es ziemlich anstrengend. Bis jetzt hat es mir nur Ärger eingebracht, einen Haufen Ärger …" Sie stockte. Sie hätte Karl gerne erzählt, was ihr alles passiert war, aber sie hatte Angst, dass er sie dann nicht mehr mochte.

„Was jetzt?", fragte Karl.

„Ich muss irgendwo schlafen", sagte Marie.

„Am besten in meinem Zimmer", sagt er. Sie nickte und jubelte innerlich. Ja, in deinem Zimmer! Wenn ich irgendwo schlafen kann, dann in deinem Zimmer. Sie gingen durch die Diele. Karls Zimmer war klein und hoch. Quer vor dem Fenster stand ein selbst gezimmertes Hochbett, darunter ein altes durchgesessenes Sofa. Rechts eine Art Regal, das vollgestopft war mit Büchern und Elektronikschrott. Auf der anderen Seite ein Schreibtisch, übersät mit Zetteln, Heften, Computertastaturen und Boxen. Über dem Schreibtisch hingen Fotos. Marie warf einen Blick drauf. Es schienen größtenteils Familienfotos zu sein, Karls Geschwister, jedenfalls sahen ihm die meisten Leute auf den Fotos ähnlich. Auf einem war auch Fränk, auf einem anderen ein Mädchen.

„Das ist meine Cousine", sagte Karl. Marie nickte.

„Darf ich auf dem Sofa schlafen?", fragte sie. Es war ein bisschen eigenartig, mit Karl allein in seinem Zimmer zu stehen und nach einem Schlafplatz zu suchen.

„Wo du willst", sagte er. Dann drehte er sich zum Gehen. „Also dann, ich bin da draußen, wenn du mich brauchst."

„Karl!"

„Ja."

„Kannst du mich noch mal kurz in den Arm nehmen, das würde mir helfen." Maries Herz drohte ihr aus der Brust zu springen, aber sie hatte es geschafft, den Satz zu sagen.

„Klar", sagte Karl. Er kam zu ihr und legte seine Arme um sie. Sie lehnte ihren Kopf an seine Schulter. So blieben sie eine Weile stehen.

„Gut?", flüsterte Karl. Marie nickte, obwohl sie viel lieber ewig so dagestanden hätte. Sie war nicht scharf darauf einzuschlafen. Aber sie hatte keine Wahl.

33. Kapitel

Priscilla erwachte in einer Wäschekammer. Sie lag zwischen Regalen mit frisch duftender Bettwäsche. Sich die Augen reibend stand sie auf und lauschte an der Tür: nichts. Draußen war alles still. Noch einmal schloss sie kurz die Augen. Sie hatte Marie auf der anderen Seite nicht gefunden. Natürlich hatte sie nicht überall suchen können, aber dort, am glühenden See jenseits des schwarzen Tores hatte sie Marie nicht gesehen. Sie hatte Zadock, den Wächter, gebeten, Marie über den glühenden See zu bringen, aber sie wusste nicht, ob Zadock ihrer Bitte nachkommen würde. Er war unzuverlässig und launisch und nur auf seinen Vorteil bedacht.

Irgendwie musste sie hier rauskommen. Wenn sie es mit nur einem ADI-Mann zu tun bekam, dann konnte sie ihn einschläfern. Dazu musste er sie nur berühren oder sie ihn. Wenn es allerdings zwei wären, dann müsste sie sich etwas anderes einfallen lassen. Zwei erwachsene Männer einzuschläfern, das würde vielleicht Marie eines Tages schaffen, Priscilla schaffte nur einen. Aber wie konnte sie ihn herlocken? Sie überlegte kurz, dann fing sie zu singen an. „Hoch auf dem gelben Wagen, sitz' ich beim Schwager vorn …“ Sie grölte, so laut sie konnte. „Das Wandern ist des Müllers Lust …“ Sie quiekte zwischendurch, weil sie wusste, dass diese Laute alle Wände durchdrangen. Und wirklich, da waren auch schon Schritte zu hören. Priscilla verstummte kurz. Stimmen? Waren da Stimmen? Sie konnte nichts hören, also fing sie wieder zu singen an. „Muss i denn, muss i denn zum Städtele hinaus …" Ein Riegel wurde zurückgeschoben und die Tür ging auf.

„Verdammt, was schreist du so?", fragte ein junger Mann. Er hatte kurz geschorene blonde Haare und einen silbernen Nasenring. Noch ehe er sich besinnen konnte, sprang Priscilla auf, packte sein Handgelenk und schloss die Augen. Der Kerl war so verblüfft, dass er sich im ersten Moment nicht wehrte. Als ihm klar wurde, dass etwas nicht stimmte, war es schon zu spät. Er sackte in sich zusammen. Priscilla hielt sein Handgelenk noch einen Moment umklammert. Sie wollte nicht, dass er gleich wieder aufwachte. Dann packte sie ihn unter den Armen, zerrte ihn ein Stück in die Wäschekammer, stieg über ihn und schaute den Gang entlang. Die Luft war rein. Sie schloss die Tür der Wäschekammer hinter sich und lief nach links. Die Feuertreppe, wo war die Feuertreppe? Der Gang war lang. Als sie ihn zur Hälfte durchquert hatte, öffnete sich an seinem anderen Ende eine Tür. Priscilla rannte los. Im letzten Moment fand sie die Tür zur Feuertreppe und drückte sie auf. Keuchend blieb sie stehen. Auf dem Gang waren Stimmen zu hören.

„Der Junge heißt Karl Kirchner", sagte eine selbstbewusste Stimme. „Er wohnt in der Carl-Gustav-Jung-Straße 49. Nehmen Sie so viele Männer mit, wie Sie brauchen, und den Jungen …"

„Welchen Jungen?", fragte eine andere Stimme nervös.

„Der, der ihren ADI-Wert gemessen hat. Nehmen Sie ihn mit und schicken Sie ihn zuerst in die Wohnung. Er ist jung. Sie wird sich an ihn erinnern, vielleicht vertraut sie ihm sogar. Jedenfalls wird sie ihm eher vertrauen als Ihnen oder mir oder Mr. Phisto. Also schicken Sie ihn zuerst rein. Warten Sie ein paar Minuten und wenn er nicht wieder rauskommt, dann gehen Sie rein und holen die Kleine. Tun Sie ihr nichts. Ich will sie unversehrt hier haben, verstanden? Nur im äußersten Notfall, nur wenn es gar nicht anders geht, legen Sie sie um. Haben Sie mich verstanden?"

„Jawohl, Sir!"

„Und Henry, versauen Sie es diesmal nicht, sonst war es das Letzte, was Sie auf dieser Welt getan haben."

„Ich werde es nicht versauen, Sir."

Stille jetzt und Schritte. Priscilla hielt den Atem an. Sie hörte, wie einer der Männer dicht an ihr vorbeiging. Dann nichts mehr. Sie lief die Treppe nach unten. Carl-Gustav-Jung-Straße 49. Sie musste dorthin, so schnell wie möglich. Sie musste etwas tun. Sie musste Marie beschützen.

34. Kapitel

Marie erwacht zu Hause in ihrem Zimmer. Es ist heiß. Irgendwo ist ein knackendes, loderndes Geräusch zu hören. Sie dreht sich zur Tür und sieht, dass Qualm vom Flur her ins Zimmer dringt. Dann hört sie ihre Mutter qualvoll schreien ...

Sie riss die Augen auf: Karls Zimmer. Ihr Atem ging schnell. Das Sofa war unbequem und knarrte bei jeder Bewegung. Oh Gott, was sollte sie tun? Diese Albträume waren schrecklich. Sie schaffte es nicht, sie zu überwinden. Es war alles umsonst: der Besuch bei der Nächtigen und die Gespräche mit Priscilla und Professor Monroe. Hoher ADI-Wert hin oder her, sie konnte nicht schlafen. Die Tür öffnete sich einen Spalt. Karl steckte den Kopf herein.

„Du hast geschrien, ist alles okay?", fragte er leise. Er sah so müde aus und war so tapfer.

„Ein Albtraum", stöhnte Marie. „Ein besonders grässlicher."

„Kann ich was tun?"

„Ja, bleib hier bei mir, geh nicht raus."

Er kam ins Zimmer und setzte sich neben das Sofa. In der Hand hielt er eine dampfende Tasse Kaffee.

„Du siehst müde aus", flüsterte Marie.

„Geht schon." Er versuchte ein Lächeln. Es war hinreißend schief.

„Angeblich kann ich im Traum alles erreichen", sagte Marie nach einer Weile, „aber ich schaffe es nicht mal, diese grässlichen Albträume zu überwinden."

„Du schaffst das schon", sagte er. „Ich glaube an dich."

Marie lachte leise. Eine Träne lief ihr über die Wange. Sie spürte, dass er ihre Hand nahm. Da fiel ihr Blick auf ein Foto, auf dem Karl zu sehen war. Hinter ihm schwamm ein großer Hai. Es sah so aus, als schwimme der Hai in der Luft. Marie richtete sich auf. „Was ist das?" fragte sie.

„Das ist im Meeresmuseum", antwortete Karl. „Das ist ein riesiges Aquarium, durch das kannst du laufen. Um dich herum ist Wasser, aber du bleibst trocken, es ist toll." Marie nickte. Das war es! So konnte sie die Albträume überstehen. Sie legte sich hin und schloss die Augen. „Ich danke dir Karl", flüsterte sie, „ich danke dir für alles."

Ein Gang, links und rechts große Glaswände, hinter denen schreckliche Szenen und Bilder zucken. Marie versucht, nichts davon zu sehen. Trotzdem fällt ihr Blick auf Onkel Paul, der schreiend auf sie zugelaufen kommt. Sofort schaut sie zu Boden. Zum Glück ist nichts zu hören. Das Glas ist dick, dick wie die Wände des Aquariums im Meeresmuseum. Langsam tastet sich Marie mit geschlossenen Augen vorwärts. So also geht es. Sie muss sich nur etwas Konkretes vorstellen, einen Gedanken klar formulieren, dann träumt sie auch davon. Sie hat es geschafft, sie hat die Albträume eingesperrt, hinter Glas gebannt.

Gut und schön, aber was jetzt? Sie kann doch nicht ewig so weitergehen? Die schrecklichen Szenen um sie her sind bedrückend, auch wenn sie hinter dicken Glasscheiben stattfinden. Einen Spiegel, sie braucht einen Spiegel. Das ist das Wichtigste. Kaum hat sie den Gedanken formuliert, sieht sie einen Spiegel. Er steht etwa zehn Meter vor ihr auf einem Ständer aus dunklem Holz. Langsam geht Marie darauf zu und bleibt stehen. Sie sieht sich selbst. Aber wie damals in dem Traum, als sie das schwarze Tor geöffnet hat, sind ihre Haare rot und ihre Augen grün. Was soll das? Sie dreht den Kopf. Auch ihr Spiegelbild dreht den Kopf.

„Es wird Zeit, dass du kommst", sagt es plötzlich.

„Was?", fragt Marie.

„Ich habe gesagt, es wird Zeit, dass du kommst", wiederholt ihr Spiegelbild. „Du hättest übrigens nur einmal in die Hände klatschen müssen und die Albträume wären auseinandergeflogen."

„Ich verstehe nicht", sagt Marie und hält ihr Gesicht dichter an den Spiegel.

Auch ihr rothaariges Spiegelbild kommt näher an den Spiegel heran. „Hier in der Traumwelt hat alles eine andere Seite. Ich bin deine andere Seite. Du brauchst mich, um das schwarze Tor wieder zu schließen."

„Meine andere Seite?" Marie richtet sich wieder auf.

„Ja?" Jetzt folgt die Rothaarige ihr nicht mehr. Sie bleibt stehen und stemmt die Hände in die Hüften. „Du musst mir etwas von dir geben, damit wir eins werden!" Sie streckt eine Hand aus.

„Dir was geben? Was denn?", fragt Marie.

„Deine Haare, gib mir deine Haare, dann geh durch den Spiegel." Die Rothaarige hält weiter die Hand ausgestreckt.

„Bist du die Nächtige?", fragt Marie und geht einen Schritt von dem Spiegel zurück. Ihr rothaariges Spiegelbild fängt an zu lachen. „Ich die Nächtige? Ha, ha, ha, ich soll die Nächtige sein, schön wärs."

„Die Nächtige wollte auch meine Haare", erklärt Marie.

„Ich weiß, aber ihr hast du es verweigert, das war dumm. Es wäre gut, wenn du nachdenkst, ehe du etwas tust. Hättest du das getan, wäre all das nicht passiert."

„Dann wäre all das nicht passiert?", fragt Marie und äfft die Rothaarige nach. Ihr Spiegelbild geht ihr mächtig auf die Nerven.

„Ja, es ist keine Schande zu zweifeln, vorsichtig zu sein, erst alles abzuwägen", sagt die Rothaarige unbeeindruckt. „Nicht alles in der Welt funktioniert so einfach wie ein Tennismatch."

Marie stöhnt. „Du bekommst meine Haare auf keinen Fall, da kannst du so klug daher reden, wie du willst."

„Ganz wie du meinst. Aber ohne mich wirst du Mr. Phisto niemals besiegen. Er hat sich nämlich mit seiner anderen Seite vereint. Das macht ihn nicht nur stark und schnell, sondern eben auch klug und vorsichtig."

„Und wenn ich dir meine Haare gebe, was passiert dann?", fragte Marie.

„Dann gehst du durch den Spiegel und wirst wie ich", sagt die Rothaarige. „Leider werde ich dann auch ein bisschen wie du. Wir werden eins. Ist wie beim Farbenmischen. Du gelb, ich blau, ergibt grün."

„Und das soll helfen?" Marie ist nicht überzeugt.

„Und das soll helfen?" Jetzt äfft die Rothaarige sie nach. „Ja, das hilft. Sich hinzusetzen und nachzudenken, statt einfach ein Ladizein zu stellen, das hilft. Alles abzuwägen, ehe man irgendwo draufhaut, das hilft."

Marie wendet sich angewidert ab. Himmel, das soll ihre andere Seite sein? Sie ist einfach unmöglich, eine Klugscheißerin, und Marie hasst Klugscheißer. Sie ist nicht scharf darauf, eins mit ihrem Spiegelbild zu werden. Sie will nicht genauso dummes Zeug reden müssen wie die Rothaarige. War das der Plan der Nächtigen? Toll!

„Dass du gerade jetzt anfängst nachzudenken, ist ein bisschen unpassend", sagt die Rothaarige und verschränkt die Arme vor der Brust. „Du brauchst mich, sonst war's das mit Marie Marne und dem höchsten ADI-Wert der Welt. Was nützt einem die teuerste Geige, wenn man sie nicht zu spielen weiß."

„Ich bin doch keine Geige", protestiert Marie.

„Nein, natürlich nicht", sagt die Rothaarige und hebt die Hände, „du bist eine Tennisspielerin. Du weißt, wie man draufhaut."

„Und du bist eine Klugscheißerin", antwortet Marie.

„Eben!", ruft die Rothaarige. „Zusammen kann vielleicht was aus uns werden."

Wenn ich ihr meine Haare gebe, dann tu ich das nur im Traum, denkt Marie. Wenn ich aufwache, werde ich schließlich genauso aussehen wie jetzt. „Also gut, du kriegst meine Haare", sagt sie.

„Schneid sie ab!" Die Rothaarige reicht ihr eine Schere durch den Spiegel. Marie nimmt sie und versucht, das selbstgefällige Lächeln der Rothaarigen zu ignorieren. Auch wenn dies nur ein Traum ist, ihre Haare abzuschneiden fällt ihr schwer. Sie neigt den Kopf, nimmt ihren Zopf und zieht ihn glatt. Dann setzt sie die Schere an. Ratsch! Sie hält ihre Haare in der Hand.

„Gib sie mir und dann komm!" Marie legt ihren Zopf in die aus dem Spiegel gereckte Hand. Die Rothaarige packt ihren Arm und zieht sie mit einem kräftigen Ruck in den Spiegel. Marie steht in einem langen Gang mit vielen Türen. Kerzen brennen auf Wandhaltern, es riecht nach feuchtem Stein. Als sich Marie umdreht, ist der Spiegel verschwunden. Sie befühlt ihre verbliebenen Haare. Sie sind jetzt kurz.

„Keine Angst, es sieht nicht übel aus", sagt eine Stimme. Marie kann diese Stimme hören, obwohl niemand zu sehen ist außer ihr selbst.

„Hallo?", fragt sie.

„Ja, ja, hallo", sagt die Stimme. „Wir teilen uns jetzt diesen Körper, aber das heißt nicht, dass wir mit einer Stimme sprechen und uns gleich in allem einig sind. Das hier ist meine Stimme, die Stimme deiner anderen Seite, deines Schattens, die Stimme der Rothaarigen, wie du mich zu nennen scheinst."

„Und das ist meine Stimme", sagt Marie laut.

„Ist dir klar, dass jeder, der dich sieht, sich fragt, mit wem du redest?"

„Ich rede mit mir selbst", sagt Marie. „Also mit dir."

„Du bist peinlich", antwortet die Stimme der Rothaarigen.

„Was machen wir jetzt?" Marie schaut sich um. Der Gang scheint endlos zu sein.

„Wir machen eine Tür auf", antwortet die Rothaarige.

„Aber welche? Es sind Hunderte. Und sie sehen alle gleich aus."

„Hm, dass hinter jeder Tür etwas anderes zu finden sein wird, daran kann es keinen Zweifel geben", murmelt die Rothaarige. „Und dass hinter manchen Türen Schreckliches, hinter anderen Schönes wartet, macht die Entscheidung, welche Tür geöffnet werden soll, nicht leichter.

„Tür aufmachen!", ruft Marie.
„Ja, aber welche?", fragt die Rothaarige.
„Egal, irgendeine. Grübeln bringt uns nicht weiter."
„Nein, wir müssen erst nachdenken."
Kurzentschlossen geht Marie auf eine Tür zu und öffnet sie.

35. Kapitel

Priscilla hatte ein Fahrrad gestohlen. Es stand unangeschlossen vor einem Internetcafé. Sie nahm es und fuhr los. Die Straßen waren für Autos und Straßenbahnen nahezu unpassierbar. Niemand hörte auf die Aufrufe der Polizei, man solle die Autos stehen lassen. Wer einen ADI-Traum ergattert hatte, fühlte sich an die Weisung ohnehin nicht gebunden. Aber es waren größtenteils vollkommen übermüdete Leute unterwegs, die sich selbst überschätzten. Das Fahrrad war eine gute Wahl, denn Priscilla konnte alle Unfälle und Absperrungen umfahren, aber sie kam mit der Gangschaltung nicht zurecht. Deshalb dauerte es fast eine Dreiviertelstunde, bis sie endlich vor der Carl-Gustav-Jung-Straße 49 ankam. Sie stieg ab, stellte das Fahrrad neben die Tür und schaute sich um. Jemand pfiff leise. Wo war er, der Professor? Dieses Pfeifen war unverwechselbar.

„Hierher!", flüsterte Professor Monroe. Priscilla sah ihn. Er stand in einem Hauseingang auf der anderen Straßenseite und winkte sie zu sich heran.

„Gott sei Dank, du bist da", sagte er, als Priscilla zu ihm kam. „Ich hatte solche Angst, dass du es nicht rechtzeitig schaffst."

„Es gab ein paar Probleme", flüsterte Priscilla, „die ADI-Leute werden gleich hier sein. Sie wissen Bescheid."

„Es sind alle da und schon auf ihren Posten." Professor Monroe zeigte unbestimmt auf die andere Straßenseite. „Du musst in den zweiten Stock auf den Balkon." Jetzt zeigte er ganz genau die Position, die Priscilla einnehmen sollte, damit die Schlafbarriere funktionierte. Priscilla nickte. Im nächsten Moment hörten sie den Lärm von mehreren näherkommenden Motorrädern.

„Das müssen sie sein!“, flüsterte Priscilla. Sie schaute die Straße entlang und sah vier Scheinwerfer auf sich zukommen.

„Geh!“, rief Professor Monroe. „Geh! Ehe es zu spät ist.“

Priscilla lief los. Die Tür zum Hausflur stand noch offen. Der Professor hatte mit einem Stein dafür gesorgt, dass sie nicht von selbst zufiel. Priscilla kickte den Stein mit dem Fuß weg und schloss die Tür. Dann lief sie in den zweiten Stock und klingelte. Nichts, keine Reaktion. Sollte sie die Tür aufbrechen? Sie schaute sich um, ob irgendwo ein Gegenstand lag, der ihr dabei helfen konnte. Gerade als sie beschloss, sich einfach mit der Schulter gegen die Tür zu werfen, hörte sie Schritte im Innern der Wohnung und dann das Klappern eines Schlüssels. Verdammt, warum dauerte das so lange? Draußen war der Lärm der Motorräder jetzt deutlich zu hören. Endlich ging die Tür auf. Das Gesicht eines alten Mannes erschien in dem Türspalt. Es war ein unrasiertes Gesicht mit glasigen Augen. An der Alkoholfahne war leicht zu erkennen, auf welche Weise der Wohnungsbesitzer versuchte, seine Müdigkeit zu bekämpfen.

„Guten Abend“, sagte Priscilla. Sie überlegte, was sie sagen sollte, weil draußen aber der Lärme der Motorräder verstummt war und nun Männerstimmen zu hören waren, sagte sie nichts. Sie drückte einfach die Tür auf und ging an dem alten Mann vorbei in den Flur. Erstaunlicherweise war die Wohnung aufgeräumt und sauber. Trotzdem verströmte sie eine bedrückende Einsamkeit. Der Mann schien Priscilla für eine Halluzination zu halten, für eine Einbildung, denn er starrte sie mit offenem Mund an, ohne etwas zu sagen. In der Hand hielt er eine Flasche Schnaps. Priscilla packte den Ärmel seines Bademantels, führte ihn zum Sofa im Wohnzimmer, streifte ihm dann den Ärmel hoch und umfasste sein Handgelenk. Sofort kippte der Alte vornüber und schlief ein. Sie ging zur Balkontür. Die war leider verschlossen, der Balkon war offenbar seit langer Zeit unbenutzt. Es steckte ein

Schlüssel, aber der ließ sich nicht drehen. Es klingelte an der Haustür. Die ADI-Leute versuchten also ins Haus zu kommen. Priscilla sah sie vom Fenster aus. Es waren sieben Männer und ein Junge. Jetzt schien die Tür zum Hausflur aufzuspringen. Verdammt! Priscilla griff nach einem Brieföffner, der auf dem Bücherregal lag, steckte ihn durch den Kopf des Balkontürschlüssels und vergrößerte so den Hebel. Sie drückte, der Brieföffner verbog sich, aber schließlich drehte sich der Schlüssel und die Balkontür ließ sich öffnen.

Die Stimmen der ADI-Kerle waren jetzt deutlich zu hören. „Oberster Stock“ und „Kirchner“, hörte Priscilla. Als sie auf den Balkon trat, sah sie, dass ein junger Mann ins Haus ging, die anderen blieben komischerweise draußen. Natürlich, zuerst sollte es der Junge versuchen, das hatte die eine Stimme im Flur des Hotels befohlen. Beide Hände an die Hauswand legend, schloss Priscilla die Augen. Sie fühlte die Schwingungen der anderen sechs Benandanti. Gleich, gleich würde die Schlafbarriere wirksam sein. Hoffentlich zeitig genug, damit der Junge noch einschlief, ehe er oben bei Marie war. Konzentriere dich, Priscilla!

36. Kapitel

Ein kleiner dunkler Raum. Neben der Tür sitzt jemand. Ein Mann, ein Fleischberg, ein Zyklop. Auf seiner Stirn blinzelt ein großes braunes Auge. Seine runden, tellergroßen Hände hat er ineinandergelegt. Er trägt eine schwarze Hose, ein weißes Hemd und nur einen Schuh. Er sieht aus, als habe er sich für eine Hochzeit oder einen Geburtstag feingemacht. Jetzt fährt er sich über das wilde schwarze Haar, als wolle er es kämmen. Aber sein Haar lässt sich nicht bändigen. Nachdem er seine Hand wieder in den Schoß gelegt hat, richtet es sich sofort wieder auf.

„Was willst du?", fragt der Zyklop mürrisch. Seine Stimme ist noch tiefer als die von Onkel Paul.

„Antworte ihm!", flüstert die Stimme der Rothaarigen.

„Wir wollen zum schwarzen Tor", sagt Marie ehrfurchtsvoll.

„Und was geht mich das an?", fragt der Zyklop.

„Bitte bring uns dorthin."

„Seit das schwarze Tor offen ist, wächst der glühende See", sagt der Zyklop. „Er wächst schnell und wird heißer. Seine Hitze lässt auf der anderen Seite immer mehr Bilder tanzen. Selbst ich kann ihn nicht mehr lange überqueren, wenn das so weitergeht."

„Sag ihm, dass du ihm eine Geschichte schenkst, wenn er dich über den See bringt", flüstert die Stimme der Rothaarigen.

Was? Marie glaubt, sich verhört zu haben. Eine Geschichte? Was für eine Geschichte?

„Egal, was für eine Geschichte", flüstert die Rothaarige. „Rotkäppchen oder Peter und der Wolf, es ist egal, Zyklopen vergessen die Geschichten, die man ihnen erzählt, gleich wieder."

„Wenn du mich über den glühenden See bringst, dann erzähle ich dir eine Geschichte", sagt Marie.

Der Zyklop lächelt und zeigt ein paar Zähne, groß wie Streichholzschachteln. „Eine Geschichte? Kennst du gute Geschichten?"

„Ja", sagt Marie, aber es hört sich nicht sehr überzeugend an.

„Welche Geschichte willst du mir denn erzählen?", fragt der Zyklop.

„Rotkäppchen", antwortet Marie.

„Rotkäppchen? Ist das eine gute Geschichte?" Der Zyklop zieht eine seiner buschigen Augenbrauen hoch.

„Es ist eine großartige Geschichte." Marie versucht begeistert zu klingen, aber es gelingt ihr nicht richtig.

„Wer ist der Held?", fragt der Zyklop.

„Ein Mädchen."

„Ein Mädchen?" Jetzt verschränkt der Zyklop die Arme vor der Brust und schiebt die Unterlippe vor. Mädchen scheinen ihm als Helden von Geschichten nicht zu gefallen.

„Ein Mädchen und ein Wolf", sagt Marie schnell, „und der Jäger und eine Oma und natürlich der Wald." Das hat gesessen. Der Zyklop lächelt wieder und steht auf. „Also gut", sagt er, „Geschichten mit Wölfen mag ich."

„Gott sei Dank, das ist noch einmal gutgegangen", stöhnt die Rothaarige.

„Ich bringe dich hin und hole dich ab und dann erzählst du mir die Geschichte von Rotkäppchen, dem Wolf", der Zyklop kniet sich hin.

Was werde ich tun, fragt sich Marie, wenn rauskommt, dass nicht der Wolf, sondern das Mädchen Rotkäppchen heißt. Sie klettert auf die breiten, runden Schultern des Zyklopen. Der steht auf und geht durch den dunklen Raum, an dessen anderem Ende sich noch eine Tür befindet. „Augen zu!", befiehlt er und reißt die Tür auf.

Hitze schlägt Marie ins Gesicht. Sie öffnet den Mund. Der Zyklop steht kurz still, dann stapft er los mit weit ausladenden Schritten. Seine riesigen Hände halten Maries Beine fest. Über dem glühenden See zittert die Luft. Ein eigentümliches Getöse ist zu hören. Es klingt wie große Turbinen oder wie Sturmwind, der sich in einem Schacht gefangen hat. Die Hitze, der Lärm, Marie hat den Eindruck, keine Luft zu bekommen. Unter den Füßen des Zyklopen züngeln Flammen bei jedem Schritt. Doch trotz der Hitze, der zitternden Luft und den Flammenschritten fühlt Marie eine eigentümliche Kraft. Die kommt aus dem See, das spürt sie genau. Alles hier ist Feuer, ist Glut, ist Gedanke. Schon kommt das schwarze Tor näher. Der Hügel, auf dem es steht, scheint jetzt viel kleiner. Der Zyklop geht schnell. Mit jedem seiner Schritte kann Marie besser erkennen, was sich auf dieser Seite des schwarzen Tores abspielt. Das Feuer des glühenden Sees schießt durch das schwarze Tor in das dunkle Meer auf der anderen Seite und entzündet dort ein wahres Albtraumgewitter.

„Es ist grässlich und es ist atemberaubend", flüstert die Stimme der Rothaarigen ehrfurchtsvoll. Marie nickt. Jetzt ist der Zyklop am Fuße des Hügels angekommen. „Springt ab!", schreit er.

Marie zögert einen Moment. „Spring!", ruft die Stimme der Rothaarigen und Marie gehorcht. Sie klettert den Hügel hinauf, und dann taucht es vor ihnen auf. Alles ist wie bei ihrem ersten Besuch, als Marie das schwarze Tor geöffnet hat. Der Wandelgang, der eine Art Hof einrahmt, in der Mitte dieses Hofes der kleine alte Olivenbaum. Als sich Marie umdreht, sieht sie, was sich verändert hat: Da, wo zuletzt das Aschetal lag, lodert jetzt der glühende See. Der Zyklop stapft tapfer zurück in das kleine Zimmer, in dem er zu Hause zu sein scheint.

„Wie schließe ich das Tor?", fragt Marie schreiend. Der Lärm ist hier noch lauter als unten auf dem See.

„Du musst einfach die Torflügel zudrücken", antwortet eine heisere Stimme gelassen und gleichzeitig so laut, dass sie das Getöse mühelos übertönt. Mr. Phisto kommt hinter dem Olivenbaum hervor. „Hallo Marie, wie ich sehe, bist du getauft und hast dich mit deiner anderen Seite vereint. Respekt, das ging schnell."

„Ja", antwortete Marie, „und diesmal werde ich das Tor schließen."

„Du bist hier, um das schwarze Tor wieder zu schließen", sagt Mr. Phisto. „Schön! Ich bin hier, um dich zu töten." Mit diesem Satz löst er sich von dem Olivenbaum und rennt auf Marie zu. Im Laufen verwandelt er sich in einen schwarzen Jaguar.

Marie bleibt wie angewurzelt stehen. Sie hört die Stimme der Rothaarigen einen Befehl schreien. Oder ist sie selber es, die schreit? Kurz bevor Mr. Phisto sie erreicht, kommt plötzlich ein Auerochse hinter ihr hervorgerannt und stellt sich dem Panther in den Weg. Seine messerscharfen Hörner fahren durch die Luft. Ihm folgt ein zweiter Auerochse und ein dritter und vierter und so fort. Ein nicht versiegen wollender Strom schwarzer Leiber flutet auf einmal in den Hof. Bald sind es vierzig oder fünfzig, eine riesige Herde, die sich um den Jaguar drängt, ihn in die Luft hebt und herumschleudert. Unzählige Stierköpfe, die sich wild auf und ab bewegen, Gebrüll, Getrampel, wie ein aufgepeitschter See aus wütenden Körpern ist das. Wie oft haben die Hörner den Jaguar jetzt schon getroffen, wie oft sind sie in seinen Leib gefahren? Es scheint ihm wehzutun, wenn sie ihn aufspießen, denn er windet sich qualvoll, verdreht den Körper, springt in die Luft, auf den Olivenbaum und von dort zurück auf die tanzenden Körper. Aber er stirbt nicht. Er stirbt einfach nicht. Er wächst. Jedes Mal, wenn eines der Hörner in seinen Leib fährt, wächst er. Er scheint Schmerz zu empfinden, aber der Schmerz schwächt ihn nicht, im Gegenteil, er lässt ihn wachsen. Schon ist er groß wie die Auerochsen, schon erreicht er mit einem Sprung das Portal des schwarzen Tores. Aber statt sich in Sicherheit zu bringen, läuft er dort unruhig hin und her. Und dann springt er zurück in das wogende Leibermeer. Er wirft sich auf die wütend tanzenden Hörner, die ihn treffen, wieder und wieder und wieder, bis er groß wie ein Mammut aus den Auerochsen emporragt. Dann fängt das

Schlachten an. Wie eine Sense ins Kornfeld fahren die Pranken des Riesenjaguars in die Herde der Auerochsen und mähen sie nieder. Sein gewaltiges Maul packt zwei, drei Auerochsen gleichzeitig und schleudert sie fort. Er stellt sich auf die Hinterbeine und springt, die Krallen ausgefahren, in die Herde unter ihm und zermalmt so fünf Ochsen auf einmal. Es gibt nichts, was ihn aufhalten, sich ihm entgegenstellen kann. Der Kampf scheint entschieden.

Marie schließt die Augen. Sie spürt die Pranken des Jaguars, als führen sie ihr über die Haut. Jeder hinsinkende Auerochse bereitet ihr Schmerzen. Ein paarmal hat sie versucht, das schwarze Tor zu erreichen, ist aber von den wild um sich tretenden Auerochsen immer wieder zurückgedrängt worden. Jetzt, hinter einer der Säulen des Wandelganges zusammengekauert, will sie nichts mehr sehen und hören. Sie hält sich die Ohren zu und keucht. Die Gedanken hämmern in ihrem Kopf. Hat die Rothaarige sich in die Auerochsen verwandelt? Hat sie sich dem Panther in den Weg gestellt? Kann sie so etwas? Das Getöse, das Brüllen, Knochenknacken und Fauchen ist unerträglich. Dann, als Marie die Hände wieder von den Ohren nimmt, ist es still, gefährlich still. Vorsichtig öffnet sie die Augen. Der Hof vor dem schwarzen Tor ist leer. Keine Spur des wilden Kampfes ist mehr zu sehen, keine Auerochsen, kein Blut, nur Mr. Phisto. Er steht allein vor dem schwarzen Tor. Er ist wieder Mensch. Marie sieht die weißen, dünnen Haare unter dem breitkrempigen Hut und so etwas wie schwarzes Licht um ihn her. Sie spürt die Kraft, die jetzt von ihm ausgeht, als habe ihn der Schmerz gestärkt.

„Hallo, bist du wieder da?", fragt Marie.

„Ja", flüstert die Rothaarige gequält, „er ist zu stark für uns. Er ist einfach zu stark."

Mit wenigen Schritten ist Mister Phisto bei Marie und legt ihr die Hände auf die Schulter: Der Schmerz ist furchtbar. Es fühlt sich an, als würde flüssiges Blei in Maries Adern fließen. Es breitet sich von den Schultern her in ihrem Körper aus. Sie scheint zu brennen, von innen her zu verbrennen.

37. Kapitel

Jonas rannte die Stufen hinauf. Auf der zweiten Etage taumelte er plötzlich. Was war das? An die Wand gelehnt, kniff er ein paarmal die Augen zusammen. Müde? War er müde geworden? Unmöglich. Sein letzter ADI-Traum lag gerade vier Tage zurück. Er fuhr sich mit der Hand übers Gesicht. Verdammt, ihm fielen wirklich die Augen zu. Das durfte nicht sein!

Er rappelte sich auf und stieg die nächste Treppe hinauf. Seine Beine fühlten sich so schwer an, als trüge er Schuhe aus Stein. Weiter, bloß nicht stehen bleiben. Das fehlte noch, dass er jetzt einschliefe. Dies war die Chance seines Lebens. Wenn er die Kleine, wenn er diese Marie Marne zu Dr. Puck brachte, war er ein gemachter Mann.

„Dann stehen Ihnen bei All Day Industries alle Türen offen", hatte Dr. Puck am Telefon gesagt. Alle Türen offen? Bei ADI? Das hieß Geld, Geld ohne Ende, eine steile Karriere. Dr. Puck, es gab niemanden auf der Welt, den Jonas mehr bewunderte. Dieser Mann hatte alles erreicht, was man als Mensch erreichen konnte. Er war von ganz unten gekommen und jetzt, jetzt war er der reichste Mann der Welt und demnächst auch der mächtigste. Und dieser Mann hatte ihn angerufen, ihn, Jonas! Das war … das war einfach unfassbar. Nur wegen dieses Mädchens. Der Tag, an dem er ihren ADI-Wert gemessen hatte, war sein absoluter Glückstag gewesen.

Weiter, Jonas, nicht stehen bleiben! Was war das? Je weiter er aufstieg, umso leichter fiel ihm das Laufen wieder. Die Müdigkeit verschwand allmählich. Zum Glück! Das hätte er niemals erklären können. „Tut mir leid, Dr. Puck, ich habe das Mädchen nicht mitgebracht, ich bin eingeschlafen.“ Na toll!

Hier war es, hier musste es sein. Jonas klingelte. Keine Reaktion. Er klingelte noch einmal. Kurz darauf ging die Tür einen Spaltbreit auf. Ein Junge stand im Flur. Er war etwa einen Kopf kleiner als Jonas und hatte schwarze Haare. Seine Augen waren blau.

„Hallo“, sagte Jonas. „Entschuldige, dass ich so spät noch klingle, ich heiße Jonas. Ich muss dringend mit Marie sprechen.“

„Warum?“, fragte der Junge.

Ja, warum zum Teufel? Was sollte Jonas sagen? Er hatte sich keinen Plan zurechtgelegt, das war ein Fehler. „Das kann ich ihr nur persönlich sagen“, log er.

„Tut mir leid“, sagte der Junge. „Niemand kann Marie im Moment sprechen. Sie schläft.“ Damit wollte er die Tür wieder schließen, aber Jonas hinderte ihn daran, indem er seinen Fuß nach vorne schob. Der Junge funkelte ihn daraufhin böse an. Die Wut in seinem Gesicht war unübersehbar.

Was jetzt? Sollte Jonas noch einen Versuch unternehmen, etwas zu erklären? Nein, nein, das hatte keinen Sinn. Er musste handeln, er musste diesen Kerl aus dem Weg räumen, das war die einzige Möglichkeit. Ohne Vorwarnung, warf sich Jonas gegen die Tür. Der Junge taumelte zurück, Jonas nutze die Chance und trat ihm mit dem Knie in den Magen. Kaum hatte der Schlag die gewünschte Wirkung getan, packte Jonas den Typ von hinten. Er legte ihm einen Arm um den Hals und klemmte seinen Kopf mit dem anderen ein. Wenn er jetzt zudrückte, bekam der Junge keine Luft mehr. Erstaunlich schnell hatte sich der Kerl erholt und versuchte sich zu befreien. Er trat mit dem Fuß nach Jonas und versuchte, ihn gegen den Schrank im Flur zu schleudern. Das funktionierte aber nicht, denn Jonas war nicht nur größer, er war auch schwerer. Der Junge fing an zu röcheln. Jonas sah sich um. Verdammt, er wollte ihn schließlich nicht umbringen, aber was konnte er tun? Wie ihn ruhigstellen? Wohin mit ihm? Sein Herz raste. Er keuchte und fing an zu fluchen. Loslassen konnte er den Kerl schließlich auch nicht, dann riskierte er, alles zu vermasseln. Verdammt, was sollte er tut? Umbringen oder loslassen? Der Junge fing an zu zappeln. Gleich würde die Sache sich von selbst entscheiden.

38. Kapitel

Seltsame Geräusche dringen von fern zu Marie herüber. Sie glaubt, die Hitze des glühenden Sees zu spüren, aber das kann ebenso gut Mr. Phisto sein, der sie umklammert hält. Nur verschwommen hört sie eine Melodie, eine wilde, verrückte, abgehackte Melodie. Langsam kehren ihre Sinne wieder zurück und sie sieht im Hof neben dem Olivenbaum einen Frosch sitzen, groß wie ein sechsjähriges Kind. Was macht er da? Spielt er Geige? Ja, er spielt! Er spielt wie der Teufel. Jetzt erst bemerkt Marie, dass sie auf dem Dach des Wandelganges steht. Es dauert einen Moment, bis sie begreift, dass es der Rothaarigen irgendwie gelungen sein muss, sie hier heraufzubringen und sich selbst in einen geigespielenden Frosch zu verwandeln. Aber warum? Marie balanciert auf dem Dachfirst. Die Töne halten sie im Gleichgewicht, das merkt sie jetzt. Sie muss nichts tun, sie kann nichts tun. Sich festzuhalten hieße, stehen bleiben und das darf sie nicht, denn im Hof steht Mr. Phisto und beobachtet sie. Etwas hält ihn zurück. Weder folgt er ihr, noch unternimmt er den Versuch, den Frosch an seinem Geigenspiel zu hindern. Aber warum?

„Hast du das gemacht?", fragt Marie. Sie bekommt keine Antwort. Die Rothaarige ist verstummt.

Jetzt verändert sich Mr. Phisto. Sein Kopf wird kleiner, seine Schultern breiter, seine Arme werden zu Flügeln. Er verwandelt sich in einen riesigen Vogel. Schon breitet er die Schwingen aus und will sich in die Luft erheben, da bläht sich der Frosch auf und eine meterlange Zunge schießt aus seinem Maul auf die Füße des Vogels zu. Vergeblich schlägt der Vogel mit den Schwingen, vergeblich versucht er, sich zu erheben, er klebt fest. Seine Füße kleben am Boden und nichts kann sie lösen. Nach kurzer Zeit verwandelt sich der Vogel in den schwarzen Jaguar von vorhin, aber auch das nützt ihm nichts. Die Zunge des Frosches ist schnell, so schnell, dass der Jaguar sich kaum von der Stelle bewegt hat, schon klebt er wieder fest. Ein seltsames Spiel beginnt: Marie, immer im Kreis um den Innenhof vor dem schwarzen Tor balancierend, sieht, wie sich Mr. Phisto in alles Mögliche verwandelt. Die flinke Zunge des Frosches aber hindert ihn jedes Mal daran, sich zu bewegen. Egal, ob als Springbock, Riesenheuschrecke oder Spinne, die Zunge klebt acht Beine so schnell fest wie vier und egal wie stark die Beine sind, einmal festgeklebt, können sie sich nicht mehr bewegen.

Zum Tor, denkt Marie, das ist meine Chance! Aber obwohl Mr. Phisto festklebt, gelingt es Marie nicht, näher an das schwarze Tor heranzukommen. So oft sie zum Sprung ansetzt, so oft sie auf eine der Türen zuläuft, immer ist Mr. Phisto zur Stelle, immer hat er einen Arm oder ein Bein oder ein Maul frei, um nach ihr zu greifen oder zu schnappen. Nur dem wunderbaren Geigenspiel der Rothaarigen ist es zu danken, dass Marie nicht erneut den furchtbaren Schmerz fühlt, der sie vorhin zu verbrennen drohte.

Gerade ist Marie Mr. Phisto ausgewichen, als er plötzlich in tausend kleine Punkte zerfällt. Es sieht aus, als wäre er aus schwarzem Sand, aber jedes der Sandkörner schwirrt auf einmal umher: Er hat sich in einen Schwarm schwarzer Bienen verwandelt. Und so schnell die Zunge des Frosches auch ist, so schnell, dass sie Tausende Bienen auf einmal fangen kann, ist sie nicht. Schon ist der grüne Frosch von schwarzen Punkten bedeckt. Die schrillen Geigentöne zeigen an, welche Qualen er leidet. Marie spürt nur wenig davon, aber die Erinnerung an den Moment vorhin wird wach. Sie sieht, dass sich der Bienenschwarm teilt: Ein Teil bleibt bei dem Frosch, ein anderer erhebt sich und fliegt auf sie zu. Ein böses Summen ist zu hören und die dunkle Wolke, die sich rasend schnell nähert, steckt so voll schwarzer Energie, dass Marie den Schmerz schon fühlt, obwohl sie noch gar nicht gestochen worden ist. Sie taumelt, rutscht über das Dach und fällt in den Hof. Auf dem Bauch liegend, öffnet sie die Augen: Der Frosch ist verschwunden. Er scheint sich einfach in Luft aufgelöst zu haben. Aber woher ist er gekommen? Hat die Rothaarige ihn gerufen? Oder erschaffen? Oder hat Marie selbst das getan? Aber es bleibt ihr nicht viel Zeit, über diese Fragen nachzudenken, denn schon sammelt sich der Schwarm schwarzer Punkte wieder und vereinigt sich. Kurz darauf steht Mr. Phisto erneut zwischen ihr und dem schwarzen Tor.

„Weißt du", sagt er und lächelt, „wenn ich dich jetzt fachgerecht töte, dann bist du nicht sofort tot. Du wachst ganz normal aus diesem Traum auf. Vielleicht fühlst du dich ein bisschen schwach, aber das vergeht. Schwein gehabt, denkst du. Aber dann gehst du zum Arzt und der stellt plötzlich fest, dass da etwas wächst, zufällig genau an der Stelle, an der ich dich im Traum verwundet habe. Sie versuchen alles, sie operieren, sie verpassen dir ihre Therapien, ein Spezialist nach dem anderen versucht sich an dir. Aber es hilft alles nichts. Du stirbst. Zwei oder drei Monate nach diesem Traum krepierst du an einer mysteriösen, unheilbaren Krankheit."

Mr. Phisto öffnet sein Jackett. Im Gürtel seiner Hose steckt ein Messer.

„Er wird mich töten", flüstert Marie, „wo bist du? Bist du da?"

„Ja, ich bin wieder da", flüstert die Rothaarige, „ich bin wieder da, keine Angst."

Marie spürt, dass sie wieder mit der Rothaarigen vereint ist. Im gleichen Moment verändert sich alles, ohne dass sie sagen kann, worin diese Veränderung genau besteht. Mr. Phisto kommt auf sie zu. Hinter ihm sieht sie den brennenden Bilderstrom auf der anderen Seite des schwarzen Tores. Auf einmal ist sie ganz ruhig. Sie kann ihren Herzschlag spüren. Sie fühlt ihren Körper, schlafend in Karls Zimmer und gleichzeitig in diesem Traum.

Mr. Phisto packt Marie mit der linken Hand an der Schulter, mit der rechten holt er aus. Alles, was er tut, sieht sie voraus. Sie weiß genau, wo das Messer sie treffen soll. Ihre linke Hand greift Mr. Phistos Arm und löst ihn von ihrer Schulter. Das geht ganz leicht. Es kommt ihr so vor, als würde sich Mr. Phisto in Zeitlupe bewegen. Als das Messer über ihr ist, weicht sie ihm rückwärts aus. Sie sieht, wie die Klinge an ihrer Brust vorbeisaust. Mit dem Fuß tritt sie in Mr. Phistos Kniekehle. Er knickt ein, sein rechter Oberschenkel schnellt nach vorn. Marie drückt auf die Hand, mit der Mr. Phisto das Messer hält. Sie kann genau sehen, wie es in seinen Oberschenkel eindringt. Er schreit und sackt zusammen. Ohne zu zögern läuft Marie zum schwarzen Tor. Sie packt den linken Torflügel und gibt ihm einen Ruck. Mit lautem Knarren fliegt er zu. Noch einmal schaut sie zu Mr. Phisto. Er kniet auf dem Boden, das Messer steckt noch immer in seinem Oberschenkel. Marie wirft auch den rechten Torflügel zu. Sie hat es geschafft. Das schwarze Tor ist wieder geschlossen.

Stille! Das Getöse hört sofort auf. Die Farbe des glühenden Sees ändert sich. Er wird dunkler. Alles geht sehr schnell. Schon nach wenigen Augenblicken ist die lavaartige Flüssigkeit erloschen. Noch glüht es hier und da unter der schwarzen Schlacke, die sich jetzt bildet, noch durchziehen rote Glutadern das Gelände rings um das schwarze Tor, aber schon im nächsten Moment erlöschen auch die. Die Schlacke zerfällt zu Asche. Das alles hat nicht einmal eine Minute gedauert. Alles ist so, wie es war, als Marie das schwarze Tor geöffnet hat. Sie hat es geschafft, sie hat es tatsächlich geschafft.

Aber das, was ist das? Marie sieht auf einmal schwarze Grasnarben aus der Asche aufsteigen. Zuerst sind sie nur an einer Stelle sichtbar, aber dann durchziehen sie das ganze Aschetal. Senken füllen sich mit Wasser, das schnell zu größeren Pfützen zusammenläuft. Blasen steigen auf. Es fängt an, eigenartig zu riechen. Und schon im nächsten Moment wabern weiße Nebelschwaden überall um das schwarze Tor herum.

„Was ist das?", fragt die Stimme der Rothaarigen. „Was passiert mit dem Aschetal?"

„Keine Ahnung", antwortet Marie. Sie beobachtet Mr. Phisto, wie er noch immer kniend auf den schwarzen Sumpf starrt. Auch er ist von der Veränderung überrascht und beunruhigt, das ist unverkennbar.

„Ist das gut oder schlecht?", fragt Marie.

„Keine Ahnung", antwortet die Stimme der Rothaarigen, „aber was immer es ist, es bedeutet, dass sich auch das dunkle Meer geändert hat, und das finde ich beunruhigend."

39. Kapitel

Marie kehrte zurück auf das unbequeme Sofa in Karls Zimmer. Noch immer hatte sie das schwarze Tor vor Augen und den schwarzen Sumpf. Diesmal dauerte es länger, bis sie ganz wach war. Es fiel ihr schwer, sich von der Rothaarigen zu trennen. Sie hörte jemanden husten. Wer war das? Karl? Es konnte nur Karl sein. Oder nicht? Sie richtete sich auf. Wieder das Husten. War Karl krank geworden? In der kurzen Zeit? Wie lange hatte sie geschlafen? Professor Monroe hatte gesagt, ihr Traum könnte diesmal mehrere Tage dauern. Aber er war ihr nur wie ein paar Stunden vorgekommen. Konnte es länger gewesen sein? Tage vielleicht? Noch immer ein bisschen benommen, stand sie auf.

Der Traum war mächtig gewesen, mächtiger als alle anderen. Jetzt hier zu sein, war, als käme man nach einem tollen Film aus dem Kino. Nur dass sie diesen Film nicht gesehen, sondern erlebt hatte. Sie öffnete die Tür und brauchte einen Moment, bis sie begriff, was sie da sah. Karl fasste sich, an die Wand gelehnt, mit einer Hand an den Hals. Neben ihm hockte Professor Monroe und sah ihn besorgt an. Und vor den beiden lag jemand, ein Junge. Nein, nicht irgendein Junge, Marie hatte ihn schon einmal gesehen, aber wo? Dann erinnerte sie sich, dass er es war, der ihren ADI-Wert gemessen hatte. Aber wieso war er hier und was war mit ihm? War er tot?

Als Professor Monroe Marie sah, stand er auf. Er kam langsam auf sie zu und nahm sie in den Arm. Sie empfand nichts dabei. Es war ihr alles fremd. Was konnte hier nur passiert sein? Sie hörte Professor Monroe etwas sagen. Seine Worte schienen von weither zu kommen. Dieser Junge hatte versucht, hier einzudringen. Die Schlafbarriere war noch nicht voll wirksam gewesen. Karl und dieser Kerl hatten miteinander gekämpft, wobei es Karl irgendwie gelungen war, seinen Gegner k. o. zu schlagen. Erwürgen? Hatte Professor Monroe gerade erwürgen gesagt?

Marie sah Karl an. Der Schreck war ihm noch ins Gesicht geschrieben. Sie hockte sich neben ihn und streichelte sein Gesicht. Einfach so. Karl sah sie an. Seine blauen Augen suchten ihren Blick. Er legte seine Hand auf ihre.

„Ihr müsst verschwinden", sagte Professor Monroe, „der Typ hier kommt zu sich. Und die Schlafbarriere aufrechtzuerhalten ist anstrengend."

„Wieso muss sie denn noch aufrechterhalten werden?", fragte Marie.

„Weil da unten im zweiten Stock noch sechs ADI-Riesen liegen und schlafen", antwortete Professor Monroe.

„Ich habe das schwarze Tor geschlossen", sagte Marie nicht ohne Stolz.

„Das hilft nur denen, die vorher keinen ADI-Traum erwischt haben." Professor Monroe lächelte. Natürlich, er hatte recht. Die ADI-Kerle hatten sich vorher mit Wachheit versorgt. Nur der permanente Strom an dunkler Energie, den die sieben Benandanti erzeugten, ließ sie schlafen. Marie reichte Karl die Hand.

„Der soll hier verschwinden", sagte Karl. „Ich will nicht, dass er in unserer Wohnung liegt."

Einen Moment schien Professor Monroe nachzudenken, was er darauf antworten sollte, dann beugte er sich zu Jonas. „Also los, bringen wir ihn zu den anderen. Aber schnell, ehe er ganz zu sich kommt."

Karl packte den einen Arm, Professor Monroe den anderen und Marie öffnete die Tür. Sie schleiften den Jungen die Treppen hinunter. Er versuchte zu gehen, aber seine Beine versagten immer wieder. Dann sackte er zusammen und Karl und Professor Monroe fluchten. „Verdammt, wie ein Mehlsack, ich hätte nie gedacht, dass mein Schlag eine solche Wirkung haben könnte." Karl keuchte. Der Junge stöhnte leise. Professor Monroes Kopf war rot angelaufen. Vor dem Absatz der zweiten Etage blieben sie stehen. Die ADI-Kerle waren dort, wo sie gestanden hatten, umgefallen. Sie lagen nicht nur neben-, sondern auch übereinander.

„Lassen Sie los, Professor, auf drei. Eins, zwei, drei!" Karl ließ den Jungen los. Professor Monroe schien noch überlegt zu haben, ob ihm etwas Besseres einfiel, aber schließlich folgte er Karls Beispiel. Der Junge taumelte, tastete nach der Wand, rutschte ab und fiel auf den Berg schlafender Leiber. Keuchend stiegen Karl und Professor Monroe an der Wand entlang hinunter in den ersten Stock und dann auf die Straße.

Marie folgte ihnen. Sie hielt die Luft an, um bloß niemanden zu wecken. Als sie auf die Straße kam, spürte sie die Veränderung sofort. Es fühlte sich an wie ein abziehendes Gewitter. Die Sirenen waren verstummt. Nur einmal jaulte es noch kurz irgendwo in der Ferne. Die Luft zitterte nicht mehr. Ein Wind fegte durch die Straße, es hatte sich ein bisschen abgekühlt. Als Marie den Blick hob, sah sie Priscilla mit geschlossenen Augen auf dem Balkon im zweiten Stock stehen. Sie hatte den Kopf an die Steine gelehnt und es sah so aus, als ob die Hauswand ihr Zärtlichkeiten zuflüsterte.

„Sie kann dich jetzt nicht hören", sagt Professor Monroe. „Ihr müsst los!"

Marie sah Karl an. Er stand ein bisschen hilflos auf der Straße. Seinem Gesicht war die Müdigkeit deutlich anzusehen. Seine Arme hingen kraftlos herunter.

„Ist es vorbei?", fragte er verwirrt.

„Ja", antwortete Marie. „Ich habe das schwarze Tor wieder geschlossen."

„Welches Tor?"

„Ich werde dir alles erzählen", sagte Marie. „Wenn du geschlafen hast."

Karl schien noch immer nicht glauben zu können, dass er nur die Augen zumachen musste und schon würde er schlafen können. Er wischte sich mit der Hand übers Gesicht. „Schlafen?", fragte er ungläubig.

„Bring sie nach Hause, Karl." Professor Monroe schob Karl sacht über die Straße. „Du musst hier verschwinden. Wenn die ADI-Kerle wach werden, will ich, dass du hier verschwunden bist. Die sollen keine Gelegenheit haben, ihre Wut an dir auszulassen." Jetzt drehte er sich zu Marie. „Nimm ihn mit und pass auf ihn auf. Diesmal ist es umgedreht, du musst ihn beschützen. Es war alles ein bisschen viel für ihn, für uns alle."

„Es ist etwas Komisches passiert", sagte Marie.

Professor Monroe nickte. „Wenn du geschlafen hast, dann komm zu uns ins Turmhaus. Ich möchte dir die anderen Benandanti vorstellen und du musst uns alles erzählen, jede Einzelheit. Ich danke dir, Marie Marne. Das hast du gut gemacht. Jetzt geh, geh!"

Marie umarmte Professor Monroe und hielt ihn einen Moment lang fest. Oder sie hielt sich an ihm fest, es war egal. Dann drehte sie sich zu Karl.

„Nehmt ein Fahrrad", sagte Professor Monroe. „Die stehen im Moment überall herum. Ihr könnt es ja später zurückbringen."

Sie gingen, Karl und Marie, Hand in Hand durch die Carl-Gustav-Jung-Straße und dann weiter durch die schlafende Stadt. Irgendwo fanden sie zwei Fahrräder, eines davon war ein Kinderfahrrad. Karl hatte Mühe, gerade zu fahren. Die Augen fielen ihm immer wieder zu. Überall lagen schlafende Menschen auf Parkbänken und direkt auf dem Fußweg. Einige schienen im Gehen eingeschlafen zu sein. Andere hatten sich noch an eine Hauswand gelehnt. An den Straßenbahnhaltestellen lagen schlafende Fahrgäste, vor einer Kneipe fanden sie einen schlafenden Mann, dessen Zigarette noch qualmte. Auf einem Spielplatz schliefen drei Kinder im Sandkasten und vor einem Supermarkt sahen sie ein anderes Kind in einem Einkaufskorb schlafen. In den Parks, durch die sie radelten, lagen die Leute auf den Wiesen und Wegen, sogar in Hauseingängen hörte man es schnarchen. Vor einer ADI-Fililiale, an der sie vorbeikamen, lagen bestimmt hundert Menschen nebeneinander. Manche hatten den Kopf auf den Bauch ihres Nachbarn gelegt, andere schliefen in der Löffelstellung und hielten sich umklammert. Es war ein so friedliches Bild. „Mit uns hat Ihr Tag 24 Stunden", stand auf der Fensterscheibe.

Marie musste lächeln. Ich habe die Nacht gerettet, dachte sie. Ein Stück weiter stand ein Taxi mitten auf der Straße. Der Fahrer und seine drei Insassen schliefen friedlich bei geöffneten Fenstern. Irgendwo in einer Parallelstraße hörten sie das Knattern eines Motorrades und später schallte aus einem offenen Fenster laute Musik, dazu Gelächter und aufgekratzte Stimmen. Aber all das verstärkte den Frieden nur, der jetzt über der Stadt lag. Sie schien zu schweigen, die Stadt. Sie flüsterte nicht wie damals, als Marie aus dem Krankenzimmer ihres Vaters gekommen war, sie schwieg. Keine Frage, dass sie bald wieder zu plappern anfangen würde, dass bald wieder alles seine gewohnte Bahn nahm, aber jetzt, für diese paar Stunden, schwieg die Stadt.

40. Kapitel

Dr. Puck spürte die Veränderung sofort. Er konnte nicht genau sagen, woran. Er merkte nur, dass ihn plötzlich eine eigenartige Unruhe ergriff. Er sprang auf und lief aus seiner Suite hinaus auf die Terrasse. Hatte sich etwas verändert? Die Sirenen waren weniger geworden. Na und? Das kam vor. Aber trotzdem stimmte etwas nicht. Die Stadt war im Begriff, sich zu ändern. Sie zitterte nicht mehr oder doch? Er beugte sich über die Balustrade und sah hinunter auf die Straße. Da lag ein Mann. War er tot? Krank? Oder …? Oder …? Nein, das konnte … das durfte nicht sein.

Dr. Puck lief zum Fahrstuhl und fuhr hinunter in die Lobby. Während der Fahrt trommelten seine Finger ungeduldig an den großen Spiegel. War es möglich, dass dieses Mädchen, dieses verflixte kleine Mädchen … Nein! Das war ausgeschlossen. Mr. Phisto würde sich eine solche Niederlage niemals erlauben. Es war unmöglich, unmöglich, unmöglich! Als sich die Fahrstuhltüren öffneten und Dr. Puck in die Lobby trat, traf es ihn wie ein Schlag in die Magengrube. Auf dem Sofa gegenüber der Rezeption lag eine Frau und schlief.

„Nein“, flüsterte Dr. Puck. „Nein, nein, bitte nicht!“ Panik überflutete ihn, er wusste nicht, wohin er schauen sollte. Ein letzter Anfall von Hoffnung trieb ihn hinaus auf die Straße. Da drüben stand ein Mann an die Hauswand gelehnt. Kein Blut, kein Speichel, keine verdrehten Augen. Er schlief! Dr. Puck hörte ihn schnarchen. Der Kerl schnarchte so laut, dass man es bis auf die andere Straßenseite hörte.

„Neiiin!“, schrie Dr. Puck. Er rannte über die Straße und trat dem Mann gegen den Hintern. „Steh auf, steh auf, du Penner! Steh auf, verdammt! Du sollst aufstehen, habe ich gesagt.“

Zwei Portiers des Hotels packten ihn und zerrten ihn zurück in die Lobby. „Beruhigen Sie sich, Sir!“, sagte der Größere, „es scheint vorbei zu sein. Die Krankheit ist so schnell und rätselhaft verschwunden, wie sie gekommen ist. Es läuft gerade auf allen Kanälen. Sie können wieder schlafen, wenn Sie wollen.“

Dr. Puck riss sich los. Sein Körper fühlte sich auf einmal schwer an, unendlich schwer, als flösse Blei in seinen Adern, nicht Blut. War das Müdigkeit? Quatsch! Er hatte gestern einen ADI-Traum geträumt und sein ADI-Wert lag bei 13 Tagen. Hundert weniger als der des Mädchens. Marie Marne. Wie nur? Wie hatte sie es geschafft, das schwarze Tor wieder zu schließen? Hatte sie Mr. Phisto getötet? Hatte sie ihn kaltgemacht, diesen Hampelmann, diesen Aufschneider, diesen Idioten?

Was würde jetzt geschehen? Egal, was es war, Untersuchungen durch den Senat, Anklagen vor allen Gerichten der Welt, Wertverlust der ADI-Aktien an der Börse, Dr. Puck würde all das überstehen, um sich an dieser deutschen Göre zu rächen. Oh Gott! Was für eine Katastrophe. Er musste sofort ein paar Anrufe machen. Es gab noch eine ganze Menge Leute, die ihm einen Gefallen schuldeten. Langsam schleppte er sich zurück zum Fahrstuhl. Zum ersten Mal seit Jahren sehnte er sich danach zu schlafen.

41. Kapitel

Ihre Eltern schliefen auf dem großen Sofa im Wohnzimmer. Hannes saß und Regine hatte ihren Kopf in seinen Schoß gelegt. Der Fernseher lief, aber der Ton war abgeschaltet: Marie erkannte den Roten Platz in Moskau, die Wall Street, den Alexanderplatz, den Place de la Concorde, den Trafalgar Square, die Spanische Treppe … Sie starrte gebannt auf die bizarren Szenerien: Menschen, die in den unmöglichsten Positionen eingeschlafen waren.

„Marie!“, flüsterte Karl hinter ihr. Sie drehte sich um. „Ich kann nicht mehr“, sagt er leise.

„Entschuldige!“ Sie nahm seine Hand und führte ihn in ihr Zimmer. Er blieb stehen und sah sich um. „Schön“, flüsterte er. Dann ging er ohne ein weiteres Wort zu ihrem Bett und fiel um. Gleich darauf war er eingeschlafen.

Marie zog ihm die Schuhe aus und legte seine Beine hoch. Sie streichelte ihn, dann ging sie zurück ins Wohnzimmer. Einen Augenblick starrte sie noch auf die Bilder, dann schaltete sie den Fernseher ab. Die Küche, der Garten, das Schlafzimmer ihrer Eltern: Sie lief einmal durch das ganze Haus. Es war so schön, wieder hier zu sein. Am Schluss ging sie sehr langsam ins Bad und schaute sich im Spiegel an. Das war sie, Marie Marne. Mit ihrer Lieblingsbürste kämmte sie sich ihr Haar und band es zu einem Zopf zusammen. Ein letztes Mal sah sie sich so, dann nahm sie eine Schwere und schnitt sich den Zopf ab. Genauso wie sie es in ihrem Traum gemacht hatte.

Dank an Birgit Peter, Susanne Springer, Ralf Meyer, Ania Michaelis,
Conny Klar und Ulrich Steinmetzger
für die Zeit, die sie dieser Geschichte geschenkt haben,
als sie noch ein Manuskript ohne Verleger war.

Mein besonderer Dank gilt
Bernhild Barbara Bense für die vielen Stunden,
in denen sie mit mir diese Geschichte ausgedacht hat.